獣人貴族の不器用な求愛

ドSな鷲獣人に婚約を迫られました

百門一新

ISSHIN MOMOKADO

一迅社文庫アイリス

CONTENTS

エドワード・
ディーイーグル
ディーイーグル伯爵家の嫡男。背に飛行も可能な翼を持って生まれた、完全有翼型の鷲の獣人。ジョアンナの幼馴染みで、親同士の口約束で決められた《予定婚約者》。外面はいいが、性格は超ドS。
ジョアンナ・
アンダーソン
アンダーソン伯爵家の令嬢。内気でよく泣きそうになっているが、周囲も驚く行動力を発揮することがある。魔力持ちで時折《未来視》をすることがある。超ドSな性格のエドワードが苦手。
獣人貴族の不器用な求愛
ドSな鷲獣人に婚約を迫られました
characters profile

ベルナルド・ディーイーグル	ディーイーグル伯爵家当主。鷲の獣人貴族で実業家としても知られている。
リチャード・アンダーソン	アンダーソン伯爵家当主。ジョアンナの父親で、ディーイーグル伯爵の親友。
ジョン・マクガーデン	人族の貴族の青年。ジョアンナが仲良くしている双子の兄妹の兄の方。
レベッカ・マクガーデン	人族の貴族の令嬢。ジョアンナが仲良くしている双子の兄妹の妹の方。
アーサー・ベアウルフ	ベアウルフ侯爵家の嫡男で軍部総帥。狼の最強獣人。
クライシス・バウンゼン	バウンゼン伯爵家の嫡男で国立学院の学院生。ベアウルフ侯爵とは親友。
トーマス・マクソン	新聞記者。陽気でテンション高めの青年。

… 用 語 …

獣人	戦乱時代には最大戦力として貢献した種族。人族と共存して暮らしている。祖先は獣神と言われ、人族と結婚しても獣人族の子供が生まれるくらい血が濃く強い。家系によってルーツは様々。
仮婚約者	人族でいうところの婚約者候補のこと。獣人に《求婚痣》をつけられることによって成立。獣人は同性でも結婚可能で、一途に相手を愛する。
求婚痣	獣人が求婚者につける求婚の印。種族や一族によってその印は異なる。求婚痣は二年から三年未満で消える。

イラストレーション◆春が野かおる

JYUUJINKIZOKU NO BUKIYOUNAKYUUAI

序章　それは変えられない、未来の光景

美しい青年が一人いる。

自信たっぷりの不敵な笑みがよく似合う、凛々《りり》しい切れ長の琥珀《こはく》色の獣目をしている。髪先の色だけが、鳥の羽みたいに違っている様子がまた目を引く美貌《びぼう》の男性だ。活動的な性格でありながら、落ち着いた貴族として品のある洒落《しゃれ》た衣装も、よく似合っていた。

キラキラと眩《まぶ》しい会場内は、着飾った人々が溢《あふ》れてとても賑《にぎ》やかな様子だった。そこには沢山のケーキやグラスや料理も並べられていて、誰《だれ》もが祝福するように目を向けてくる。

普段は意地悪なその獣目を、彼が幸せそうに細めて笑った。

「――――」

何かを嬉《うれ》しそうに言っているようだった。でも動かされた形のいい唇が、なんと名を刻んでいるのかは分からない。

これは【未来視】が見せている映像だ。匂《にお》いも温度も音もなく、たまに突拍子もなく目の前に現れては、いつ起こるかも分からない未来の出来事をジョアンナに見せたりする。明日《あす》だったり、翌月だったり、数年後だったり……。

身長差のある二人が、その映像の中を通り過ぎていく。

すっかり大人《おとな》になった彼は、その腕で一人の女性をエスコートしていた。とても慣れたように優しく歩みを促されているのは、美しいドレスが似合う華奢《きゃしゃ》な令嬢だ。

彼に見合うような小綺麗《こぎれい》な令嬢だった。周りのせいか、身に着けている装飾品のせいか、キラキラとしていてよくは見えない。それでもぼんやりと見える口許《くちもと》や、覗《のぞ》く幸せそうな笑みを浮かべている目尻《めじり》といった全体的な雰囲気から、とても綺麗な人なのだと感じた。

やっぱり、私とは結婚しない人なのね。

両親が勝手に結婚話を提案した時、この【未来視】でそう分かった。悲しさや寂しさは感じなかった。だって、当時はそれが当然だと思っていたから。

互いの両親の口約束で、予定婚約者という妙な事になった男性《ひと》だった。腹黒さが大の苦手だった自分を、おちょくって意地悪ばかりしてきていた七歳年上の幼馴染《おさななじ》み。

成長しても関係性は何も変わらず、未来視で見た時と思いは同じだった。それくらい男女としての意識はなく、ああ良かった、彼は彼で幸せになるのかと、そう思っていたくらいで。

「約束通り、まずは婚約者候補になって頂こう」

だから、それから十年後。未来視で見た姿まで成長した彼に、仮婚約を求めて押しかけられたジョアンナは、つい「はい……？」と呆気《あっけ》に取られた声を上げてしまった。

一章　幼い地味な私と、美貌《びぼう》が眩《まぶ》しい腹黒の幼馴染《おさななじ》み

六歳のジョアンナ・アンダーソンは、とても地味な女の子だった。

目鼻立ちはパッと目立たず、一族の中でも濃い錆《さび》色をした自称『色映えのしない』髪は、たっぷり量があってコンプレックスだ。大きな瞳《ひとみ》も、濁りのある濃い藍《あい》色で印象的ではない。ただ、たまに不思議な色合いにも見えるのが、少し珍しかったりもする。

彼女は人族貴族、アンダーソン伯爵家の長女である。人見知りだけでなく、すぐ涙腺《るいせん》が緩む臆病《おくびょう》なところもあった。量の多い髪をゆったりと三つ編みにして大きなリボンを結んでおり、自分に自信がなくて前髪で額を隠している。

そんなジョアンナには、物心ついた頃《ころ》から苦手なものがあった。日々攻防を繰り広げているものの、育ったのは免疫ではなく、更なる苦手意識と必死な抵抗による自衛力である。

「ぴぎゃああああああ!?」

「ふふふ、人の顔を見るなり悲鳴を上げるなんて、君、失礼じゃないかな?」

その日も、両親とは『親友』関係にある獣人貴族一家が来訪した。

ジョアンナは、もはや苦手すぎて、ガタブル状態で父の後ろに隠れていた。だというのに、すぐ横に来たそこの嫡男に、頭を容赦なくガシリと鷲掴《わしづか》みにされてしまった。

「いつの間に回ってきたの――――ッ!?」

にっこりと形ばかりの麗しい笑みを浮かべている彼を見て、思わず悲鳴を上げた。

その少年は七歳年上の十三歳、エドワード・ディーイーグルだ。美しい濃い琥珀色の獣目をした美少年で、やや長めの茶金色の髪をしている。髪色は先の部分だけ違っており、まるで鳥の羽みたいに見えるのも特徴的で目立った。

ディーイーグル伯爵家は、商才に長《た》けた歴史ある気高き鷲の獣人一族だ。その嫡子である彼は、珍しい髪色にも表れているように、一族の中でもっとも獣人として血が濃く生まれていた。

獣人族は、ルーツとなった獣の性質を持った、古い時代から王都に暮らしている種族である。大人《おとな》になるまでは、尻尾《しっぽ》や鱗《うろこ》といった一部の名残が現れていることでも知られている。

そんな中、エドワードは背中に大きな翼を持っていた。本人の美貌も相まってか、広げられた際の姿は神秘的で美しい。

飛行も可能な『完全有翼型』で、彼は本物の鳥よりも速く飛んだ。

それは鳥の獣人族でも、実に数百年ぶりであるのだとか。

だがジョアンナとしては、そんな事は注目していなかった。その話を聞かされた時、そのせいで彼の性格もますますあなったのでは、と真っ先に思ってガタガタ震えたほどだ。

両親達が親友同士のせいで交流を持たされている彼は、何せジョアンナの大の苦手なタイプだった。柔和な笑顔が得意の腹黒な美少年で、そのうえかなり自信家である。

「俺が腹黒だなんて失礼な話だね。ただの嗜好《しこう》的なドSだよ」

「人の心読まないでッ、というかドSも腹黒も私にとっては同じよおおおお！」

「あははは、全部口から出てたよ」

泣きながら怒るなんて珍しい子だよねぇホント、と彼は口調穏やかに言う。しかし、頭をぐりぐりと押さえ付けてくる手で苛々《いらいら》しているのが分かる。

ジョアンナは、にこにこと彼に頭を押さえられてますます怯《おび》えた。普段からこのやりとりを見て、仲がいいと思っている両親達はおかしいと思った。

親友同士という関係のせいで、正常な認識力が働いていないのではないだろうか？

そうしている間にも、庭園の席で両家の和やかな茶会が始まった。

のんびりとした談笑を背景に、庭先を必死にパタパタと逃げ回る。そんなジョアンナの後ろを、いかにも苛《いじ》めていませんよという笑顔でエドワードが追う。

「ははは、追いかけっこかな？」

そう言いながら、真っ黒なオーラを背負って後ろから迫ってくる腹黒が嫌すぎる。

七歳も年上の癖にヤメロと言いたい。もはやホラーである。そばにいたら何かされるという緊張感で腹黒な人物が『一番苦手』になったのは、この幼馴染みが原因だった。

「いやあああああッ、なんでそう機嫌が悪いの!?」

「勉強予定だった時間を、君に会わせるからという両親の都合で変更されたからだよ」

「その作り笑いが余計に怖いっ！　じゃあ来なければ良かったじゃないのよ⁉」

「将来の商売のために、君の両親と交流を持っておくのも一つの手だ」

起業して自分の会社を立ち上げ、父親の大会社を抜くのが目標という彼が、何故《なぜ》かドス黒いオーラを放ってそう口にした。

それを肩越しに見たジョアンナは、小さく震え上がった。

「もうその思考が真っ黒……ッ」

そう口にした直後、芝生に躓《つまず》いて「あっ」と声を上げた。勢いよく走っていたせいで、そのままバランスを崩して前のめりに倒れそうなる。

そんな六歳の彼女に気付いて、エドワードは呆《あき》れたような息を吐いて翼を広げた。飛行へ入ると一気に加速し、その背中をひょいと捕まえて――ついでのように庭園の上を大きく旋回した。

羽ばたく音と一緒になって、ジョアンナの悲鳴が庭園に響き渡った。使用人達がチラリとそちらに目を向けて、空を仰ぎながら「今日も平和だなぁ」と間延びした声で呟《つぶや》く。

その賑やかな声を聞きながら、両家の両親はご満悦だった。

「歳《とし》は少し離れているけれど、ウチのジョアンナとエドワード君、結婚させるのはどうかしら？」

「それはいいわね！　ねぇ、あなたはどう？」

ディーイーグル伯爵夫人が、キリリとしつつも柔らかな獣目を夫に向ける。それを受け取めた筋肉隆々のダンディーな彼が、上機嫌な笑みをニヤリと浮かべた。

「ふふふ、俺《おれ》は元々そのつもりだったよ。それでウチの倅《せがれ》を、こうして何度も引っ張ってきているんだからな。そうしたら俺達は、家族にもなれるわけだ――『親友』のリッキーとジュリーの可愛《かわい》いジョアンナちゃんが、俺の娘になるとか最高だな！」

「いいねぇ、僕としても賛成かな。エドワード君が本当の息子になるのなら嬉《うれ》しいよ」

リッキーという愛称で呼ばれているアンダーソン伯爵、リチャード・アンダーソンが薄い錆色の柔らかな髪を風に揺らして顔を上げる。のんびりとした気性ながら、商才に長けて隙《すき》のない事業を行っている彼は、そう言うとようやく授かった一人娘の方を見た。

つい先程、ジョアンナはエドワードと一緒に着地していた。父に穏やかな藍色の瞳を向けられて、不安感が一気に増したように両手でスカートをぎゅっと握り締める。その様子を、エドワードが隣から見下ろした。

「ジョアンナ、どうかな？　将来の結婚を前提に、彼とお付き合いしてみない？」

「なん、ですと……!?」

そう言われた瞬間、ショックでよろけた。誰《だれ》もが羨《うらや》むような婚約を提案されたというのに、この世の終わりみたいな表情を浮かべて一歩後退する。

そんな、まさかと思っている間にも、母達がキラキラと目を輝かせて「どうかしら？」と尋ねてくる。期待されていると気付いて、いよいよ想像をかき立てられて戦慄《せんりつ》した。

「笑顔な腹黒は嫌です！」

ジョアンナは、かなり必死な半泣き状態で拒絶を示した。

苦手な虫を笑顔で載せられ、大好きなクリームたっぷりのケーキを食べられてしまったりと、会うたび意地悪をされている。さっきだって、追い回されてストレス発散させられたばかりだ。

そんな相手と結婚するなんて嫌すぎる。外見の良さもあって女子に大変人気だというけれど、中身は真っ黒だし、人と状況を選んで計算した愛想とかも怖すぎる。そもそも女児に容赦なく絞め技を掛けてくる奴《やつ》のどこが【理想の王子様】だというのだ？

必死すぎて、当の本人が隣にいるのもお構いなしに思いの全《すべ》てをぶちまけていた。両親達が呆気《あっけ》に取られて見守る中、使用人達が「お嬢様それ以上は」と青い顔をしている。

「だから、結婚なんて絶対に嫌！」

誰にも止められない勢いのまま、ジョアンナは涙目でそう言い切った。力いっぱいの訴えようは、隣から発せられている絶対零度もはねのける必死さがあった。

それを聞いていたエドワードが、もう言う事は以上かい、と氷点下の笑みを浮かべた。まとっている空気は五度も下がっていて、完璧《かんぺき》な作り笑いを両親達へと向ける。

「――俺も、敏《さと》くてストレートに告げてくる失礼な子を『妻』にするのはごめんです」

「私だって腹黒の『夫』なんて絶対に嫌よぉぉおおおおお！」

妻と聞いた途端に、結婚を想像したジョアンナがびゃあびゃあ泣いた。

互いの子供達の反応を見て、両家の間に『ああ、これはまずいような……』という微妙な空気が流れた。のんびりとしたジョアンナの母が、頬《ほお》に手をあてて困ったように言う。

「ウチの子達、もしかして相性が悪かったりするのかしら……？」

「そんな事ないわよ、ジュリー。この子達は、まだまだ子供ですもの」

仲がいい両親達は、一旦その解釈で落ち着く事にしたようだ。すぐリチャード・アンダーソン伯爵が、思い付いたと言わんばかりに「ならこうしよう」と提案の声を上げた。

「エドワード君が『大人になるタイミング』まで、ひとまずは婚約の予定があるという感じでいこう。そうすれば、うちのジョアンナに早いうちから見合い話がくる事もない」

「それがいいな。その時になっても互いに結婚する意思がなかったら、【仮婚約】をしなければいい」

ディーイーグル伯爵が、ダンディーな声でそう賛同した。

成長の節目を迎えるまでは待ってみよう。まずはエドワードの【成長変化】のタイミングで尋ねる。それでも答えが決まらないのなら、次はジョアンナが結婚可能年齢となる十六歳まで待つ……そう四人の大人が楽しげに決めていきながら、その都度、子供達に説明していく。

こちらの意見は、全く考慮される事がないらしい。

早々に悟ったエドワードは、笑顔で凍えるような強烈な冷気を放っていた。

その隣にいたジョアンナは、不安と『嫌よ』という思いで今にも倒れそうだった。自分と彼が結婚するはずがない、待ってヤメテと両親に言おうとした。しかし、目の前の光景が別の映像に塗り潰されて「あ」と、そのタイミングを逃してしまった。

見開かれたジョアンナの濁った藍色の瞳が、ひっそりと不思議な色を帯びる。

浮かび上がったその風景は、見た事もないきらびやかな舞踏会だ。周りの人々から注目を集めている場所に、とても美しい青年が立っている。

特徴的な髪色や雰囲気もあって、一目で誰か分かった。

それは【成長変化】も終えて翼もなくなり、美しい大人の男性へと成長したエドワードだった。今の十三歳の彼からは想像出来ないほど、愛情に溢《あふ》れた幸せそうな様子で穏やかに微笑《ほほえ》んでいる。

彼は、一人の女性を誇らしげにエスコートしていた。彼の腕に手を添えているのは、キラキラとした装飾品を着けた、綺麗《きれい》なドレスが似合う一人の美しい令嬢だった。

周りが明るすぎて上手く見えないけれど、きっとそうであるに違いない。結い上げられた髪の下から覗《のぞ》く白いうなじや、化粧をされた小さな唇の微笑からそう感じた。

ああ、彼の結婚相手に相応しい、とても小綺麗な少女なのだと——。

そこで、ふっと映像が消えた。

ほんの一瞬だけ固まった事に気付いたのか、エドワードが自分の両親に向けていた殺気を解いて振り返る。

「ジョアンナ、どうしたの？」

「えっ。ううん、別に……ないでもない」

そう答えながら、ジョアンナは足元に目を落として、スカートをぎゅっと握っていた。

実は、まれに未来を見てしまう事があった。どうしてその映像が未来だと分かるのかだとか、六歳の自分には説明が難しい現象で、両親にも打ち明けていない秘密だった。

今の映像は、彼が愛する女性を見付けて幸せになったという『未来』なのだろう。

自分が彼の結婚相手になる事はない。そうハッキリと分かったのに【未来視】の事を話せるはずもなく、考えても説得の方法が浮かばなくてジョアンナは何も言えなくなる。

「今日から『予定婚約者』という事にしよう」

そう両親達が交わす口約束が聞こえて、ズキリと胸が痛くなって手に力が入った。そんな事をしても私達は結婚になんてならないのに、とますますこの状況が嫌になった。

◆

それから六年後、十二歳になったジョアンナは、とある合同茶会に出席していた。

さすがは人族貴族の中でも、トップの財力を誇るドレイク公爵家である。敷地内には広々とした美しい庭園があり、ガーデンパーティーを開けるスペースも設けられてあった。そこでは子供から大人までの参加者達が、にこやかな雰囲気で交流している。

その光景を、先程からずっと木陰のベンチに腰かけた状態で眺めていた。どこか達観しているような遠い目をしていて、会場の賑《にぎ》わいから距離を置いて動かないでいる。

同じ年頃《としごろ》の女の子達は、憧《あこが》れのドレイク公爵家の庭園に来られたことを喜んでいた。着飾って髪型もバッチリと決めているのに対して、ジョアンナは流行《はや》りの装飾品も着けずめかしこんでもいない。それどころか、普段のままの髪型は昔と変わってさえいなかった。

かなり量の多い髪を大きく三つ編みし、目立つ大きめのリボンを結んでいる。やや長めの前髪で、目元を少し隠してもいた。見える顔の面積がちょっとでも狭くなると、自信がなさすぎるせいでくる人見知りも落ち着くからだ。

「というか、どうして私はここにいるんだろう……」

ジョアンナは、諦《あきら》め気味に呟いた。

六年前、幼馴染みのエドワードと『予定婚約者』になった。婚約関連の関係が正式に結ばれているわけでもないのに、こうして当たり前のようにあるパートナー出席が謎《なぞ》である。

当時、勝手にそう決めた両家の親友関係は、現在も変わりなく続いていた。今でも飽きもせず互いの家を行き来しているし、夫人同士、夫同士で遊びにも行く。獣人族は情が深く、肉親と同じくらい『親友』を大切にしているのだとかで、向こうからの訪問もよくあった。

でも、それは両親同士に限った話である。望んでもいないのに子供同士の茶会が行われ、都合が合えばほぼ毎日でも交流させられていた。

「予定婚約者様、ドリンクはいかがですか？」

「………」

ジュースのグラスを持った男性給仕に、そう声を掛けられて反応に困った。

誰もが予定婚約者扱いしてくるのを、ジョアンナは謎だと感じていた。予定婚約という言葉は、両親達の『いつか婚約するかもしれない』という口約束から出来た造語である。

そんな制度は存在していないのに、王宮から届くパーティーの招待状でさえ正式なペア扱いだった。商才によって築かれた両家の経済力が影響しているのかは知らないが、おかげで今日《きょう》も彼のパートナーとしてココに参加していた。

「どうかされましたか、お嬢様？」

「いえ、その……少し休んでいるだけですので、お構いなく」

思い返していたジョアンナは、少し遅れて答えた。

「左様でございますか。お疲れでございましたら、予定婚約者様のエドワード・ディーイーグル様をお呼びしましょうか？」

「それは却下でお願いします！」

思わず力いっぱい否定して叫んだ。びっくりして目を丸くした彼が、不思議そうに首を傾《かし》げてから、何かあれば係の者に声を掛けてくださいと言って去って行く。

昔から、ジョアンナは腹黒が大の苦手だった。その代表格のような幼馴染みのエドワードと『将来婚約する予定（仮）』と認知され、今や彼が社交の場に参加するたび引っ張り出されている。

性格はドSなのに、周囲には完璧な紳士を装って気付かせない腹黒だ。

幼い頃と変わらず、少し散歩してあげようと言っては、突然空中飛行に突入して驚かせる事もよくあった。今や立派な青年なので、そろそろ掻《か》っ攫《さら》うみたいに急な飛行に入るのはやめてとは思っている。

ただ、その翼が綺麗なのはジョアンナも認めていた。

実を言うと、広げられた素敵な翼で、彼と一緒にする空の散歩も楽しかったりする。

彼は絶対に落とさない。だから高いところは怖いけれど、飛んでいる時に不安を感じたことはなかった。いきなり開始されるのでなければ、初めからずっと楽しいのにとも思う。

とはいえ、この予定婚約の関係もあと数年だ。

その頃には、唐突に空の散歩をされるのもなくなってしまっているのだろう。六年前の未来視で、彼と将来結婚するのは別の女性であると分かった。彼と自分が婚約する事はない。

「でもいつまで続くのかしら……？　撤回される正確な時期も、相手の女性が現れるタイミングも分からないのよねぇ」

口の中に呟きを落として、首を捻《ひね》ってしまう。未来の映像の中の彼は『大人』だった。でも現在、既に十九歳の青年になっているエドワードには、まだ翼があった。

獣人族は、大人にならないと婚姻活動が出来ない。十八歳あたりから【成長変化】というものを迎え、獣耳や尻尾といった一族のルーツとなっている獣の名残が消える。姿形が人族と同じになって初めて、貴族としてのお見合い等がスタートされるのだ。

彼らは、独自の婚姻活動の習慣を持っている。まずは婚約者候補をあげる【仮婚約】を行う。その際には、少し噛《か》んで【求婚痣《きゅうこんあざ》】という魔術契約のような印を刻んだ。

どうやらそれが可能になるのが、獣人族として『大人』になってからであるらしい。

大人になったとしても、獣目と獣歯は残るので人族との見分けはついた。それに戦乱時代に国の最大戦力として活躍していたくらい、彼らの身体能力は極めて高いままである。

「ほとんどが十八歳には迎えるものだけど、エドワードは十九歳なのにまだ兆候もなくて……少し遅い方だと言われているのだったかしら？」

ちらほらと耳に入ってきている噂《うわさ》を思い返した。鷲の名門伯爵家の跡取りでもあるから、婚姻活動が可能になるのを期待して待たれてもいた。

エドワードは鳥の獣人族でもまれな有翼タイプとして生まれている。それは獣人族として血が濃く強い証拠――であるらしい。獣人族はその『強さ』を本能的に察知出来るようで、令嬢達はそういった部分でも妻になりたいと思うのだとか。

美麗で頭も良いうえ、昨年学院の卒業後には起業もした若社長だった。物販の手広さと独自のルート開発による展開の速さで、既に大手会社の一つとして名が知られている。

王都でも例を見ない勢いで急成長中の企業であると注目され、今や誰もが彼の大人入りを待ち望んでいる。それもあって「婚約はいつ？」「次の跡取りの誕生は？」と騒がれていた。

「あの翼がなくなっちゃうのは、少し勿体《もったい》ない気もするけれど……」

それでも、成長変化が早く来るといいね、とジョアンナも応援していた。幼い頃から、エドワードが『早く大人になりたい』とよく口にしていたのは、そばで見てきて知っている。

人一倍向上心が強い彼は、父の業績を抜く会社をつくるのが目標であるらしい。宣言した通り、まずは卒業直後の起業を成し遂げてみせた。ようやくスタートラインだ、見てろよ俺はトップを取る……そう自信たっぷりに堂々と言われた時、きっと彼なら出来るだろうと思った。

起業してからは、特に多忙そうだった。学院生時代よりも活き活きとしている。

「ジョアンナ嬢、こんなところで一人座って、どうしたの？」

そう思い返していると、ふと声を掛けられた。

そちらを見てみると、同じ人族貴族であるオリバーがいた。少し大人しげな一歳年上の少年で、最近話が合うと分かって交流を図っている貴族の三男坊である。

「ちょっとした休憩中なの」

「良かった！　それならさ、少し話を聞いてくれる？　この前相談した件だけど、兄さん達に協力してもらって父様を説得してみたら、脚本の勉強を少しさせてもらえる事になったんだ」

「まぁ！　それは良かったわね、是非話を聞かせてちょうだいッ」

ジョアンナは人見知りも忘れて、隣に座るよう彼に勧めた。

実は、昔から探偵物の小説が大好きだった。幅広い知識を駆使した推理力、困っている人のためなら迷わない行動力、華麗な活躍……どれもこれもカッコ良くて憧れた。

自分の容姿や能力に自信がないジョアンナにとって、彼らは創作された登場人物ではなく尊敬のできる人達だった。


『いいですか、立場も見目も年齢も関係ないのです。僕達は、誰かのためにある【探偵】だ。人助けに優劣も何もありゃしないんですよ、必要なのは救いたいとする心です』

幼かった頃、大好きなシリーズ小説『名探偵ステファン』の台詞《せりふ》にハッとさせられた。地味だとか自信がないだとか関係ない。自分も、少しでも誰かのために力になれる人になりたいと思った。そうして真剣に考えて、初めて一つの夢が出来た。

将来、悩んでいる人の相談を受ける仕事をしたい。

令嬢として嫁がなければならないから、結婚した後に相談所を立ち上げよう。小さな悩みから大きな困り事まで、幅広く対応するのだ。

そう決めて、人見知りで引きこもりなところもある自分を奮い立たせた。博識な『名探偵達』を見本にして、女性一割という国立学院に通って勉強しているところだ。学生生活を送りながら人助けとして相談には乗っていて、オリバーにもアドバイスしていたのである。

「何度も相談しちゃって、ごめんね。おかげでスッキリ解決してくれたと、また君に会えたら報告したいと思っていたんだ。だから本当にありがとう、ジョアンナ嬢」

オリバーは、普段の内気さも忘れるような明るさだった。一通り話し終えたところで、そう言って頭を下げた彼を、ジョアンナはとても安心して見つめていた。

「ふふっ、これくらい任せてよ！　私ね、将来は『ジョアンナ相談所』を設けて、いろんな人の悩みや相談事を聞いてあげることが夢なの」

「この前も言っていたね。女の子にしては珍しい夢だって、兄さん達は言っていたっけなぁ」

気弱なオリバーも、そう言いながら楽しげに笑った。

その時、前から大きな手が伸びてきて頭をガシリと掴まれた。それまですっかり話に夢中になっていた彼女は、覚えのある手付きに「ぴぎゃっ!?」と悲鳴を上げた。

まさかと思いつつ目を向けてみると、そこには七歳年上の幼馴染みのエドワードがいた。

「俺を放っておいて、予定婚約者殿は一人で勝手に楽しそうにしているね？」

にっこりと美麗な笑みを浮かべているものの、周りの空気は五度下がって冷えびえとしている。

十九歳になっている彼は、今やほぼ成人男性の背格好になっていた。どんな正装服でさえ着こなせるすらりとした身体《からだ》、知性と凛々《りり》しさを兼ね備えた端整な顔立ち。上質で目を引く茶金色の髪の先は、背中に生えた翼を思わせるように色味が違っている。

「あああああああのエドワード、女の子の頭をギリギリ押さえ付けてくるのは、紳士としてどうかと思うのッ」

「小さい君がいっちょ前に背筋を伸ばしているから、縮ませてやろうと思ってね」

「私が身長を気にしていると知っていて、そうするの⁉」

こうされたら身長が縮むようだ。身動きが取れないジョアンナは、涙目になって言い返した。年下の女の子にも容赦がないとか、Sな性格をした幼馴染みの彼が本当に嫌である。

「せっかくちょっと伸びてくれたのに、ここでちっちゃくなるのは嫌ぁああああ！」

「こうしている間にも、君の身長は縮んでいるかもしれないね。どう、手を離して欲しい？まぁ頼まれたら余計に離したくなくなるんだけどね」

ふっと彼がドSの無表情を向け、低い声でぼそりと言う。

本気で身長がすり減るのだと思って、「ぴぎゃあああ」と細い悲鳴を上げた。その隣で怯えていたオリバーが、続いてエドワードから冷気を孕《はら》んだ獣目を流し向けられて「ひぇ」と声をもらす。

　押さえ付けていた手が離れたジョアンナは、幼馴染みの冷ややかな視線の先に気付いて慌てた。隣のオリバーが、今にも死にそうな顔でぶるぶると震えている。

「エドワード、何もしていないオリバーを威嚇するのはやめてよ！」

　パッと目を戻してみると、同じタイミングでエドワードもこちらを見つめ返してきた。ピリピリとした空気をまとって、かなり不機嫌そうだった。

「別に威嚇なんてしていないよ。――威圧しただけだ」

「同じじゃない！　なんでそんなに機嫌が悪いの⁉」

　理由を尋ねてみたら、彼がにっこりと形ばかりの美しい笑みを浮かべた。

「君が来ないせいで、俺は面白くもない女性達と話すハメになった」

　遠くから見れば、女性がうっとりとするくらい麗しい微笑みだ。しかし彼の『面白くもない女性』というストレートな物言いには、苛立《いらだ》ちと棘《とげ》しか感じない。

　そのマイナス五度の笑顔に気圧《けお》されて、ジョアンナは顔を引き攣《つ》らせた。そもそも、七歳年下の十二歳の自分にそれを向けるとは、やっぱり大人げない腹黒である。

　そう思っていると、オリバーが逃げるように立ち上がった。

「僕はコレでッ」

「あっ、オリバーちょっと待ってッ」

もっと脚本の話を聞きたかったジョアンナは、走り去って行く後ろ姿を目で追った。目の前の冷気が増したのを感じて、浮きかけた腰をベンチに戻す。

「人族子爵家の三男、オリバー・レイコールマンか。まるで俺のいない隙をついて話をしているみたいで、少し気に食わないな」

「事実無根なのに八つ当たりでそう思うなんて、オリバーが可哀《かわい》そうすぎるわよ……」

一体、彼は何を言っているのだろうか。隙をついて話をしたいくらいの魅力的な令嬢だったらどんなに良かったか、とジョアンナはひっそり落ち込んでしまう。

その時、向こうから「エドワード様だわ」という女性達の黄色い声が上がった。距離があるというのに、こちらを見てくださいと言わんばかりに手を振って挨拶《あいさつ》してくる。

気付いたエドワードが、にこっと営業用の笑みを返した。紳士のような品のある仕草で手を振り返しただけで、彼女達が嬉しそうにきゃーきゃー騒ぐ。

毎度、どこに行っても見かける光景だ。

それを見たジョアンナは、またかと思って呆れてしまった。彼はかなり人気があって、まるで見せつけるみたいに他《ほか》の女性に対しては外面がいい。

それでいて猫をかぶって相手にするのを面倒だと考えており、面と向かって対応した後は不機嫌になるのだ。モテるのは一向に構わない、でも会話をしたところでたいした利にならないのでそばに寄ってこられるのは嫌、というのがエドワードの本音である。

企業して間もない今は、そんなものに掛けている時間はないのだとか。それもあって両親達が決めた『予定婚約者』だとかいう口約束を続行中なのだ。

「……………面倒に思うくらいなら、初めから愛想良くしなければいいのに」

それなのに、と毎度そんな疑問も湧《わ》く。

呟く声を聞いたエドワードが、会場の方に背を向けて一旦作り笑いを消した。「ふうん？」と言いながら、読めない眼差《まなざ》しでジョアンナを見下ろす。

「君が嫌というのなら、しないでもないけど」

「別に嫌なんて思っていないわよ？　だって、女の子達は嬉しそうだもの」

それに向こうを相手にしてくれている間、こちらに彼の腹黒攻撃が来ないのもいい。

ジョアンナは、そう思いながら明るい表情で答えた。心の声を察したみたいに、彼が周りの空気を五度下げて、キラキラと輝かんばかりの笑みを返してきた。

「また少し『飛んで散歩』しようか？」

「なんでまた機嫌が急降下しているの!?」

もしや、さっきの女性達への対応でストレスが溜《た》まったのだろうか？

七歳年上の癖に、なんて大人げない幼馴染みなのだろう。その笑顔に嫌な予感が込み上げて、慌てて逃げようとした。しかし、それが彼のドＳなところでも刺激してしまったらしい。

「そう期待されたら、ますます応《こた》えたくなっちゃうな」

そのまま腕ですくい抱き上げられた。あっと思った時には、羽ばたいた彼に連れ去られて一瞬にして大空へ飛び出されていた。

まるで嵐《あらし》にでも攫われたようだった。ごぉっと風を巻き起こして、上空へと舞い上がる。エドワードの飛行に気付いた会場の参加者達が、大きく広げられた翼へと目を向けた。

その注目の中、ジョアンナは「ぴぎゃあああッ」と色気もない悲鳴を上げていた。高速旋回をした彼が翼を大きく広げ、続いてゆったりとした飛行へと移りながら、スカートを押さえるように横抱きにする。

「ちょっとッ、急に飛ぶのはやめてって言ってるでしょ⁉ 本当にびっくりしたんだから！」

ジョアンナは、ガッチリと腕で抱えた彼を涙目で叱《しか》り付けた。強めの涼しい風が吹いていて、髪と衣服がバサバサと音を立てている。

気が弱いところがあるのに、いっちょ前に反論してくるその幼馴染みを見つめ返して、エドワードは秀麗な眉《まゆ》一つ動かさずこう言った。

「でも飛ぶのは嫌いじゃないんだろ。安定飛行に入った後は、いつだって楽しそうだ」

「うっ……それは、まぁ…………否定しないけど」

長い付き合いの彼には、既にバレている事だ。今更誤魔化せないから、渋々ごにょごにょと答えた。

楽しいのも確かにあるのだけれど、飛んでいる時の彼は機嫌がいいのだ。

滅多にない『翼持ち』としての優越感もあるのだろう。その間は腹黒さも少し抑えられていて、幼馴染みとして何気なく話せる感じが、なんだか心地よくて気に入ってもいた。

恥ずかしいから、その本音だけは知られたくない。しっかり抱えてくれている逞《たくま》しい温もりを感じながら、視線を逃がしてしまう。

その時、少し会場から離れたエドワードが、ふっと視線を正面に戻した。減速するとジョアンナを片腕で抱き直し、向こうへ指を向ける。

「ほら、見てごらんよ、ジョアンナ。大公園の丘まで全部見渡せる」

風と翼の羽ばたきを聞きながら、ジョアンナはそちらの方を見た。目の前には広大な青い空、眼下には美しい王都の町並みが広がって「あっ」と目を奪われる。

地上には、散歩コースが有名な大きな丘を持った公園もあって、美しい王城や教会の尖塔《せんとう》の様子まで一望出来た。遥《はる》か向こうには、王都の外の緑の大地が広がっている。

確か、あそこには湖が綺麗な森があると最近聞いたばかりだ。

そう思い出したジョアンナは、どこまでも飛んで行けそうな彼を思って、つい羨ましくなった。

「うぅ、腹黒が嫌だ……飛んだ時の話を毎回自慢げに聞かされているのよ。それでいてこうやって実際の光景を見せられたら、楽しくなるに決まっているじゃない…………」

「あははっ、また口から本音がこぼれているよ」

エドワードが、直前までの不機嫌さが嘘《うそ》みたいに笑った。

「この景色は、俺だけのものだからね。楽しくないはずがないじゃないか。もう少し時間があるから、このまま会場を抜けて『空の散歩』を続けよう」

そう提案されて、子供みたいに笑う楽しそうな彼を見つめた。こちらの意見も聞かないまま、両手で抱え直してふわりと飛び始める。

「うーん、結局のところ私の意見を待たないのよねぇ……」

思わず呟いたものの、それでも拒まずに身を委《ゆだ》ねて服を掴む。

「それに、いつも直前にわざと驚かされて、飛び立たれるのよね……。そうやって綺麗な景色見せて叱れなくなるように仕向けるの、少しどうかと思うの」

「君が俺を叱れるはずがないだろう。俺の方が年上で、大人だ」

問いかけてみたら、彼がしれっと答えてきた。

ここに至るまでの行動を、一から思い返してもらいたくてたまらない。七歳も年下の女の子を、空に掻っ攫う十九歳の『大人』が果たして他にいるだろうか？

「大人なら、相手が十二歳の女の子だという配慮ある態度をすべきじゃないのッ」

ジョアンナは悔しそうに、最近学院で学んだ言葉を使ってそう言った。

◆

学院の休みの日、ジョアンナは一日中本を読み漁《あさ》る予定を立てていた。朝食後すぐに蔵書室に閉じこもったものの、数時間も経《た》たないうちに一旦中断となった。

本日まで会社で仕事があるはずのエドワードが、またしても婚約者のごとくやってきたのだ。

一階の開かれたリビングに移動し、庭園を眺められるいつもの茶会用のテーブル席に腰かけている。

昼食休憩のついでに立ち寄ったという彼は、見慣れた外出用のジャケットを着ていた。途中で食べる暇もなかったからと、テーブルに出されたサンドイッチをすぐ頬張《ほおば》った。

「えっと……、忙しかったのなら、別に無理に来なくても良かったのでは……？」

多めに出されたサンドイッチが、あっという間に半分の量になったのを見てそう呟いた。

この茶会は、当初「予定婚約者だから」と両親達に無理やり寄越されて開催されていたものだった。何日に一回という決まりだってないのに、いつの頃からか、彼の方から当たり前の顔をして訪ねてくるようになった。起業してからも、週に一、二回は訪問している。

すると、エドワードが凛々しい様子でピシリと指を立てた。

「来られないほど忙しいわけじゃない。つまり、無理に来たという君の感想については、ただの勘違いだ。子供なのに、大人の事情を勘繰るものじゃないよ」

ちょっと心配して言っただけなのに、どうしてここで、三倍になって言葉が返ってくるのか。

そこはそこで、いつもの調子ながら元気であるらしい。けれど先程、ここに案内してくれた執事に『きっかり四十五分後に呼びに来るように』と言っていた台詞も気になっている。

「あの、エドワード？　そもそも、サンドイッチを口に詰めながら言われても説得力な――」

「仕方ない、一つ分けてあげてもいいよ」

まるで話を遮るみたいに、彼が唐突に美しい笑顔で威圧してきた。そのままサンドイッチを口許に差し出され、パクリと口に入れてしまう。そもそもコレ、ウチのコックが用意してくれたものなんだけど……ともごもご呟いた。

早々にサンドイッチの皿を空にしたエドワードが、開いたままの扉の方に向かって声を掛けた。慣れたように給仕を頼むと、皿とティーカップを下げさせ、続いて珈琲《コーヒー》を口にする。

この幼馴染みが、家の中の事情をすっかり把握しているのは少々複雑な気はする。昔から珈琲を好んでよく飲んでいたのを思い出しながら、ジョアンナは新しく出されたティーカップを見下ろした。

そこには、地味な顔立ちをした幼い自分が映っていた。十二歳になったというのに、数年前とあまり変わり映えもない気がする。相変わらず自信のなさそうな小動物みたいな目が、カップの中からこちらを静かに見つめ返してきている。

小さな唇だけは、そろそろ化粧映えも良さそうねと母に褒められた。でもそんな事はないと思う。だって彼と比べれば、自分はとても子供っぽいから。

そう思い耽《ふけ》っていたジョアンナは、長らく沈黙してしまっていたことに気付いた。

ふと視線を感じて顔を上げてみると、頬杖《ほおづえ》をついてこちらを見ているエドワードがいた。満腹になって落ち着いたのか、久々に見る力の入っていないぼんやりとした様子だった。

「何？　どうしたの、エドワード？」

きょとんとして尋ねると、彼が頬杖をついたまま「別に」と答えてきた。

「ただ見ているだけだよ。だから、勝手に警戒とかしないでいいから」

それは、いつも意地悪なちょっかいを出してくるせいだ。何もするつもりがないのは見て取れるから、嫌な予感もしていない今は警戒心はない。

とはいえ、ジョアンナは「でもね」と言って、居心地悪そうに視線をそらしてしまった。

「こう、何もないのに真《ま》っ直《す》ぐ見られ続けているのも、なんだか緊張するというか……」

「何、俺の視線を意識してるの？」

「なわけないでしょうッ」

すっかり大人になった彼が、ハンサムなのは認める。でも、自分が他の女の子達みたいにトキメクだとか、そんなの絶対にあり得ないだろう。

ジョアンナは、どうしてかムキになって、美青年だと自覚している彼に言い返した。

「もうっ、エドワードったら唐突に何を言い出すのよ！　意味もなく見つめられたら、誰でも緊張しちゃうものなのッ。それに日頃から散々『子供みたいな～』とか言っている癖に――」

「そうやってムキになるところが『子供』なんだよ」

その指摘については、間違っていないような気もしてきた。

言い負かされたように感じて、ジョアンナは悔しくなった。そっちだって子供っぽく意地悪してくることがあるじゃないのと思った時、唐突に「あ」と思い出した。

昨日《きのう》、彼の母であるディーイーグル伯爵夫人が来ていたのだ。会社で寝泊まりして帰って来ないのも多いとは、たびたび向こうの両親に聞かされていた。彼女は紅茶を飲みながら、この前きちんと家で休むよう言ったのに、三日間も子の顔を見ていないと母に愚痴っていた。

両親と仲のいい伯爵夫婦は、どうやら息子の予定婚約に関しては薄々諦めてもいるようだ。跡取りでもあるし、そろそろ婚姻活動前の準備に入ってもいい時期なのに……と最近こぼしてもいた。

せっかくなので、ジョアンナはそれを本人に伝える事にした。

「そういえば、婚姻活動はどうするの？　獣人族って、大人になったらするんでしょう？　もういつ成長変化がきてもおかしくないのに、まだお見合いの準備とか話も出ないでいるって、エドワードのご両親が困っていたわよ」

頬杖をついているエドワードの手が、ピクリと反応する。彼は自然な様子で視線をそらすと、まるで気付かせないかのように指先で頬を数回叩《たた》いた。

「――……君のそばが一番落ち着くなと、最近、そう思わないでもない」

ぽつりと、独り言のように彼が言った。

ジョアンナは、互いの両親が頻繁に交流していたことで、幼馴染みとしての付き合いも長くなった事を思った。今では二人きりの茶会も、他の誰と一緒にいるよりも、それぞれ好きに過ごせるくらいには気心が知れていた。

「君こそ、どうなんだ?」

考えていたところで、唐突にそう尋ねられた。

質問の意味が分からなくて、ジョアンナは見つめ返した。そこには、珍しく眼差しの鋭さもなく頬杖をついているエドワードがいる。

「どうって、何が?」

「婚姻活動だよ。君は、腹黒いのはお断りなんだろう? 人族は幼いうちからでもお見合いをして、婚約もするじゃないか。もし俺が成長変化を迎えたら、君も始めるのか?」

「ううん、すぐにはしないわ。ウチは従兄弟《いとこ》に爵位を継がせる事になっているから、婿《むこ》入りの必要がないもの。お父様もお母様も、そういう事は十六歳からでいいって」

貴族の令嬢として生まれたからには、いつか嫁がなければならない。幼い頃から教育を受けてきたから、ジョアンナも覚悟していた。

それでも両親は、交流のない相手からお見合いを募る事へは消極的なようだった。たとえ予定婚約がなくなったとしても、十六歳までは考えなくてもいいとしか言わなかった。

恐らくは、最初で最後の一人娘だから、愛して甘やかしてくれているところもあるのだろう。ようやく授かった子供で、それ以上の兄弟《きょうだい》が出来る事はない。妹のように接してくれている歳の離れた従兄弟も、ゆっくりでいいんじゃないかなと言ってくれていた。

「婿入り……？」

不意に、エドワードが低い声でそう呟いた。ゆっくり頬杖を解いたかと思うと、静かに殺気立った目を思案気にテーブルへ向ける。

「――アンダーソン伯爵家は、歴史の浅い人族貴族でもない。政略結婚の習慣もある人族の男が、想いもないのに君に近づいて、婿入りを考えない可能性がどこにあると？」

彼のまとう空気が、五度下がったように感じて不思議に思う。

そもそも、こんな地味な自分に近づいてこようと考える人はいないだろう。説明が上手《うま》く伝わっていなかったのかしらと思って、もう一度こう教えた。

「婿入りはないわよ？　だって、家は従兄弟が継ぐと決まっているもの」

「継ぐ前であれば、立ち場的には従兄弟よりも、長子の伴侶《はんりょ》の方が発言力も大きいんだよ。それを君が認めて、君の両親も頷《うなず》けば相手の婿入りも可能だ」

「？　だから、それは無理よ。私は嫁ぐから、家には残らないわ」

結婚が決まったら家を出て、その人の妻になって一緒に暮らすのだ。十二歳でも分かるような事を教えてあげたら、どうしてか彼が沈黙してしまった。

思えば、それを自信を持って言える立場でもなかった。年頃になってから強まった不安を思い出して、ジョアンナも途端にいつもの弱気に戻る。

「まぁ私の場合は、嫁ぎ先を見付けるまでが大変だろうけれど…………」

言いながら、少し長めに伸ばしてある前髪を下に引っ張ってしまう。

貰《もら》い手が見つかってくれるかどうかが、貴族教育を受け始めてから一番の心配事だった。この年頃の女の子達は、もう額の形が見えるようにセットしたりするのは当たり前だ。それなのに自分は、この重たい髪型の一つさえ変える事が出来ないでいるのだ。

先の事を考えるのなら、少しでも綺麗にして令嬢としての評判を上げていた方がいい。その方が、婚姻活動が始まった際に良縁を早く見付けられたりする。

「………君は、愛らしさがないわけでもないだろう。隙を見て、話しかけるオスが少なからずいるくらいには」

先の将来を心配していたジョアンナは、よく聞こえなくて目を向けた。

そこには、難しい表情を浮かべたエドワードがいた。顔をそむけた彼が「帰るよ」と言って立ち上がる。しかし、ふと鈍い眩暈《めまい》でも覚えたかのように額を押さえて動きを止めた。

「どうしたの？　もしかして、さっきから体調でも悪かったりする？」

「いや、――そんなはずはないんだけどな。身体だけは無駄に頑丈だからね」

言いながら、エドワードがなんだろうなと顔を顰《しか》める。

少し調子が悪いみたいだ。それでちょっと様子が変だったのかもしれないと思って、ジョアンナは銀のベルを取って執事を呼んだ。

◆

茶会から数日後、学院から帰ってすぐ唐突な知らせを受けた。

ジョアンナは、エドワードに成長変化がきたと両親から教えられて驚いた。恐らくは、今日から一週間ほどは家から出られないだろうとの事だ。

彼の会社は、以前からそれに備えていたようで問題はないらしい。いくつかの取引先についても、予定されていた商談は、本人の復帰を待つという励ましの返事があったそうだ。そこには彼への信頼の強さを感じた。

「そっか、それで少し様子が変だったのね……」

「僕が正午に屋敷を訪ねたら、ちょうど倒れた直後の騒動真《ま》っ只中《ただなか》でね」

アンダーソン伯爵こと、父のリチャードがそう言って数時間前の出来事を教えた。大慌てで医者が呼ばれて、成長変化であると確認されたという。

「獣人族は、恋に生きる種族とも言われている。成長変化は、精神面が強く作用する部分もあるから、彼も十九歳を過ぎて、何かしら心動かされるきっかけでもあったのかもしれない」

獣人族の多くが、自分だけの運命の人を夢見ているといわれている。彼らと恋に落ちると幸せになれるというのは、未婚の人族の間でもよくされている話だ。

エドワードはそういった理想もなさそうなので、恐らくは例外なのだろうけれど……。

でも成長変化に関しては、全ての獣人族が大人になるために必ず迎えるものだ。身体に残っていた獣の名残が消え、人化するのは痛みと苦しみがあるとは聞いている。

ジョアンナは幼馴染みの容体が気になって、父の話の半分も頭に入ってこないでいた。どのくらいで終わってくれるのか、その後の療養期間についても個人差があるらしいのだ。

「お父様。成長変化って、とても苦しいものなんでしょう……？　エドワードは大丈夫なの？」

「彼は獣人としての血が強いから、恐らくはとても苦しむだろうね」

リチャードは、穏やかな様子ながらキッパリと答えた。妻のジュリーが困ったように微笑むそばで、彼は腰を屈《かが》めて視線の高さを合わせると、大事な一人娘に正面から向き合う。

「僕の可愛いジョアンナ」

そう言いながら、不安そうな表情をした彼女の前髪を、指先で優しくよけた。

「大人になるには、痛みや苦しみを伴う事だってある。彼らはそれを目に見える形で、僕ら人族に示しているんじゃないかなと思う事があるよ。それは人族だって同じだ。僕らはそれを乗り越えて、一人の大人として、そして夫婦として成長していくんだよ」

「…………お父様が言っている事、難しくてよく分からないわ」

「まだ十二歳の君には、少し難しいかもしれない。でも僕は頭の固い経営者だからね、仕方ない。言葉の選び方がへたなんだよ。子育てに関しては、妻に敵《かな》わない」

そこで冗談を挟むように笑いかけられて、ジョアンナも不安感が和らいだ。続いて父に目を向けられた母が、「子育てだけかしらね？」と優しげな表情で言った。

「あなた、ビリヤードとトランプは、私に勝てないじゃないの」

「しまったな、君がいない時に言う台詞だったか」

リチャードは視線をゆっくりそらしながら、「うーん」とのんびりしたように困った声を上げた。それから、小さなジョアンナに目を戻した。

「苦しむだろうけれど、彼の事なら心配はいらないよ。とても有名な『レイ』というお医者様がいて、付きっきりで診てくれるらしいからね」

血が強いとされている獣人族達の成長変化を、もう何十年も診続けている人であるという。

それを聞いてようやく、ジョアンナは強張《こわば》っていた肩から力を抜いた。

母のジュリーが、それを見てふんわりと美麗に微笑んだ。

「ジョアンナ、彼は大人になるために頑張っているの。だから、エドワード君の成長変化が終わったら、彼の元を訪ねて『お疲れ様』と言ってあげなさい」

「それがいい。向こうには、僕の方でそう知らせを出しておくよ」

ジョアンナは「うん」と答えて、こっくりと頷き返した。心配が落ち着いた頭に浮かんだのは、これまでずっと続いていた予定婚約者という関係だった。

幼い頃、両親達が勝手に仮の婚約予定を入れた。まずは彼の成長変化のタイミングで、続行か取り止《や》めかの意思確認をすると言っていた。エドワードもその件があったから、先日の茶会で『その後どうするのか』と訊《き》いてきたのかもしれない。

互いの意思は、あの頃と変わっていない。

自分が十六歳になるまで待つ事なく、これで予定婚約者という関係も終わる。

この先は、もう社交の場に引っ張り出される事もないのだろう。その時間もたっぷり読書にあてられて、通っている学院の勉強にもより専念出来ると思うと嬉しい。

それなのに、ジョアンナは傍《はた》迷惑な年上の幼馴染みが、先に大人になってしまうのを少しだけ寂しくも感じた。

※※※

それから数日後、朝一番にディーイーグル伯爵家から使いがあった。数日間かかったエドワードの成長変化が、夜明け前にようやく終わったという。

使いに寄越された男性使用人は、彼の両親から手紙を預かっていた。そこには彼が無事である事と、『会いに来てあげて、そうしたら早く元気も戻るわよ』と伯爵夫人の言葉も書かれてあった。問題なく終わったという知らせに、安心して涙が出そうになった。

ジョアンナは、授業が終わったらすぐに行く、と来訪の伝言を持たせた。

学院へ登校し、彼がゆっくり休んでいるだろう事を思いながら授業を受けた。それから当日の全授業日程を終えた足で、そのままディーイーグル伯爵邸へと向かった。

すっかり通い慣れた道のりだったので、十二歳の足で一人行くのも不安はなかった。気になってついつい歩みが速くなり、いつもより早く屋敷に到着した。そこには待ってくれていた彼の両親もいて、屋敷の人達も揃《そろ》って温かく出迎えてくれた。

「お嬢様、こちらへどうぞ」

少し上がっていた息を整えてすぐ、二階にあるエドワードの私室に案内された。

広々とした彼の部屋は、眩しい日差しを遮るように内側にカーテンが引かれていた。弱々しく吹き抜ける風があるばかりで、調度品の置かれた室内は、しん、と静まり返っている。

ジョアンナは奥にある寝室を目指して、床に敷かれた絨毯《じゅうたん》を踏みながら進んだ。少しだけ緊張していて、続き部屋の前で一度立ち止まった。

彼が眠っていたらどうしよう、という考えが脳裏を過《よ》ぎった。いつものように突撃も出来ず躊躇《ためら》ってしまった時、中から声を掛けられてびっくりした。

「ジョアンナ。俺は起きてるよ」

よく私だと分かったわね……？

そう不思議に思いながら、そっと扉を開けた。驚いたせいで胸がまだドキドキしているのを感じながら、いつもみたいにすぐに踏み込めなくて寝室を覗き込む。

室内は、半分だけカーテンが引かれていた。顔を覗かせてすぐ、大きなベッドに横たわっているエドワードと目が合ってドキリとする。

数日振りに見る彼は、まだぐったりとしている様子だった。白いシャツはボタンが数個外されて襟元が楽にされているものの、不思議な色合いの茶金色の髪を汗で少し額に張りつかせていた。琥珀を思わせる美しい獣目は、力がなくてどこか儚《はかな》げだ。

「ああ、やっぱり君だ。いつもの『匂《にお》い』が、こんなにもよく分かるなんて」

「匂い？」

よく分からなくて小首を傾げた。そうしたら彼が、少し潤っているようにも見える獣目を、小さく苦笑するみたいに細めた。

「そんなところに立っていないで、ひとまず入っておいでよ」

そう呼び掛けられて、自分の足がすっかり止まってしまっていることに気付いた。ベッドにある彼の背に、いつもの大きな翼が見えない戸惑いもあったジョアンナは、「うん」と弱々しい声で答えて入室した。

翼がない様子をチラチラと見てしまいながら、ベッドのそばに置かれていた椅子にちょこんと腰かけた。普段なら、翼をちょっとしたクッションみたいにしていたのになと思う。

「……その、大丈夫？　無事終わったみたいだけれど………」

随分スッキリとしてしまっている背中から、彼の方へ目を戻して尋ねてみた。

エドワードは返事もせず、こちらをじっと見つめていた。これまで弱ったところなんて一度も見た事がなかったから、そのらしくない様子を見てジョアンナは心配になる。

もしかしたら、急に翼がなくなってしまった違和感もあるのだろう。ずっと身体の一部として当然のようにあって、いつだって自慢げに広げて空を飛んでいた。それなのに、もう飛べないのだ。大人になった代わりに失ってしまったショックもあるのだとしたら……？

そう想像して、自分の事のように胸が痛むのを感じた。彼はすぐに言い返せないくらい、心身共に弱っている。だから余計、なんと言葉を掛けて慰めたらいいのか分からなかった。

「どうして君が泣きそうになっているの、ジョアンナ？」

思わず目を落としたら、エドワードがそう声を掛けてきた。

ジョアンナは瞳を潤ませて、スカートをぎゅっと握りしめてしまった。自分が気の利いた台詞の一つさえ出てこないのは、何も出来ない十二歳の子供であるせいだろう。

「……どんな言葉を掛けたらエドワードが元気になってくれるか、今、必死に考えているの。でも何も出てこなくて、七歳年下の私が、十九歳を励ますのは無理なんだって痛感してるの」

「君は素直だね。馬鹿《ばか》正直だ」

ちょっとだけ笑うような吐息をもらして、そう彼が言ってきた。

それでも、いつものように人を小馬鹿にする感じはなかった。やっぱり声に覇気はなくて、ジョアンナは俯《うつむ》いたまま彼が少し動く音を聞いていた。

「きっと年齢なんて関係ないよ。俺にとっては、それだけで十分だ」

だから、こっちを見なよ――弱々しい声でそう言われた。

視線を上げてみると、枕《まくら》をクッション代わりにして、こちらを見つめているエドワードがいた。やっぱりその背中には何もなくて、随分スッキリしてしまったようにも感じた。それでも先程と違って、彼は小さいながら笑みを浮かべてくれていて、少しほっとする。

「エドワード、お疲れ様」

ようやく、そう口にする事が出来た。

彼が少しだけ目を見開いて、それから「どうも」と苦笑を返してきた。ジョアンナは、場の雰囲気が少しだけ和らいだような気がして、続いてその背中へと目を向けた。

「…………翼、なくなっちゃったね」

「まぁね。獣人族にとっては、人化は大人になるために当然通る道だけれど――、君は残念に思っているんだろうね」

エドワードが、ふっと視線を少しそらした。どこか自嘲《じちょう》気味に口角を引き上げる。

「迷惑そうにしていたところもあったけど、結構楽しんでいたみたいだったから。きっと翼がなくなったら、俺のいいところなんて一つもないと君は思うんだろうな」

「そんな事ないわよ。鳥人間みたいで、ちょっと面白いなとは思っていたけど……」

彼が、珍しく弱々しい口調で自虐的な事を言ってきた。それがなんだか胸が痛くて、ジョアンナは普段だったら言えないような本心を口にした。

「だってエドワードは、私と違って自信たっぷりでしょう？　翼がなくったって、いつも真っ直ぐ目標に向かっているところも全部、すごいなって尊敬しているんだもの」

出会ったばかりだった当初は、その腹黒さがとても苦手だった。でも、今は尊敬して、応援しているところだって沢山あるのだ。

するとややあってエドワードが「ふっ」と苦笑をこぼした。

「『鳥人間』か、それはそれでひどい言われようだ。数百年ぶりの有翼型だと、これまで多々褒められた中で、そんな事を言われたのは初めてだな」

「うっ、あの、ごめんなさい……」

「謝る必要はないよ。翼以外にもいいところがあると、君がそう思ってくれていると知れて良かった」

空元気にも聞こえる声で言われて、その言葉が本気なのか冗談なのか分からなかった。ただどこか不安事でもなくなったみたいに、彼がほっとしているようにも感じていた。

ジョアンナは不思議に思いつつも、今では気心知れた幼馴染みへ素直な疑問をぶつけてみた。

「大きな翼だったけど、背中、すごく軽くなった感じなの？」

「なくなってみると、すごく軽い事に驚いたよ。生まれた時からあったから、重さなんて気にした事はなかったけれどね――……それなのに、身体は一気に重くなったように感じて」

エドワードは、独り言のように続けながら自分の手を見た。

「獣人変化が終わった直後、レイという医者と少し話したんだ。『私もそうだけれど変化でないなってしまう君達にとっては、飛べる種族特有の違和感があるだろう』と言われて、手を借りて少し立たされて……ああ、もう飛べないんだな、と分かった」

でも、と彼は言う。

「正直言うと、ショックは思っていたより大きくなかったんだ。地に足がついて身体が重くなったら、世界が変わったみたいに、地上の何もかもが新鮮にも感じたというか」

しんみりとした様子で見守っていたジョアンナは、ショックは大きくなかったと聞いて安堵《あんど》していた。途中で言葉を途切れさせたエドワードに、手招きされてきょとんとする。

なんだろうと不思議に思いながら、椅子から降りてベッドに寄った。不意に手を掴まれ、その高い体温にびっくりして「あっ」と思った直後には引き寄せられていた。

気付くと、ベッドにいる彼に抱き締められていた。普段の馬鹿力は出さず、まるで噛み締めるようにぎゅうっとしてくる。強く密着した身体からは、いつもはないくらいの熱い体温を感じた。

その腕の中に閉じ込められたジョアンナは、成長変化は風邪みたいなものだという両親達からの説明を思い出した。変化直後は『体調不良』が続いているから、同じように心細くも感じたりする。だから会いに行ってあげてと、そう伝言をもらっていたのだ。

伝わってくる高すぎる体温は、確かに風邪みたいだった。まだまだ本調子ではないらしい。

「私もね、風邪を引いた時はそうだったわ。エドワードも、まだ変化が終わったばかりで体調が万全じゃないものね。寂しくなっちゃったの？」

「…………うん、そうかもしれない。身体が重くなったら、なんだか胸にぽっかり穴が開いたみたいにも感じるんだ」

エドワードがそう言いながら、よりぎゅぅっと抱き締めてきた。

大人しく抱き締められてあげていたら、彼の雰囲気が少し落ち着いたのを感じた。やっぱり体調が悪くて心細いらしい。ジョアンナは彼の背中を、ぽんぽん、と撫《な》でてあげた。

「こうしていると寂しくない？　それなら、もうしばらくぎゅっとしていてもいいわよ。エドワードのご両親もね、成長変化の直後は、少し不安定になってしまうものだと言っていたの」

だから、とジョアンナは幼いながらに言葉を続けた。

「少しの間こうしていてあげるから、早く元気になってね」

「……俺の方が年上なのに、変な感じだ」

「じゃあ年上らしく、ちっちゃな事でイジメてくるのはやめてよ」

ここぞとばかりに伝えた。

すると、彼がふっと苦笑をこぼして「それは無理」と言ってきた。その吐息が耳元にあたって、少しくすぐったい。

「君をおちょくるのは、やめられない」

なんて人だろう。普通七歳年下の女の子に対して、面と向かってそう答えるの？

ジョアンナはそう思ったものの、彼が早く良くなりますようにと抱き締められたままでいた。先程見た弱り切った様子には胸が痛んでいた。

これでようやく、彼は獣人族として大人になったのだ。昔、『早く大人になりたい』と口にしていた時期があったことが思い出されて、どうか早く体調不良が治りますようにと願う。

「エドワードは、これからますます忙しくなるんでしょうねぇ」

だから、早く復帰して夢に突き進んで欲しいと思った。

幼い頃にあった未来視で、自分達が婚約も結婚もしないとは知っている。彼の成長変化のタイミングで、この予定婚約が終わりになる事を考えながら、明るい未来を想像して話した。

「爵位を継ぐ前にお父様の事業を越える会社にしたいって、ずっと楽しく走り回っていたんだもの。だからこれからは、もっと集中して目標に向かって頑張っていけるわね」

「唐突に、何？」

こちらを抱き締めながら、エドワードがのんびりと言う。

そういう落ち着きぶりも珍しい。腹黒さも全くないせいか、その腕の中が、父や従兄弟に抱き締められているようにとても心地よく感じた。変だなと思って、ジョアンナは「ふふっ」と笑うと、この先の明るい未来を思い描いて楽しく話を続けた。

「だって予定婚約者じゃなくなったら、今よりも沢山時間が使えるでしょう？　私もね、勉強や資格取得にもっと力を入れていこうと思うの。令嬢として嫁いで『奥さん』になったら時間もそんなに取れないだろうし、子供が出来る前に事業申請を――」

その時、こちらを抱き締めている彼の手が、ピクリと反応した。

不意に腕の力が強くなった。その胸に押さえ付けられるようにぎゅっとされたジョアンナは、苦しさを覚えて言葉を切った。身じろぎするものの、彼は力を弱めてくれない。

「エドワード、どうしたの？」

「…………君が、誰かの奥さんに…………？」

耳元で、独白のような低い呟きが聞こえて、ゆっくりと腕を解かれた。

そのまま近くから見つめ返され、ジョアンナは戸惑った。強い獣目で見据えてくるエドワードが、先程と違ってピリピリとした空気をまとっていた。

「その予定婚約者の件だけど、このまま続行させてもらう」

「えっ、続行するの⁉」

「何か問題でも？　君は十六になるまでは、婚姻活動をしないと言った。それとも、今すぐ互いの両親達に『否』を示す必要があるのか？」

考える暇も与えないように続けてそう確認され、強い口調に気圧されてしまう。

「まぁ、確かに婚姻活動はすぐにはしないけど……でも、続けるってどうして？」

「君も知っている通り、俺は自分の会社で忙しいんだ。こんな中で婚姻活動なんていう興味もないものに時間を取られたくない」

興味がないと言い切られて、呆気に取られた。それ、憧れを抱いている女性達とご両親には、言わない方がいいわよ……とジョアンナは思ってしまう。

返す言葉が見付からないでいる間にも、エドワードの方はいつもの調子を戻したみたいだった。話の結論を言い渡すかのように、少し顎《あご》を上げて偉そうに指まで向けてくる。

「俺は仕事に集中したい、君だって十六歳になってから動いても全く問題ない。なら、それまでは『予定婚約』のままでいく」

何故か上から目線で、予定婚約者の続行を宣言された。

ジョアンナは信じられない思いで、「嘘でしょ……？」と呟いてしまったのだった。

二章　そのご令嬢、予定婚約者を続行中……

あれから四年、来月で十六歳になるジョアンナは、王都にあるエレスティン国立学院に通っていた。

そこは多くの貴族が通う名門校で、基本課程は男女比が半々となっている。経理・経営を学ぶ令嬢は少なく、専門科目を取っている女子生徒は、満期の専門コースにおいては一割にも満たないでいた。

ジョアンナは、個人事業主として相談所をやるという夢のため、入学してからずっと少年達と一緒になって幅広い知識を習得すべく勉強していた。知らない人とすぐ交流できるタイプではないので、男子生徒だらけの教室に入る時はいつも少し緊張してしまう。

週半ばの本日、授業が通常の半分しかない学院内には、楽しげな空気が漂っていた。

いくつかの選択授業も早めの終了となっていて、生徒達は「早く帰らなくちゃ」と楽しげな声を弾ませて大廊下を歩いて行く。指定服がないため、男女共に派手すぎない外出用の私服衣装だ。その胸元には、各所属学年を示す色違いのバッジが着けられている。

そんな賑《にぎ》やかさ溢《あふ》れる大廊下の片隅で、ジョアンナは膝《ひざ》を抱えた姿勢で座り込んでいた。並ぶ柱の後ろに身を潜めて、教授関係者の通路側を向いたままじっとしている。

講義室から荷物を抱えて出てきた男性教授が、その姿に気付いて足を止めた。濃い錆《さび》色のたっぷりの髪を大きく三つ編みし、十六歳前にして大きなリボンを留めているという少し風変わりな童顔令嬢、ジョアンナを数秒ほど見つめる。

「………アンダーソン君？　ジョアンナ・アンダーソン、一体何をしているのかね？」

「人違いですわ、ラックベイ教授」

「いやいやいや、その年頃で髪に大きなリボンを着けて似合っている女子生徒なんて、私は君以外に知らないよ」

「教授、すみません。私は隠れている真っ最中なので、話しかけないで頂けますか」

ジョアンナは、床をじっと見つめながらそう言った。数秒ほど困ったように頭をかいたラックベイ教授が、「やっぱりアンダーソン君は、変わっているなぁ」と不思議そうに呟《つぶや》きながら、一体何をしているのか見当もつかない様子で去っていった。

そんな彼と入れ違うようにして、大廊下を歩いてくる女子生徒達の話し声が聞こえてきた。

「今日《きょう》行われるお花見パーティー、楽しみねぇ」

「春の社交シーズンの始まりだものね。本婚約の方々にもお声が掛かっているから、人族の令嬢達も人気の殿方を見たいと、男性パートナーを見付けて参加されるそうよ？」

「ようやくご結婚されたユーニクス家の『白銀の騎士様』も、注目されているわよね。一角馬《ユニコーン》の聖獣種でしょう？　ご兄弟揃《きょうだいそろ》って見目麗しくて、溜息《ためいき》が出ちゃうわ」

「そういえば、あの蛇公爵様が単身で初参加されるそうよ。それで一部の家の方々が、自分達の娘を勧めるために、わざわざご夫婦で参加されるとか」

「あら、パートナー必須のパーティーなのにご単身で？　ますます楽しみね！」

私はちっとも楽しみじゃない。

こちらへと近づいてくる女子生徒達の話し声を聞きながら、ジョアンナはどんよりと落ち込んだ。濁ったように見える濃い藍《あい》色の瞳《ひとみ》を、深刻そうに床に向けている。

彼女達が話しているのは、春の社交シーズン開幕を祝う花見パーティーだった。毎年、花が咲いている間だけ一般公開される『王妃の大庭園』と呼ばれている場所で開催される。男女のペアであれば入場可能で、王都中の紳士淑女が揃って楽しみにしているのだ。

人の賑わっている場所が苦手なジョアンナは、今回も参加する予定は立てていなかった。それなのに、予定婚約者という関係が続いている二十三歳になった幼馴染《おさななじ》み――エドワードのせいで、今日になってこうして頭を悩まされていた。

そう思案している間にも、女子生徒達がお喋《しゃべ》りを楽しみながら柱の表側を歩いていく。

「今回は、あのディーイーグル伯爵家のエドワード様もご出席されるそうよ。他《ほか》にはない美しい髪を見たいと、王都の外からも人族の令嬢達が王都入りしているみたい」

「あらっ、それ本当!?　とても素敵な殿方よねぇ。起業五年目にして、王都で五本指に入る大手会社の社長でしょう？　ほんと、お見合いを受け付けていないのが残念ですわ」

「仕方ないですわよ。歳《とし》の離れた幼馴染み様とご婚約する予定で、お相手の成長を待っていらっしゃるようですもの。ロマンチックですわよねぇ」

ロマンチックじゃないんです。彼はただ婚姻活動が面倒だと思っていて、ただただ仕事に集中したいだけなんですよ……ジョアンナは、心の中で言い返して頭を抱えた。

両親達が望んでいるというだけなのに、周りの人々は将来婚約する事が決定しているかのような扱いだった。いつも『予定婚約者』と呼ばれ、正式なパートナー認識されている。

おかげで、本日の花見パーティーへの参加も勝手に決まってしまっていた。

急きょ入れられた予定については、営業を掛けたい相手がいるというエドワードの都合である。それを知らされたのは今朝《けさ》で、両親にこう説明されて戦慄《せんりつ》した。

『せっかくの開幕初日だからね。学院まで彼に迎えに行ってもらう事にしたよ』

『初日はとても賑わっているのよ。二人でゆっくり楽しんでらっしゃい』

なんで迎えをお願いするの、と逃げ道を断たれた感が半端なかった。

だから、こうして隠れているのだ。少しもしないうちに大廊下を歩く生徒達の姿が減り、正門の方角から賑やかさが鈍く響いてこようと微動だにしなかった。

ジョアンナは身じろぎもせず、ずっと回避策を考えていた。あの腹黒で賢い幼馴染み相手への対策なんて、ちっとも浮かんでくれないでいる。

このまま身を潜めていればやり過ごせるのではないか、と実に単純な方法が脳裏を過《よ》ぎった。

さすがのエドワードも、この無駄に広い学院の中ですぐには見付けられな——。

「見付けた」

唐突に、大人《おとな》びた美声が耳元に降ってきた。

「こんなところで随分面白そうな『かくれんぼ』をしているね、ジョアンナ？」

ふっと吐息を掛けられて、ジョアンナは「ひぇっ」と血の気が引いた。ぎこちない動きで首を動かしてみると、そこには腰を屈《かが》めてこちらを覗《のぞ》き込んでいるエドワードがいた。

二十三歳になった彼は、同性が憧《あこが》れるような魅力と自信をまとった大人になっていた。毛先だけ色が違っている美しい茶金色の髪。すっと通った鼻筋の上には、琥珀《こはく》を思わせる凛々《りり》しい獣目。引き締まった身体《からだ》は背丈があり、丈の長いジャケットも完璧《かんぺき》に着こなしている。

目が合った途端、マイナス五度の美麗な笑みをにっこりと返された。それを正面から受け止めたジョアンナは、苦手な腹黒い気配に目をぶわりと潤ませた。

「ぴぎゃ————ッ、出たああああああ！」

「あははは、小さい頃《ころ》と変わらず変な悲鳴だね。というか美しい俺《おれ》を見て、露骨にその反応とか失礼すぎないかな？　ん？」

言いながら、ずいっと顔を近づけられた。そのこめかみに小さな青筋が立っているのが見えて、ジョアンナは余計怯《おび》えた。こうやって、いまだに大人げない圧を掛けてくる年上の幼馴染みが嫌すぎると思った。

すると、すぐに飽きたらしいエドワードが作り笑いを解いた。腕を伸ばしてきたかと思ったら、慣れたように荷物みたいに持ち上げられて、ひょいと脇《わき》に抱えられてしまう。

反論しようとしたジョアンナは、ふと、何度か見た事のある彼の部下がいる事に気付いた。思わず目を向けて「あ」と言ったら、その相手がちょっと頭を下げる。

「どうも、お嬢様。お久しぶりです」

ベレー帽を被《かぶ》った青年フィップが、優しげな新緑色の獣目を細めて苦笑いで挨拶《あいさつ》してきた。どうやら、彼が今回も御者を務めるようだ。そのまま杜の後ろに転がっていた鞄《かばん》を拾い上げてくれるのが見えた。

ありがとうと伝える間もなく、エドワードが歩き出してしまった。ジョアンナは慌てて目を戻すと、「というかッ」と涙目になって怒った。

「わざわざどうしてエドワードが直接迎えにくるのよおおおおお!?」

「君の両親に頼まれたからだよ。衣装も替えないと聞いたし、俺だって仕事の途中だからとりあえずそのまま向かう」

重さなど感じていない様子で、優雅に歩きながら彼がしれっと言う。

そもそも仕事が忙しいのを分かっていて、どうして彼に迎え役までさせるのか。そう悔しそうに考えるジョアンナの後ろで、ついてくるフィップが首を捻《ひね》っていた。

「――……社長、自分で提案して、急ぎ仕事を片付けてなかったっけ？」

そう呟く部下の声も聞こえないまま、彼女は「それにねエドワードッ」と言う。

「前々から言ってるけどッ、レディをいきなり腕一本で連れ去るのもどうかと思うの！」

「ここ数年聞かされている台詞《せりふ》だけど、俺にはチンチクリンにしか見えないよ」

そう言い返されたジョアンナは、ますます涙目になって「くそぉ」と悔しさを噛《か》み締めた。

もうそろそろで十六歳になるというのに、顔だけでなく体型も地味だったのだ。それもあってドレスの寸法を直す際には、微妙な空気が流れたりもしている自覚があった。

食わず嫌いをした覚えもないのに、腕も足も細いままだ。胸の膨らみやお尻《しり》の丸みも、学院の後輩達に負けてしまっている。どうやら全体的に身体の作りもまだ幼いようで、同年代の少女達と歩いていても、年下に勘違いされたりする事もあった。

もしや自分は、適齢期を過ぎるまで見合い話すら来ないのではないだろうか……？

ここ一、二年ほど、女性としての魅力を考えさせられ、年頃らしいそんな不安を強く感じ始めていた。嫁ぎ先も見付からない伯爵令嬢、と言われて両親に迷惑をかけたくはない。

「もうっ、いちいち人の傷口をえぐってくる腹黒とか、ホントに嫌！」

ぐるぐると考えてしまったジョアンナは、そう怒って無駄に頑丈な馬鹿《ばか》力持ちの彼の腹辺りをぽこぽこと叩《たた》いた。その様子を後ろから見ていたフィップが、ぎこちなく視線をそらしながら「……あの社長を叩くとか、すごい勇気だ」と呟く。

いつもの貧相な威力の反撃を受けたエドワードが、呆《あき》れたように目を向けた。

「暴れるなよ、スカートなのを忘れたの」

そう言いながら、一度足を止めると彼女を横抱きにした。それから、彼はこれで問題ないと言わんばかりに歩みを再開する。

「気弱で泣き虫なのに、たまに発揮される根性と行動力はなかなかのものだよね」

「ちょっと待って、なんでお姫様だっこしたの⁉」

「君が子供みたいに、足をバタバタさせるからだよ」

そう言い合う姿を、数人の女子生徒達が立ち止まって目で追う。羨望《せんぼう》と応援心が浮かぶ眼差《まなざ》しで、うっとりとしている表情を浮かべていた。

そちらを見たフィップが、居心地悪そうに口角を引き攣《つ》らせた。気付いたジョアンナも、彼女達の方へ目を向けて「あっ」としおらしい声を上げた。皆には彼がハンサムな大人に見えているのだと思い出して、この構図を今更のように意識してしまい、かぁっと顔が熱くなる。

「エ、エドワード下ろしてっ、なんか無性に恥ずかしくなってきたから！」

「――へぇ。なら、余計に下ろしたくなくなった」

抱えられている背中と膝の裏を、更にぎゅっと引き寄せられた。身じろぎも出来なくなって羞恥《しゅうち》が増し、伝わってくる体温のせいでもっと熱くなってしまう。

すると、彼が琥珀のような獣目で覗き込んできて、フッと美麗な微笑を浮かべた。

「もっと恥ずかしがるといいよ。俺は、君がいちいち騒いで注目を集めようと全然困らないし、君がそうやって、勝手に半泣きになるのも面白い」

「分かっていてやってるのね!?　もうッ、なんでそう嫌がらせをしてくるのよぉおおお！」

「君を苛《いじ》めるのはやめられない」

エドワードは顔を上げると、上機嫌にそう口にした。

擦れ違った男子生徒達が、ドキドキさせられた様子でチラリと目で追った。彼らが「アンダーソン伯爵家令嬢の、予定婚約者の若社長だ」と小さな声で話すのが聞こえてくる。

「それで、来週の茶会はウチの会社にくるの？」

「へ……？」

唐突に、直前と違う調子で淡々と問い掛けられて、ジョアンナはきょとんとした。

「来週って、何が？」

「この前少し話していただろ？」

エドワードが、こちらを再び見下ろしてそう確認してくる。

「ウチの会社の部屋に空きがあったら、将来はそこに相談所を置くのもいいかもって。その下見をしてやろうかとかどうとか、一人で熱く語っていたじゃないか」

忘れたの、と問い掛けられて先日の茶会を思い出した。

彼の会社は、先月にも新たな増築が完了したりと、ここ数年ですっかり大きくなっていた。

最近よく冗談のように『もっと大きなビルになったら、一つ部屋を無料で貸そうか？』と言われていて、先日も同じように話を振られたのだ。

いつもの、ただのたとえ話だろうと思っていた。今回の増築前にも行ったけれど、彼が経営する会社には相変わらず無駄な空間は一つもない。だからこっちも冗談のように想像を膨らませて、それはそれでいい案かもしれないとも感じ、軽い調子でそう答えたのである。

「……えぇと、エドワード？　あの、その……部屋が空くのは無理なのでは……？」

「どうして無理だと？」

「だってあなたの会社って、きちんと計算されて作られているもの。空きはないはずでしょう？」

「やろうと思えばやれるよ。最上階にある社長室の隣とか」

ジョアンナは、すぐに返ってきた答えを聞いて戸惑った。こちらを見下ろしている切れ長の獣目は、至極真面目《まじめ》で茶化している風でもない。髪先だけ色が違ったやや長めの美しい茶金色の髪が、そこにサラリと掛かっているのが見えた。

すると、エドワードがもう少し抱き上げるように力を入れて、腕できゅっと引き寄せてきた。

「何を考えているの、ジョアンナ？　君が迷う事はないはずだけれど」

「その、まさか部屋を貸してくれる案を、本気で考えてくれているとは思わなくて……？

ちょっと、わざと子供扱いするみたいに顔を近づけてこないでよ」

窺《うかが》うように覗き込まれたジョアンナは、彼の顔を手で押し返しながら「そもそも」と言って続ける。

「私の記憶が間違っていなければ、社長室の隣に一人で使えるような部屋はなかった気がするのだけれど……」

「言っただろう。先月に増築した」

元々使わせるために作った、みたいにも聞こえる言い方だった。

そう疑問を覚えた時、建物の外に出た。ジョアンナはすぐそこの停車場に、見慣れた彼の会社の馬車が停《と》まっている事に気付いた。エドワードが視線を察して同じ方向へ目を向けると、部下のフィップが「すぐに出発させますんで」と言って軽快に走り出した。

※※※

馬車に乗せられて数十分後、王都一の大庭園を持った旧エティエンヌ公爵家別邸に到着した。

そこは何代目かの王妃の生家跡地で、『王妃の大庭園』と呼ばれている花園があった。

旧エティエンヌ公爵家別邸は、建物の周囲一体が大庭園に取り囲まれている。庭園の規模としては国一番の広さを誇り、敷かれている用水路も凝ったデザインで美しい。芸術品であると讃《たた》えられた巨大噴水場は、民家が一つ収まってしまうくらいに大きい。

別邸は現在、親族にあたるシャムロット公爵が管理していた。毎年盛大に花見パーティーが開催され、開花時期が終わるまで大庭園は一般公開されている。

　ここは春の訪れを祝福するように、王都で最初に花が満開となる事でも知られていた。色取り取りの花々は、たった一晩で魔法のように一斉開花するという。それでいて、植物を専門とする学者達も首を捻るくらい、かなり長い間最盛期を保って咲き続ける。

　この土地に何かしらの不思議な力が働いているようだが、詳細は分かっていないらしい。

「最古の竜が一頭だけ存命していた、という説も伝えられているんですよ～。王妃様を『親友』として、そしてここで最期を迎えたのではないかっ、と！」

　先程からそう話し続けている天然パーマの男――出会い頭に、新聞記者のトーマス・マクソンであると名乗ってきた三十歳の彼を、ジョアンナはもう二十分近く見つめていた。

　ネクタイもないシャツの上から、少しよれよれになったジャケット。その左腕には、『記者』と書かれた腕章が着けられている。取材したいと申し出られてから、口を挟むタイミングがないほど喋り続けられて断りを入れるチャンスが見付からないでいる。

「太古の時代、竜は大地に恵みを与えて森や湖を作り、全ての生き物を慈しみ導いた存在であるとされています。死した後の身体が山となり、木となって実を付け、野となって美しい花を咲かせる。そんな彼らには、このような奇跡も起こせたと言われているのです」

　そう続けられる話を聞きながら、ジョアンナはそろりと目を動かした。

　見渡す限りの花園は、日差しの下で様々な花が鮮やかに映えていた。どこもかしこも上品な甘い匂《にお》いが立ちこめていて、そこを歩いて観賞に耽《ふけ》っている参加者達の姿が多くある。

向こうの噴水近くを見やれば、恰幅《かっぷく》のいい紳士と話しているエドワードの姿もあった。時々、他の貴族達が声を掛けて一緒に少し談笑している。

エドワードは入園早々、話し掛けられてしまい、彼の用がどのくらいで終わるか分からない事もあって別行動を提案した。そんなに時間は掛からないから遠くへ行かないようにとは言われていたものの、せっかくだから一人で見て回ろうと思った。

そうしたら、散策を開始して少しもしないうちに、園内を取材中だったトーマスに「エドワード・ディーイーグルの予定婚約者様ですよね⁉」と突撃されたのだ。

つまりこの状況も、あの幼馴染みが原因みたいなものだった。それについて考えていると、向こうを見ているのをなんと取ったのか、話し続けていた彼が「おぉッ」と瞳を輝かせた。

「やはり予定婚約者様が気になりますか！　いや～、なんと言っても、今大注目されている若社長でもいらっしゃいますからね。しかも二十三歳にして、まだ仮婚約者は一人もなし！」

「あの、私は別に、これといって気にしていませ――」

「ははははっ、照れなくてもよろしいのですよ！　是非お話を聞きたいカップルの一組だと思っておりましたので、ユーニクス家の次男様に続いて、こうしてお会い出来て光栄です！」

こちらの話も聞いていない様子で、トーマスが陽気な笑い声を響かせた。

予定婚約者、カップル……聞いた言葉を頭の中で反芻《はんすう》して、ジョアンナは心境的に複雑になった。どうやら世間の人々は、自分達の『予定婚約』を、当人同士が約束しているものと認識してしまっているところもあるらしいのだ。

　恐らくは、獣人族が恋愛婚を重視しているせいだろうと思う。人族同士の場合、家同士の結び付きを強めるための政略結婚も珍しくはないけれど、彼らはそれをしない。仮婚約で婚約候補者を挙げて、きちんと交際した後、結婚する相手を定めて『本婚約』を行う。

　そう獣人族の独自の婚姻習慣を思い返していると、トーマスがこう続けてきた。

「まっ、先程はユーニクス家の次男様のおかげで、死に掛けましたけどね！　いや〜びっくりしました。一角馬《ユニコーン》の種族的な性質は知っていたつもりでしたが、新婚だとますます凶暴馬で」

「死に掛けたって……大丈夫だったんですか？　というかユニコーン……？」

「問題ないっすよ〜。スマートに殺され掛けましたが、代わりに俺の相棒が埋められたくらいですかね！　俺は獣人族の恋を追い掛けるのが大好物で、何よりの生き甲斐《がい》なんです。せっかくカップルだらけのこのイベントで途中棄権とか、勿体《もったい》なさすぎますって！」

　だから相棒記者を身代わりにした、と堂々と言い放ったトーマスが、続いて青空を仰いで「わはははははっ」と大笑いした。

　ジョアンナは、このパーティーを取材しているというその新聞記者を見つめながら、苦手意識を覚えて一歩後退していた。そもそも、自分とエドワードの間にそんな話はない。

「えっと……、トーマスさん？　すみません、恋の取材というのなら私には無理で——」

「生き伸びた甲斐あって、こうしてジョアンナ嬢と会えて本当に幸運でした！　何せ、あの気高い鷲《わし》一族が、久々に人族から伴侶《はんりょ》を選ぶかもしれないとか、もう超ロマンな予感！」

「伴侶って、それ違いま――」

「おかげで俺のテンションは、十年前から上がりっぱなしですからね！」

ことごとく台詞を遮られたジョアンナは、心底困って涙目になった。どうやら彼は、聞く耳を持たない自分ペースな人であるらしい。

先程唐突に話し掛けてきた、このテンションの高い男をどうにかしたい。そう思って見つめている間も、彼は喋り続けていた。

「しかも、ご婚約の約束を立てられた当時は、六歳と十三歳でしょ？　それを聞いて、俺は胸が震えましたよ。なんと言っても、獣人族は愛情深い種族ですからね！」

「あれ？　さっき死に掛けたと言っていませんでしたっけ……？」

「ジョアンナ嬢は、獣人族が仮婚約や本婚約を行う際に、【求婚痣《きゅうこんあざ》】を付ける事は分かっていますよね？　それは大人の獣人にしか出来ないという事もご存じで？」

またしてもこちらの声を聞かないまま、唐突に話を振られてしまった。ジョアンナは、同じ人族だと分かる彼の濃いブラウンの目を見つめ返すと、ゆっくり小首を傾《かし》げる。

「はぁ。まぁ、それくらいは知っていますよ」

「その求婚痣を受ける相手も、出来る限り大人である事が望ましいというのはご存じですか？

肉体的に未熟である場合、身体への負担が大きくなってしまうからです」

噛む事によって出来る求婚痣は、一種の魔術契約のような仕組みになっている。それぞれの一族の紋様が浮かび上がるのは、傷口から直接相手の魔力が入り込むためだ。そのため耐性が弱い子供だと、しばらくは高熱にうなされてしまう事もあるという。

ジョアンナは話を聞きながら、王都でよく見られる求婚痣を思い返した。仮婚約だと、ほとんどの場合は、手の甲や腕に小さな紋様が付いているから分かりやすい。

「だから求婚痣を持っている子供はいないのね」

「その通りです。ですから獣人族であれば成長変化後、人族であれば女の子は十六歳、男の子は十八歳からが最良とされているわけです」

そう言ったトーマスが、不意に凛々《りり》しい眼差しをした。意気込むように右足を踏み込んだかと思うと、力強い演説でもするかのように突然「ですから！」と大きな声を上げた。

考えに耽っていたジョアンナは、その声を聞いてビクリとした。

近くを通っていた中年夫婦が、同じように肩をはねさせて振り返る。彼らの丸みがある穏やかな獣目が、ポーズを決めたトーマスと、その腕にある『記者』という腕章を交互に見ていた。

「早いうちにお相手を見付けた場合、獣人族はその時までじっと待つんですよ。まさに今のあなたと彼がそうなのです！　好きすぎるのに求愛の印も刻めず、噛みたい欲求を抑え込んで我慢して待ち続けている獣人族とか、すごくロマンチックだと思いませんか！」

トーマスの雄叫《おたけ》びのような声が、美しい花の大庭園に場違いな空気を放って響き渡った。

かなりの勘違いをしているらしい。仮婚約をする予定もないのにと思って、ジョアンナは呆《あっ》気《け》に取られて声も出ないでいた。

美男美女の組み合わせでもないのに、そんなロマンチック百パーセントな妄想をされても困る。そういった期待や想像をさせるような見目も行動もしておらず、初見の人に「この子がディーイーグル様の幼馴染みの……?」と驚かれるくらい地味な令嬢なのだ。

それに対して二十三歳になった現在のエドワードは、今や大人の男性としての美貌《びぼう》も兼ね備えていた。少年時代から美しい人ではあったけれど、ますますモテモテになっている。

ジョアンナはそう比べて、チラリと幼馴染みの方に目を向けた。

いつの間に集まったのか、そこには十人もの令嬢達がいた。囲まれたエドワードは完璧な猫をかぶった態度で対応しており、まるでこちらに見せつけるようなモテっぷりだった。

彼女達は、憧れの人が理想通りの美男子のようだと感激している様子だった。何かしら悩殺されたらしい数人が、ドレスを揺らしながら黄色い悲鳴を上げて去って行く。

その声に気付いて、トーマスが目を向けた。

「お～っ、なんという人気っぷりでしょう！　ジョアンナ嬢は、予定婚約者としてさぞやもやもやされているでしょうねぇ。ささっ、いつでも彼の元へ駆けて行っていいのですよ。俺、バッチリこの目に焼き付けて、記事を一本書きますから！」

「もやもやしていません。それから記事にするのも、やめてください」

一体どこに載せる記事だというのだろうか。

そう思いながら答えた時、ふっとエドワードが見つめ返してきた。大人になって猫かぶりと腹黒さに磨きがかかっている彼が、こちらの視線に気付いていてにっこり微笑《ほほえ》む。

氷点下の美しい笑みだ、機嫌がマックスで悪いらしい。

その笑顔を見た瞬間、ジョアンナの背筋を悪寒が走り抜けた。彼と一緒にいた中年紳士と令嬢達も振り返ってきたので、ひとまず愛想笑いを返したものの口許《くちもと》が引き攣るのを感じた。

既に目的は達成していたのか、エドワードが中年紳士達に短く挨拶をしてこちらに向かってきた。そのピリピリとした空気に気付いていないのか、トーマスが目を輝かせて、目の前まで来た彼に見事なお辞儀で名刺を差し出した。

「お初にお目にかかります！　新聞記者のトーマス・マクソンと申します！」

「――ああ、雑誌も手掛けているニコラ・ヴィッジのところの会社か」

エドワードは名刺を受け取ると、これといって興味もなさそうに獣目を流し向ける。

「ご存じのようで嬉《うれ》しいです。何せ我が社は、王都の中ではまだまだ新参枠ですからね。実は本日、このパーティーにご出席されている方々に取材しておりまして――」

「聞こえていたから、何を話していたのかは知っているよ」

「ふはははっ、さすがは獣人族ですね！　ああやって対応していた中でも、しっかりこちらの会話に意識を向けていたわけですか。それはそれで、スリル満点で大変結構です」

ジョアンナは話を聞きながら、ますますよく分からない人だと思った。

受け取った名刺を、エドワードがジャケットの内側のポケットへと入れた。対外向けの落ち着いた声色で「ジョアンナ」と呼んで見下ろす。

「待たせてすまなかったね。二人で園内を少し散歩してから、帰ろうか」

「えっ、このまま帰るんじゃゃ――」

そう言いかけたジョアンナは、にっこりと笑い掛けられて口をつぐんだ。他に用事もないはずなのにと思っていると、彼が普段の調子を少し覗かせてこう続けてきた。

「君、散策したかったんだろう？」

「あ。そういえば……まぁ時間がありそうだったら、そうしようかなと思っていたのは確かだけど」

取材したいと突撃してきた人へ、チラリと目を向けてしまう。

すると、手帳とペンを取り出していたトーマスが、ようやく気付いた様子で「そうだったのですか、こりゃ悪い事をしてしまいました」と言った。

「俺が邪魔してしまったみたいですね。それはすみませんでした、ジョアンナ嬢」

「いえ、別に謝られるほどの事では……あの、どうしてペンの用意を整えているんですか？」

「せっかくエドワード・ディーイーグル様に接触出来ましたので、ここ最近本人に訊《き》きたくてたまらなかった質問を一つしてみたいと思いまして」

「質問？　エドワードに？」

「はい。あまりお時間は取らせませんので、少しだけ予定婚約者様とお話ししても構いませんか？」

そう許可を求められて戸惑った。主導権は自分にはないし、話をしたいのなら本人に確認したらいいのに……そう思って目を向けてみると、こちらを見下ろしているエドワードがいた。

「まぁ、君がいいと言うのなら構わないけどね」

ずっと見ていたのか、目が合った彼がふいっと顔をそらしてそう言った。トーマスの方を向くと、少し面倒そうに秀麗な片眉《かたまゆ》を上げる。

「それで？　質問とは何かな。するのなら手短に頼むよ」

「では早速ですが、実はお二人について、一部の人達が『互いが幼馴染みとして交友関係にあるだけで、結婚までは考えていないようだ』とお噂《うわさ》されているらしいのです」

その前置きを聞いたジョアンナは、彼と揃って沈黙した。

正しく当たっている。誤魔化されずに分かっている人もいるようだ。足元に目を落として少し感心していると、隣にいるエドワードがにっこりと笑ってこう言った。

「そんな噂があるんですね」

「そうなんですよ～、全くおかしな『作り話』もあったもんです」

トーマスが、メモの準備をバッチリ整えたまま相槌《あいづち》を打った。慣れたように紙面にペンを立てると、「そこで尋ねたいのですか」と続ける。

「獣人族は、運命の恋を夢見る種族だと聞きます。まだ仮婚約もされていない状況の中で、もし彼女が『あの人が私の運命の人なんだわ』と別の男性と結婚を望んだとしたら、止めないんですよね？　その場合、今後の交友関係もなくなってしまうのでしょうか？」

恋が成就した相手を尊重する種族でもある、という内容をジョアンナは思い返した。社交の場に出るようになってから、婚約した獣人貴族への妬《ねた》みや嫉妬《しっと》話がない事に気付いて尋ねてみたら、両親達がそう教えてくれたのだ。

動物的な戦闘本能を持ちながら、他者の幸福を心から祝える心優しい隣人。

王都では、獣人族をそう言う人もいた。他種族と共存し続けている彼らは、動物的な直感のようなもので『相性』を察知する事も出来るらしい。お見合い活動の際には、仮婚約である婚約者候補の判断基準の一つにもなっているのだとか。

「――なくなりは、しないよ。彼女は、俺にとって唯一の幼馴染みだから」

ふと、そう切り出す声が聞こえた。

「彼女にとって一番を考えるのなら、俺はこのまま幼馴染みとして、同じ会社で事務所を構えたりなんでもないくだらない話をしたり――……それだけで満足すべきなのかと」

目を向けてみると、どこか思案している様子のエドワードがいた。彼にしては珍しく言葉に詰まる返答で、トーマスが間の抜けた表情を浮かべて「たとえ話ですか？」と言う。

もしかして来月の事を考えて言ったのだろうか……？

少し考えてそれに思い至り、いつもの彼の計算高い腹黒な演技力が脳裏を過ぎった。互いの両親で交わされた約束の次の確認日、――最後の意思確認が行われる日が近いのだ。

ジョアンナは、まれに神様の気紛れのように垣間見る未来を思った。

周りがどんなにロマンチックな勘違いや妄想をしようと、自分達が結婚する事はない。婚約に至るまでもなく、両親の口約束から出来たこの予定婚約は破棄されるだろう。

結婚可能年齢になったら、自分は人族の令嬢として婚姻活動に入らなくてはならない。彼の成長変化後も続けられていたこの関係も、来月の誕生日で終わる予定だった。

◆

学院の総合試験週間と、今期の企業売上合戦の時期が重なった。しばらく互いに忙しい日々が続いて、珍しく一週間以上も幼馴染みと会う事がないまま過ごした。

全試験日程を終了した翌日、ジョアンナは十六歳の誕生日を迎えた。

別件の契約のため王都の外に出張していたエドワードから、律儀にも誕生日祝いの手紙が届いた。毎年と同じく、あっさりシンプルに『おめでとう』とだけ書かれてあった。

「そういえば、誕生日だったわねぇ」

紅茶を飲んでいたジョアンナは、今期の試験も無事終えた達成感でそう呟いた。待ち望んでいた日だったはずなのに、忙しくてうっかり忘れていたのだ。

試験が伸びたらと考えて、今回は親族と身近な人達だけのお祝いを予定していた。ついさきまで、どうして従兄弟《いとこ》がリビングにいるのかといった理由にも思い至らなかったほどである。

「いやいや、普通なら先に違和感を覚えるよ。ジョアンナが勉強熱心なのは、僕も知っているけどね、普通なら尋ねるくらいするんじゃないかなぁ………」

「だって仕方ないじゃない。アレックスお兄様がウチにいても、違和感がないんだもの」

「ごめん違和感は拭《ぬぐ》えないと思うよ、僕はそんなに頻繁に通ってないから」

向かいの席にいる従兄弟のアレックスが、顔の前で手を振って否定してくる。今年で二十五歳になる彼は、穏やかな目元の雰囲気が少しだけ父に似ていた。

「道理で普通に『おはよう』と挨拶して、紅茶を飲んでいるわけか……」

ゆくゆくはアンダーソン伯爵家を継ぐ彼が、そう言って何やら思うところがあるように深い息を吐いた。ジョアンナは小首を傾げると、そういえばと思い出して尋ねた。

「おじ様とおば様は、おばあ様と一緒にいらっしゃるの？」

「うん。先に行って、招待客を出迎える準備を手伝ってこいって言われた。ああ、それから学院の試験お疲れ様、ジョアンナ」

元学院生でもあるアレックスが、ふと思い出したようににっこりと笑ってそう言った。

のんびりとしたところがある彼は、当時の満期修了院生の主席卒業生だった。たびたび勉強のアドバイスをもらっているジョアンナは、その言葉が素直に嬉しくて、兄妹《きょうだい》のように育ってきた彼に「ありがとう」とにっこり笑い返した。

自分の誕生日を忘れていたのは、昨日嬉しい知らせを見たせいでもあった。実は新聞の号外で、王都でトップ３の企業ランキングが発表されたのだ。

一位には古株の大商会、二位にディーイーグル伯爵家の会社と関連企業、そして三位にはエドワードの会社名が載っていた。

彼の方は、今後ますます忙しくなるだろう。今朝の新聞にも、息子が父の会社に迫る勢いであると大々的に書かれてあって、ジョアンナは自分の事のように嬉しくなったのだ。

「私も、頑張らなくちゃね」

そう言って立ち上がった。先程二階へ上がっていったアンダーソン伯爵夫妻を思い出し、アレックスがティーカップを持ったまま目を向ける。

「ああ、そういえば少し話すんだっけ」

「うん、そうよ」

ジョアンナがそう答えると、彼が少し弱った風に眉を落とした。

「ねぇジョアンナ、本当にそれでいいのかい？　僕としては、回答を急がなくともいいと思うんだ。ジョアンナは勉強が好きなようだし、エドワード君と仮婚約しないにしても、婚姻活動については十八歳で学院を卒業した後からでも――」

「そんなの駄目よ。早いうちにちゃんと募集をかけておかないと、売れ残ってしまったら大変だもの」

「売れ残るって………」

そんなシビアな台詞を口にしなくても、とアレックスは微妙な心境で呟く。

「だって事実そうなんだもの。へたしたら、アレックスお兄様と結婚することになるかもしれないわよ?」

「リチャードさんは娘の君を可愛《かわい》がっているから、そんな事はしないと思うけどなぁ。それに僕は、しばらく一緒に暮らすくらい平気だよ」

「それこそ駄目よ。アレックスお兄様も、少しくらい婚姻活動をして早く可愛い人と結婚してよね。ウチって男家系でしょ? 私は、年上の優しいお姉さんが欲しいの」

「うっ、まさかの返し言葉がグサッと刺さる……。人見知りじゃない君のそういうところを、多くの人は知らないんだもんなぁ」

そんな声を聞きながら、ジョアンナは歩き出していた。部屋に待機していたメイド達が、その様子を窺って「本当に兄妹みたいなお二人ですわよねぇ」と呟いた。

他の親族や招待客達が来る前に、二階の部屋に移動して両親と向き合った。

母が見守る中、父から早速エドワードとの婚約について話が出された。改めて意思を確認されたジョアンナは、十六歳になった令嬢として礼儀をもって答えた。

「ずっとお伝えしているように、彼との結婚はないでしょう」

だって彼が未来で愛する女性は、私じゃないもの。

どこか残念そうにしている両親の微笑みを見て、そう出そうになった言葉を呑《の》み込んだ。未来視は、まれに見る事があるだけだったから秘密のままにしていた。

「エドワードは忙しいでしょうから、まだ向こうのご両親には伝えていないと思います。でも私達には、仮婚約をするつもりがないのです。――ですから、私の婚姻活動の開始を告知してくださいませ。私は令嬢として、きちんと嫁ぐ覚悟は出来ています」

そう言うと、ここまで育ててくれた両親に、親愛と敬愛をもって頭を下げた。

十六歳を迎えたこの日をもって、婚姻活動から離れていた自由とはお別れしよう。知らない人と会う事を想像するとまだまだ緊張するし、正直に言えば、とても怖い。でもエドワードだって頑張っているのだ。だから、自分も頑張ろう。

それに、こんな自分にお見合いを申し入れてくれる人があれば、それだけで有り難い話だろう。そう考えると、感謝の気持ちで相手を迎えられそうな気もした。

ジョアンナは、今日から新たなスタートを切るべく背筋を伸ばした。

「私のお見合いの受け付けを、開始してください」

そう両親にもう一度伝えて、ふわりと前向きな笑顔を浮かべてみせる。

怖くはない、きっと緊張も初めのうちだけだ。腹黒な性格を持った人を苦手としている自分が、今では他の誰《だれ》よりも、エドワードとなら素のままで言い合えるのと同じだろう。

※※※

そう覚悟を決めた誕生日の翌々日。

ジョアンナは、自宅一階の庭園を眺められる開放的な部屋のテーブル席にいた。まさか受け付けを開始して早々、午前中の授業を一回目のお見合いで休む事になろうとは思っていなくて、想像していた緊張感とは無縁の心境だった。

その相手も意外すぎて、驚きを通り越して呆気に取られたせいでもあるだろう。昨日《きのう》の夕刻、知らせのあった相手は、数時間前に学院でも会っていた同年齢の令息だったのだ。

「あなたから申し入れがあるなんて、思ってもいなかったわ……。昨日学院の食堂で普通にごはんを一緒にしていたけど、見合いするなんて話もしていなかったわよね？」

呆気に取られつつも、ようやくそう問いかける事が出来た。

上品な菓子と紅茶も置かれた向かいの席には、目を落として縮こまっている少年がいた。

ずっと黙っていた彼が少し身じろぎして、伸びると右左へはねる個性的な木の幹色の癖毛の頭が揺れる。

「えぇと、なんというか、その…………面目ない」

お見合いが開催された席で、彼がそう初めて声を発した。

ジョアンナには、唯一【未来視】の秘密を打ち明けた、学院で一番仲のいい双子の兄妹がいた。彼はその片割れの兄の方で、人族貴族のジョン・マクガーデンだ。

臆病《おくびょう》なところがあって涙腺《るいせん》も緩い。入学時、柱にしがみついて震えていたのを放っておけなくて、自分が人見知りなのも忘れて世話を焼いて引っ張った。その際、逃げ出されて兄を捜していた双子の妹とも出会い、今では一番の友人同士として付き合いが続いていた。

「唐突にお見合いだなんて、一体どうしたの？」

「……実は、父様に『跡取りなんだからしっかりしろ！』と説教されて、婚姻活動を急《せ》かされてしまったんだ……その時に、君がお見合いを受け付けしたと話していたのを思い出して」

拳骨《げんこつ》を落とされると予感して、咄嗟《とっさ》にこちらの名前を出したらしい。そして迅速な彼の父の行動力によって即座に実行へと移され、こうして翌日にはお見合いとなったようだ。

「なるほどねぇ。まさか使いの人を直接寄越されるとは思っていなかったから、父様も驚いていたわ。あなたの事だから、何か理由があるんだろうなと思って了承したのだけれど」

「うぅっ、ありがとうジョアンナ。……ぐすっ、俺にお見合いなんて無理だよ」

ジョンがじわりと瞳を潤ませ、ガタガタ震えながら涙声で言った。

「俺だって、将来可愛い女の子を奥さんにしたいよ。父様は『とにかくパーティーでも行ってくどいてこい』って言うけどさ、初対面同士とか…………──緊張で爆発して死んでしまう」

もはや言葉も続かない様子で、彼が最後に心の声を吐露して頭を抱えた。

この件については、最近しっかり者の妹が獣人貴族と【本婚約】した事も理由にあるのだろう。人族貴族の事情を知っているジョアンナは、「あらまぁ……」と少し同情してしまう。

彼の双子の妹は、今年の暮れにも結婚する予定だ。もしかしたら、学院も寿卒業になるかもしれないという話も出ている。だから婿入り案が消えたマクガーデン家としては、残された跡取り息子ジョンに頑張ってもらわないと困るとは理解出来る。

でも、元々性別的な気性が逆転しているような兄妹なのだ。学院生となってからずっと交友が続いているジョアンナとしては、彼がすぐに嫁を見付けるのは難しい気もした。

「私としては、彼女が突然仮婚約した時も驚いたのよねぇ」

彼らを比べて、ふと思い出してそう呟いた。春心地の風が吹き抜けて、その濃い藍色の目にかかった柔らかな濃い錆色の髪を撫《な》でていく。

「一目惚《ぼ》れで自分からアタックしたと聞いた翌月には、本婚約が決まってお祝いもあったでしょう？　行動力があるだけじゃなくて、意見だってハッキリ言う子だからすごいわよねぇ」

「あいつが男顔負けにたくましすぎるんだよ……。根拠もないのに『絶対やれるわ！』って自信が持てるところ、俺にも少し分けて欲しかった」

そんな思いをこぼして、ジョンはぐすっと鼻をすする。

「それもあってさ、跡取りなんだからしっかり頑張れって両親に叱《しか》られたんだ…………。俺も家を継ぎたいから努力はしているけど、せめて、あと数年は待って欲しい……」

彼はそう言うと、ハンカチで涙を拭いながら打ち明けた。

年頃なので、自分だって恋をしたいし交際相手が欲しい。しかし、婚姻活動と聞いただけで臆病癖が発動して逃げ出したくなるし、初対面の異性を前にしたら身体も強張《こわば》るという。

「つまり、ピリピリしているお父様から、少しでも時間稼ぎをするために急きょ『お見合いをさせてくれ』と助けを求めて来たわけね」

ジョアンナは、ぽつりぽつりと言われた内容を頭で整理し終えたところで、ようやくティーカップを手に取った。長閑《のどか》な春の風が流れ込んできて、二人の間を通り過ぎていく。

「正直言うと、そんな事を頼まれる日がくるとは思っていなかったわ」

「驚かせてごめん……。ジョアンナは一番の友達だし、気心も知れているから……――つまり『偽装お見合い』に協力してくれると思って甘えました、ごめんなさい」

真面目な顔で頭を下げられてしまった。

相変わらず取り繕う事を知らない人なのね、とジョアンナは少しだけ困ったような笑みを浮かべた。見栄を張らず嘘《うそ》もつかず、いつだって人を信じられるとても誠実な少年《ひと》だ。

学院で女の子の怪我《けが》を【未来視】して、助けるために協力してと打ち明けた時もそうだった。彼はすぐに「一緒に助けよう！」と言って、本気で走り回ってくれた初めての友達だった。

「――このくらいの協力、私は全然構わないのよ。お見合いの希望者がいない令嬢だと、父様達を困らせてしまうのが避けられて少し安心したわ」

そう答えたら、ジョンが頭を上げて笑ってくれた。

ほっと胸を撫で下ろしたジョアンナは、悲しい顔をさせたくないこの一番の友人の状況について考えた。彼は家を継がなければならない身なので、自分と同じように一回のお見合いだけでしばらくどうにかなるとも思えない。

「ねぇジョン、私の事よりあなたよ。そちらのお父様、かなりピリピリしていらっしゃるんでしょう？　『次』まで、少しだけでも時間をくれそう？」

「うっ……………実は今日から、色々なところに声を掛けておくって言われた。『お前の方も候補を挙げておけ』って、無理難題を……」

ジョンは椅子《いす》をガタガタ揺らしながら、ぎこちない動きで視線をそらしていった。今週末の学院の休みにでも、早速父に社交の場に引っ張り回される予感もするという。

ジョアンナは、真《ま》っ青《さお》な彼を見て心配になった。自分よりも人見知りが強いのだ。少しでも何か出来る事はないだろうかと、ティーカップを置いて真剣に考える。

「うーん……。あ、そうだ。あなたもこの後、学院に向かうんでしょう？」

「へ？　うん、そうだけど」

「それなら、行きがてら気晴らしに散歩でもどう？『お見合い相手と交流を深める努力をして一緒に歩いた』と伝えたら、あなたのお父様も少しは大目に見てくれるんじゃない？」

だから、もうしばらくは自分なりに頑張らせてくれ。

そう言って、父主導による婚姻活動を少し待ってもらうのはどうだろう。そう提案してみると、ジョンが「それ、使えるかも！」と言ってパッと表情を明るくした。

◆

次の街までの道中の休憩で、エドワードは久しぶりに空を飛ぶ夢を見ていた。

翼を力いっぱい大きく動かして、大空に飛び立った瞬間の解放感。地上よりも澄んだ上空の突風が全身を包んできて、視界のほとんどを大空が占める。小さくなった王都の町並みを眼下に見下ろして、充実感に溢れて自由に飛行するのだ。

それが、物心付いた頃から普通にあった生活だった。

飛ぶ時だけは胸が躍った。自分だけが、空を自由に出来ているという優越感もあった。太陽の光に照らし出された王都の町並みを、一望出来る天空からの眺めもそうだ。

自分だけの風景、自分だけの空の散歩。

あの頃は地上に興味は覚えなくて、地面を歩く方が少し違和感もあった。

どんな鳥よりも速く飛んだ。大空を舞う感覚だけが、何よりも一番好奇心を惹《ひ》いた。だから暇になると、いつも高いところに座っては休んだりしていたものだ。

そんなある日、唐突に現れたのが——七歳年下のジョアンナ・アンダーソンだった。令嬢にしては少し風変わりで控えめな髪型をした、とても気が弱い女の子だ。

父と母に連れられて初めて会った時も、人族の両親の後ろに隠れていた。少々変わった令嬢なのか、これまでの誰とも違って、いまいちリアクションに欠けるのが引っかかった。

自分はこんなにも美しい容姿をしていて、そのうえ誰もが尊敬してくる翼を持っている。それなのに、こちらを見ても彼女の反応はいまいちだった。にっこりと笑って愛想良く挨拶しても、ぷるぷると震えて一向に父親の後ろから出てこない。

疑問を抱いて尋ねてみたら、彼女が恐る恐るこう言ってきた。

『そんな事よりも、ひしひしと溢れている腹黒さが気になって仕方がないです。警戒心しか感じないので、近づかないでください』

涙目でビクビクと怯えながら、いっちょ前に喧嘩《けんか》を売ってくるような回答だった。

獣人としての血の強さで畏怖《いふ》しているのでもなく、持ち前の性格を察知されただけで怖がられたらしい。美しい容姿や翼を『そんな事より』と表現されたのも初めてである。

このクソチビ、と作った笑顔の下で思った。

完璧なこの自分が、見た目を評価されなかったうえ、初見で近づくなと距離を置かれるなどあり得ない話だ。まだ幼いから、男の魅力も分かっていないのだろう。

だから、彼女の家に通わされた二、三回は頑張ってみた。

初めての屈辱であったし、何せクソ親父《おやじ》に「女の子に泣かれてやんの」と大笑いで馬鹿にされた後、続いて大人げない絶対零度の笑顔で「俺の『親友』の子だからな？」と圧力も掛けられたからだ。――奴《やつ》には、いつか下剋上《げこくじょう》してやる、とずっと思っている。

とにかく紳士に接した、女の子が夢見るようなエスコートだってやってみた。そうしたら、めちゃくちゃ警戒されたうえ泣かれてしまった。

もしかしたら端整な顔立ちが苦手な子なのだろうか、とも本気で考えた。だがその矢先、少しイケメンの配達員を見た幼い彼女が、恋憧れるかのように目を輝かせたのだ。

そんな表情を見たのは初めてで、らしくなく呆気に取られてしまった。彼女は両親達の元から一目散に飛び出していったかと思うと、対応している使用人の元へ駆け寄ってはしゃいだ。

『うわぁカッコ良いですね！　私が大好きな【名探偵ステファン】のイメージに近いです！』

『え？　ああ、そうなのかい？　よくは分からないけれど、ありがとう』

ちょっと優しく笑い掛けられて、手を振られただけで一層きゃーきゃー騒いでいた。

エドワードは、それを見てブチリと切れた。つまり彼女は、変わっている女の子なのだ。どう接しようが評価は変わらないらしいと分かって、その時から取り繕うのをやめた。

そこでふっと意識が浮上して——二十三歳のエドワードは目が覚めた。

眼前には、風に揺れる木の葉と、そこからこぼれる日差しと青空があった。そういえば、少し休憩を取るべく走っていた馬車を森の中で停めたのだったと思い出した。水場を探して歩いて行った部下達を一旦見送って、自分は傾斜に横たわってそのまま目を閉じたのだ。

「王都を出て、五日か…………」

目の前の風景を見つめたまま、ぼんやりと口にした。一昨日、ジョアンナが十六歳の誕生日だったのは知っている。だから、その前の日に今回の出張を決行したのだ。

出会ったばかりだった頃は、怯えて怖がられてばかりいた。それ以外の表情を見られるようになったのは、郵便配達の件から少し経った頃だろうか。

ある日、泣かれそうになったのを鬱陶《うっとう》しく思って、彼女を抱えて初めて一緒に空を飛んだ。そうしたらジョアンナが、瞳を輝かせて真《ま》っ直《す》ぐこちらを見つめ返してきたのだ。普段の怖がりも忘れたように明るく笑って、「すごいわエドワード！」とはしゃいでいた。

何故《なぜ》かその笑顔を見て、同じ目線からもっと一緒に、自分だけの物だった景色を見て欲しいと思った。それからというもの、しょっちゅう彼女を連れて飛ぶようになった。

誰も知らないでいる大空を舞う感動や楽しさを、同じように感じて欲しい。自分がいつも目にしている風景を見せたくなって、『二人の空の散歩』がやめられなくなった。

美人ではないけれど、笑うと可愛らしいと思う。よく涙目になるのも、彼女らしい愛らしさだろう。泣き顔をブサイクじゃないと思ったのは、彼女が初めてだったから。

「………自由に、させるべきだよな」

いつだって、本当は一番見たいのは笑顔で……エドワードは思いかけた言葉を呑み込むように目を閉じた。

そもそも腹黒さが苦手だというのだから、今更どうしようもないだろう。見栄やプライドもあって、年上の幼馴染みとしての長い付き合いから態度についても変えようがなかった。

ジョアンナは伯爵令嬢であるのに、程よく普通の暮らしを求めている感じもあった。たとえば夫婦としての時間を多く持ち、家庭を大事にするような貴族の男の妻だ。

そこへ嫁いだ後も、仲の良い友人としてそばにいられれば十分なのではないだろうか？

大切に想うならばとそう考えたはずなのに、予定婚約の期間を引きのばすかのように王都を出てしまった。もしかしたら少しは嫉妬してくれるのではないかと、他の女性に囲まれる姿を見せつけるのも、いまだ未練たらしくやめられないでいるくらいだ。

どんな事に対しても、自信を持って行動を取ってきた。そんな自分が、どうにも動けないでいるのを感じていた。こんな弱く情けないところは、誰にも知られたくない。

その時、どこからか歌が聞こえてきた。

「ら～ら～ら～、ウチの社長は～人遣いのあ～ら～い～ドS～。手紙一つで～部下を呼び寄せるド鬼畜～、王都出る時に会ったパン屋の子～か～わいかったな～～、ひゃっほぅ」

調子外れのオリジナル曲を耳にしたエドワードは、マイナス五度の空気を発して起き上がった。長閑な森を移動する男の呑気《のんき》な歌声は、最後の『ひゃっほぅ』にしてもほぼ一定音だ。

休憩から戻ってきた部下達が、歌に気付いて足を止めた。社長ことエドワードの鷲目が、完全に凍えきってしまっているのを見て、声のする方へ獣目を向けてゴクリと唾《つば》を呑む。

そこから、ベレー帽を被ったフィップが歌声を響かせながら現れた。荷袋を肩に引っかけている彼が、揃って待っていた面々を見て一時停止する。それから緑色の獣目を『マジかよやべぇ』という風に見開き、途端にあたふたし始めた。

「社長すみませんでしたッ、お願いだから捕食者の目を向けてこないで！　種族の本能的にビクッてなっちゃいますから！」

「ふうん、本能的に、ね」

そう冷やかな呟きが上がった直後、どごっという鈍い衝撃音が響き渡った。

どこぞの軍人並みの攻撃を見た部下達が、「えぇぇぇぇ……」と呟く。一瞬にして眼前に立たれて空に放り投げられたフィップが、トドメのごとく突き落とされて顔面を地面に埋めていた。そんな彼の背中を、エドワードが片足で踏んでいる。

「フィップは元気だね。俺は種族的に、ピーチクパーチク周りを飛ばれるのは気にならないんだけど、たまにこうして踏み台にして黙らせたくなるよ」

「ひぃえええええマジでヤる時の目だッ、すみませんでしたぁ！」

「それで？　さっきの歌を、一字一句違えずにリピートしてみてくれないかな。必要があれば俺が直々に訂正して、そのたび一つずつ君の精神をえぐって『教育』してやろうと思う」

「あんたなんでそう、いちいちドＳなところで部下いびりするの⁉」

　エドワードは、瞳孔《どうこう》の開いた獣目で見下ろしながら、バキリと右手の指の間接を鳴らした。

　凄《すさ》まじい殺気を覚えたフィップが、ぶわりと鳥肌を立ててそう叫んだ。

「前々から注意されてるのは覚えています！　でも種族的に仕方ないんですっ、気付いたら歌っちゃっているんですよおおおおッ」

　だから勘弁してください、とフィップが泣きながら主張する。恋を歌う鳥種なので、まだ相手がいない今の状況であっても自然と口ずさんでしまうのだ、と。

　それを聞いていた同僚達が、顔の前で「いやいやいや」と手を振った。

「お前の場合さ、その鳥種にしては歌が絶望的っつうか。しかも普通の歌詞であっても社長を怒らせるレベルでひどいぞ」

「絶妙に音程が取れてないんだよなぁ。その自覚がないのも珍しいけどさ」

「声だけはまぁまぁいいのに、それ以外が駄目なうえ音痴って……」

だからお前はモテないんだよ、と同じ鳥系獣人である先輩達が、真面目な表情で言う。

エドワードは、興味がなくなったように足をどけた。持ち前の怪力でフィップを腕一本で持ち上げて立たせると、数年経っても解決案が見えてこないでいる事について口にした。

「廊下を歩きながら歌われると、一部の面々の集中力が根こそぎそっちに向かうと苦情もきているし、どうしたらいいいんだろうね。リック、ピーター、同じ鳥系代表として何か案は？」

「社長、諦《あきら》めましょう。いきなりサンバを踊る奴よりマシです」

「むしろ、周りを巻き込んで踊らせる奴よりマシです」

リックがぴしゃりと答えた後、頭頂部分が逆毛の逞しいピーターが真剣に言って、こう続けた。

「俺はあの時ほど、数歳年上の課の上司が嫌になった事はない」

「あの求愛ダンスに加えられた過去は、俺にとっても人生最大の黒歴史だ……」

「あの人が無事に結婚出来て、ほんと良かったよな。容赦なき年功序列がつらいわ」

同じ鳥系の獣人族である二十代の彼らは、揃って溜息をこぼした。

フィップが身なりを整えながら、「僕はダンスが苦手なのに、構わず投入させられたんだよなぁ」と、もう二度とないであろう惨事を振り返る。荷袋を拾い上げたところで目を向けられ、エドワードは秀麗な眉を少し上げて「何？」と尋ねた。

「社長も人使いが粗すぎますよ。いきなり僕も出張メンバーに加えるとか、出来るだけ早めに追い付けっていきなり無茶を言うんだから……」

「営業力がある人手が欲しくて呼んだ。行くついでに、ヴィオラの貿易商も口説き落としておこうと思ってね。彼のところのパイプは使える」

先日に出た企業ランキングで、物販においてはもう右に出る他企業はないと評された。どこよりもフットワークが軽く、ビジネス展開が速い。会社設立五年目にして三位につけたのは偉業であると、多くの社から祝いの言葉をもらっていた。

だが社長であるエドワードを含めて、それで満足する社員は一人もいない。取るならトップだ。いまだ二十代という競争心溢れた全社員も、社長と同じ考えでいた。

「俺は父の成功を、そのまま継ぐだけというのはまっぴらごめんだ。自分で一からスタートさせて追い付く――最終目標は、奴を超える事だ」

「最後は自分が継ぐのに、完全に敵視するかのような闘志が半端ねぇ……」

確認させるように告げられた部下の一人が、思わずといった様子で呟く。

それを聞いたリックが、「鷲のディーイーグル一族って、面倒臭いなぁ……」ともらすと、同意と言わんばかりの空気が広がった。そんな男達の意見を代表して、中堅社員ながら会社一の営業成績を誇るフィップが意見する。

「社長、知ってます？　獣人貴族界では、そういった親子関係の家が何組かありますけど、あんたのところが一番半端ないって噂になってますよ。一緒に狩りをしていた子が、巣立った途端にテリトリー合戦始めて、父VS.子でマジな経済勝負してるって話題です」

そう最近の社交情報を口にしたところで、「あ、そういえば」と何かしら思い出した表情を浮かべた。

「社長の幼馴染みのご令嬢さん、一昨日、十六歳になったんでしょ？　人族貴族として婚姻活動を宣言したらしくて、今日早速お見合いが一件入っているそうですよ。社長にとっては『親友』に近い存在だったんだな～って、俺はそれがちょっと意外でした」

ぺらぺらと話される内容を聞きながら、先輩社員のリック達が「それ、マジ……？」と口にした。友情なのかどちらなんだろうな、と半信半疑の目で上司をそろりと窺う。

「涙目なところが小動物っぽくて、可愛らしい感じの子でしたもんねぇ。奥さんになったら仕事疲れを癒してくれそうな子ですし、すぐにお見合いの希望者が出たのも頷《うなず》けるなぁ。お相手も、なかなかの人族貴族らしいですよ。マクガーデン伯爵家だとか」

喋り続けていたフィップは、そう得意げに言って話を締めた。

その直後、場が沈黙した。予想していた反応と違うと察した彼が、緊張を覚えて表情を強張らせる。リック達も、これまで見た事のない『社長』の表情を注目していた。

「は…………？」

呆気に取られていたエドワードは、ようやくそう声が出た。

あの年下の幼馴染みは、気が弱いのにパッと物事を決めて急発進する行動力もあった。そのおかげで昔から彼にとって、彼女だけが予測のつかない女の子だった。

まさか十六歳になったその日に、お見合いの受け付けを開始するとは思わなかった。ジョアンナは人見知りで、学院に通い続けている今でさえ異性が多い場所では緊張したりする。

すぐに見合いの申し入れがあったのも驚きだ。ここ数年、彼女に話し掛けたそうにしているオスもチラホラ見掛けていたが、それほどまでに彼女に気がある令息なのだろう。

人族の貴族は、家同士の条件が合致すれば、早々に結婚させるのも普通にあった。獣人族の法律と違って、年齢さえクリアしていれば最短二ヶ月内で夫婦になれる。

もし、彼女が、誰かの『奥さん』になったら。

夫婦になった男との子供が出来たのだと、そのオスの腕の中で母になれた喜びを噛み締めて、その下腹部を撫でさすりながら嬉しそうに報告してきたとしたら……？

そう考えたところで、エドワードは自分の中で、何かがブチリと切れる音を聞いた。あの綺麗な赤い栗毛色の柔らかな髪の一つでさえ、他のオスに触らせたくない。成長変化後に再会したあの時から、七歳年下の大切な幼馴染みは特別な女の子だった。

そもそも彼女が思い描いている幸せを、誰よりも理解しているのは自分である。

家柄だけでなく、一人の経営者としての社会的地位もあってオスとしての魅力もトップクラス。考えてみれば、そんな自分が身を引くなんて馬鹿馬鹿しい。

「――フィップ。リックにピーター、それからここにいる全社員に命じる」

エドワードはそう言いながら、静かな殺気を孕《はら》んだ美しい琥珀色の獣目を向けた。鋭い眼差しに射抜かれて、フィップ達がビクリとする。

「明後日《あさって》の午後には王都に戻れるよう、死ぬ気で仕事に取りかかれ」

上から目線で、堂々とそう言い放った。

数秒の沈黙後、森の中に「えぇぇぇぇぇぇ⁉」「一週間の量じゃねぇのコレッ」と部下達の悲鳴が響き渡った。

◆

お見合いがあった翌日、ジョアンナはいつも通り朝から学院で過ごしていた。

気のせいか、交流のない女子生徒達から、心配する目をチラチラと向けられているように感じた。視線を返すとそらされてしまうけれど、どこか様子を窺われているようだった。

変だなと思いながらも、何事もないまま午前中の授業を終えた。少し遅い昼食休憩に入った時、食堂の入り口で数人の令嬢達に突然声を掛けられてびっくりした。

「あのっ、ジョアンナ・アンダーソンさん！　その……、応援しています！」

彼女達は「それじゃっ」と言ったかと思うと、一目散に去って行ってしまう。

疑問を覚えて見送っていると、ハキハキとした声で「こっちよ、ジョアンナ！」と呼ばれた。

目を向けてみると、先に待っていたジョンと一緒に目付きの鋭い令嬢が手を振っている。

「ジョアンナ、数日振りね。元気にしてた？」

「私は元気にやっているわよ」

顔を見られるのは先日以来で、ジョアンナは嬉しくなって歩み寄った。

彼女はジョンの双子の妹で、マクガーテン家令嬢のレベッカだ。濃い茶色をした癖毛の髪をしており、後頭部で半分ほどまとめて髪留めをしている。

「レベッカこそ、昨日は婚約者と遠出だったんでしょう？　楽しかった？」

ここ数日内の彼女の予定を思い返して、席に腰かけながらそう問いかけた。レベッカが男勝りな笑みを浮かべて、「とっても楽しかったわ」と答えるのを見て幸せな気持ちがした。

「その前の日までの挨拶回りの疲れも吹き飛んじゃうくらいよ。明日《あす》は結婚式の件で見に行かなきゃいけないところがあるから、また学院をお休みするの。今回はジョンも一緒よ」

そう妹に指を向けられて、ジョンが眺めていたメニュー表から顔を上げた。

「俺も、結婚衣装のデザインの下見に付き合う事になったんだ」

「あら、良かったわね！　ずっと気になってそわそわしているものねぇ」

「うん、実はそれもあって『せっかくだから、ご家族で一緒にどうですか？』って、わざわざ向こうが誘ってくれたんだ。ほんと、いい人なんだよ」

彼は、双子の妹が一目惚れした年上の獣人貴族について温かく語った。

三人で食事を始めてからも、数人の女子生徒にチラチラと見られていた。ジョアンナが思い出したように目を向けると、気付いたレベッカがおかしそうに笑ってこう言った。

「そういえば、昨日のジョンとのお見合いが噂になっているみたいよ。予定婚約の方がなくなったんじゃないかって、事情を知らない女の子達があなたを心配しているらしいわ」

どうして自分が心配されているのだろうか？

そう思った時、ジョンが泣きそうな表情をしているのを見てハッとした。とても責任を感じている様子だった。

「俺のせいだ、ごめん……俺ッ、あの子達にきちんと説明してくるよ」

「私は大丈夫よ、ジョン。だから、あなたは何もしなくていいわ」

ジョアンナは、すぐに涙腺が緩くなる優しい一番の友達を安心させるように微笑んだ。それから、レベッカの方へ向いて「どうしたらいいと思う？」と意見を尋ねてみた。

「ただのお見合いだから、心配されるなんて思ってもいなかったの。どちらも家の方から正式発表されるような事でもないから、私から何か話した方がいいのかしら……？」

「その必要はないわよ。聞く人によって説明の解釈も違ったりするんだから、へたな誤解に繋《つな》がるかもしれない事を考えたら、放っておくのが一番だと私は思うわ」

レベッカは、そう言いながらハンカチを取り出した。

「ジョン、泣かなくてよろしい」

そう男らしい言い方をして、数分違いで生まれた兄の顔に押しつける。それから、心配そうに見つめているジョアンナに目を戻すと、安心させるように笑いかけた。

「気にしないで、ちょっと涙がこぼれちゃっただけよ」

「うん、……ごめんね、レベッカ」

「ああ、ジョアンナ。そもそもあなたが責任を感じる必要なんて、どこにもないのよ」

兄と違ったよく通る声で、レベッカは元気付けるように言う。

「考えてみてごらんなさいな。あれは彼女達が勝手に心配しているのであって、貴族の立場からするとお見合いは良点よ。他者の事情や感情論を気に掛けて、家と自分の評価を下げるような行動を取る必要がどこにあるというの？　だから、気にする事なんてないわ」

ハキハキとした口調で言ってのけると、彼女は肩にかかっていた髪を後ろ手で払った。近くを通っていった男子生徒が、少々気圧された様子でチラリと目を向けていた。

ジョアンナは、家の評価と聞いて「確かにそうね……」と呟いた。自分は口べたなところもあるので、勘違いしている彼女達をもっと混乱させてしまう可能性だってあるだろう。

「うん。ありがとう、レベッカ。何も言わないでおく事にするわ」

「別にいいのよ。さっ、残りを食べてしまいましょうか」

ちょっと照れたように笑ったレベッカが、食事の再開を促した。

そんな妹の様子を、ジョンはぼけぇっとした表情で見つめていた。彼は鼻辺りにあてていたハンカチを膝の上に下ろすと、フォークを手に取りながら感心したように言う。

「レベッカはすごいなぁ」

「何言ってるの、ジョンがぼんやりしすぎなのよ。結婚して家を出て大丈夫なのかしらって、私はそれだけが心配なんだからね」

そう言い返されて、ジョンが真面目な顔で「兄なのに面目ない」と頭を下げた。レベッカは食事を再開しながら「しっかり頑張りなさいね」と、彼女らしく兄を励ました。

心強い彼女の言葉に救われたジョアンナは、二人のお喋りを聞きながら料理を口に運んだ。しかし、少しもしないうちにガタンっと椅子が揺れて驚いた。

「あっごめん」

後ろを通り過ぎようとしたのか、男子生徒がそう謝ってくる声が聞こえてきた。

なんだ少しぶつかっただけか。そう思って、大丈夫よと答えようとした直前、ビクリと身体を強張らせた。目の前の風景が、不意に未来の映像に塗り潰されていた。

テーブルに向けられたままの深い濁りを帯びた藍色の瞳が、ほんの僅《わず》かに不思議な色合いを浮かべる。そこに映し出されたのは、舗装された道にいる小さな女の子だ。

後ろから布で口を塞《ふさ》がれ、手に持っていたボールが転がり落ちる。

そして、あっという間に馬車が走り去った。

場面は切り替わり、今度は店先に座っている男の子が、後ろから麻袋を被せられた。一瞬で引っ張り込まれた路地には、同じ荷運び用の馬車が停まっていて――。

そこで、映像はブツリと途切れる。

硬直したジョアンナに気付いて、椅子にぶつかってしまった男子生徒が、申し訳なさそうな獣目を向ける。一緒にいた友人二人も足を止めて、一緒になって「驚かせてごめん」と言った。

その時、レベッカが勢いよく立ち上がって、彼らがビクリとそちらに注目した。

「少しびっくりしちゃったみたいだけど、ジョアンナは大丈夫よ。だから、もう行って」

ぴしゃりと言ってのけると、追い払うように「しっしっ」と手を動かす。気の強さが窺える目でジロリと睨《にら》まれた彼らが、気圧された様子で歩き始める。

「俺、先に食器を下げてくる」

様子を見ていたジョンが、そう提案して立ち上がった。レベッカが皿に残していたカットフルーツを口に放り込むと、手早くテーブルの上を片付けて走った。

「それで、ジョアンナ？　また何か見たの？」

レベッカは、椅子をガタッと鳴らしてそばに寄せた。

「こんなに喋れないでいるのも珍しいわよね、大丈夫？」

「…………うん、ちょっと初めてのパターンで、びっくりして」

内緒話をするようにささやかれたジョアンナは、ドクドクと嫌な音を立てている胸元に手をあてる。すぐ小走りで戻ってきたジョンが、妹とは反対側から椅子を近づけた。

「いつも不定期だもんな。ここ数ヶ月くらい何もなかったし」

ジョアンナの【未来視】を知っていたから、そう言いながら周囲の生徒達と距離が離れているのを確認する。

ジョアンナは、まだドキドキしている胸元をぎゅっとした。前回未来を見たのは、三ヵ月くらい前だ。とある授業棟の階段で張り込みを続けて、女子生徒の転落を三人で阻止していた。

でも、コレは次元の違う話だ。

まさか犯罪の光景を見るなんて、想像していなかった。未来視の中での光景とはいえ、犯行の一場面だけで胸が痛くなるくらい緊張していた。こんな事は初めてである。

「……私が見たのは……、別々の場所で、女の子と男の子が連れ去られる光景だったわ」

深呼を何度か繰り返した後、ようやく二人に話を切り出した。

建物や道の雰囲気からすると、恐らくは王都内だろう。でも、それがいつ起こるのかも分からない。連れ去られる瞬間の『光景』にびっくりして、子供達の顔だってあまり見ていなかった。

「断片的なその『映像』だけでは、あまりにも情報がないわね……」

じっと真剣に黙考していたレベッカが、一通り話を聞いたところでそう言って顔を上げた。

「犯罪であれば、学院生の私達に出来る事はない。だから、関わらないでおくのがいいと思うわ。もしかしたら連れ去られた後、『救出されている映像』だってあるかもしれない」

王都には戦乱時代に活躍した、高い戦闘能力を持った獣人族が暮らしている。ここには王都警備隊や治安部隊といった組織も存在していて、多くの被害者を出した事件はこれまでない。

「何か起こったとしても、すぐに解決される可能性もある……」

ジョアンナは、レベッカの意見をぽつりと口にした。じっと思案していると、肩の強張りを解いたジョンもこう言ってきた。

「俺としても、レベッカの意見には賛成かな。学院生というだけで、犯罪を止められる力なんてないし……ここは専門の人達に任せて、危ない事には関わるべきじゃないよ」

今のところ、それ以上の情報がない中では打つ手もないだろう。未来の映像は、いつも突拍子もなく目の前を過ぎるだけだ。自分の意思で行えるわけでもないし、頼った事さえなかった。

「もし今後も見るようなら、信頼がおける大人か組織に相談するという手もあるわ」

そう今回の件についてレベッカが話をまとめるのを、ジョアンナは聞いていた。

つまりは何もしない。それが出来ないようなら、全《すべ》てを任せる。

二人からもらった二択のアドバイスを考えて、もやもやした。こんな時だからこそ、未来視してしまった『映像』が役立てるのではないだろうか。それなのに動いてはいけないの？

先程見た映像の中で、何かヒントになるような事はないか。もしくは他にも何か情報を得られる方法はないか、まずは一人で考えてみよう——ジョアンナはそう思った。

◆

一晩考えてみたけれど、これといって何かしらの案も浮かんでこなかった。

ジョアンナは翌日になっても、もやもやと考え続けていた。ジョンとレベッカがいない学院でぼんやり過ごした後、いつもより少し早い時間に帰宅した。

両親はまだ帰っていなかった。メイドに紅茶と菓子だけもらって、蔵書室ではなく自分の部屋に閉じこもった。椅子に座って、まずはいい香りのする紅茶で一息つく。

「さて、どうしたものかしらねぇ……」

そう呟いてティーカップを机に戻した時、突然扉が乱暴に開かれた。

予想していなかった荒々しい大きな開閉音を聞いて、心臓が止まるのではないかと思うくらい驚いた。思わず「ぴぎゃ!?」と悲鳴を上げて立ち上がり、警戒した小動物のような素早さで振り返る。

そこには、先日、出張へ出掛けて行ったはずのエドワードがいた。王都に戻ってくるのはもう少し後だと予定を聞いていたから、どうしてココに、とジョアンナは驚いてしまう。

かなり機嫌が悪いのか、彼は後ろ手で扉を閉める間もずっとこちらを睨みつけていた。髪も珍しく少し後ろに撫で付けられていて、襟元にはスカーフもされてあった。丈の長い薄地のコートに身を包んでいる事から、帰ってきたばかりである事が窺えた。

「約束通り、まずは婚約者候補になって頂こう」

部屋に踏み込んできた彼が、低い声でそう言い放ってきた。

開口一番の台詞で、約束通りと言われて混乱した。婚約者候補というのは、獣人族の婚姻活動にある【仮婚約】の事だ。それを求められている現状がよく分からない。

ジョアンナは、状況が呑み込めなくて「はい……？」と尋ね返してしまっていた。すると普段の作り笑いも浮かべないまま、エドワードが威圧するように少し顎《あご》を上げる。

「つまり仮婚約だ」

確認させるみたいにそう言ってきた。

獣人族の婚姻活動にある仮婚約は、『求愛』と言われている。それを上から目線で強く要求されるなんておかしいし、そもそも何がなんだかわけが分からなくなる。

「お見合いをしたと聞いた。マクガーデン家の嫡男？　聞いた話じゃ見目もまぁまぁくらいで、喧嘩も勉強も出来ずよく泣いている令息だとか。――そんな軟弱なオスのどこがいいんだ」

こちらへ向かいながら、彼が美麗な顔を顰《しか》めてそう吐き捨てた。相手の事を露骨に見下げて物を言うのも滅多にない事で、珍しく感情的なようだった。

「お見合いした当日、その相手と随分親しげな様子で一緒にいたらしいね。ウチの会社の近くを歩いていたと部下から聞いたよ。もう交際する約束をしたのか？　その日に一人でいたのも、このまま婚約する気でデートをして、だから手を取らせて一緒に歩いていたのか？」

　手を握らせたのか、という部分を強調されて問われた。

　あの日、学院に行く前気晴らしもかねてジョンと少し散歩した。人混みの多い場所に差し掛かった際、離れたら大変だと彼が引っ張ってくれた道のりがあった。

「少しだけ手を繋いだのは確かだけど、人混みにのまれないよう気を使ってくれただけよ」

　ジョアンナは思い返して、戸惑いながらそう答えた。学院生になったばかりだった頃と違って、今は背もぐっと高くなっているから、たまにああやって気遣ってくれたりするのだ。気が弱いところがあるとはいえ、ジョンは一人の男として紳士的なところもある。

　彼なりに頑張ってもいるのだ。一番の友達として過ごしてきたから、その努力だって知っていた。軟弱なオスという言い方は少し可哀《かわい》そうだなとも思って、ぽつりと続ける。

「ジョンは、剣術で鍛えたりもしているし……それに見目もいいと思うのだけれど」

　美人な伯爵家令嬢レベッカと、ほぼ同じ顔をしているのだ。よく泣き顔をするせいで薄れたりもするけれど、双子の兄である彼も目鼻立ちはいい。

　ジョン、と聞いたエドワードの足がぴたりと止まった。

「…………剣術を少しかじっているだけで、魅力的だというのか？　俺は剣だろうと体術だろうと、ほとんどのオスに負けないでいるのに」

周りの温度を更に五度下げた彼が、床に目を落として低く呟く。ジョアンナは、剣呑《けんのん》さがある独白の声にビクリとした。ピリピリとした重い空気を察して、ぎゅっと拳《こぶし》を作った彼から離れるように一歩後退してしまう。

音に反応して、エドワードが強く見つめ返してきた。先程よりも速い足取りでこちらに向かいながら、有無を言わせない調子でこう言ってくる。

「俺はね、こう見えて剣術もトップクラスだよ。人族のそんな令息にも負けないくらいに」

「あの、エドワード……？　さっきからどうしたの？」

迫ってくる彼を見て少し怖くなり、じりじりと後退しながら逃げる先を確認した。

後ろへ目を向けた途端、パシリと腕を取られた。掴《つか》んできた手の熱にビクリとして見つめ返すと、こちらを強く見下ろす琥珀のような美しい獣目があった。

「強さなら誰にも負けない。だから、君が強いオスがいいというのなら、他の誰かではなく俺を見て。――彼には、もうこの距離感で触れさせたの？」

言いながら、腕を回されて腰を引き寄せられた。エドワードがもう片方の手で、こちらの指先を握り込むように手をすくい取ってくる。

近くから見下ろされたジョアンナは、密着したところから高い体温がじわじわと伝わってきて落ち着かなくなった。本気でわけが分からない。混乱が強まって涙腺が緩みそうになる。

「あの、手を引っ張ってもらっただけよ……？　こんなに近づいてないわ」

「本当に？　社交上の『挨拶』もさせてない？」

近くから問い掛けてきた彼に、握り込んだ指先を口許へ引き寄せられた。今にも唇が触れそうな距離で、そこに吐息が掛かってビクリとしてしまう。

その反応を見たエドワードは、獣目をその手の甲へと流し向けた。

「――なるほど、させていないんだね。確かにオスの『匂い』はしない」

そう独り言のように言ったかと思ったら、そのまま指先にちゅっとキスをされていた。ジョアンナは生々しい唇の熱を感じて、「ぴぎゃッ」と飛び上がった。

「なんでそこで『紳士の挨拶』をするの⁉」

「相手に敬意を払うのは当然の事だよ、俺達の婚約話は今でも有効だ。――だから、先に仮婚約を取りつけにきた」

「だから、なんでそうなるのよ⁉」

どうして仮婚約を求められているのか、さっぱり分からない。

指先は口許に押し当てられたままで、彼の唇の柔らかさと熱にますます混乱する。エドワードは何も答えてくれなくて、抱き寄せた姿勢で強く見つめてくるばかりだ。

「…………っ、ジョンは友達であって、お付き合いはしていません！」

状況がややこしくなっているのは、恐らくその誤解のせいだろう。ようやくそう思い至って、ジョアンナは困惑で潤んだ目でそう叫んだ。

「この前のお見合いも、協力を頼まれてしたのよ。一番の友達の双子が学院にいるってちょくちょく話していたけど、彼がその一人なの！」

「ふうん？　つまりジョン・マクガーデンは、君の『親友』という事かな」

「そうなの。だからもう帰って――」

「俺は、今ここで、君を仮婚約者にするまで帰らない」

エドワードが、引き下がらない様子でぴしゃりと答えてきた。

誤解を解いたはずなのに、引き続き仮婚約を求められて頭の中がこんがらがった。小さなパニック状態になったジョアンナは、じわりと涙が込み上げるのを感じた。

「どうして……？　なんで、私と仮婚約なんてしようとするの」

「一人の女の子として、君の事を知りたいからだよ」

視線をそらさないまま、そう言われて戸惑った。

仮婚約の期間は、相手の事を知るための交際期間だとは聞いている。でも自分達は幼馴染みなので、どうして今更そうする必要が……？

そう考えていると、エドワードが指と手の甲の間にキスを落としてきた。生々しい湿りに指がピクリとすると、見せ付けるみたいに少し口を開いてちゅくりと吸う。こちらの反応を観察するように見つめながら、続いて舌先でペロリと舐《な》めた。

見つめられている視線だけで、じわじわ顔が熱くなる。わけの分からない恥ずかしさに襲われ、どうしてか今の彼から男性的な色気まで感じてしまった。

「――噛んでいいかな、ジョアンナ」

彼がそう言って、もう一度手の甲に舌を這《は》わせた。

その形のいい口から、チラリと獣歯が見えた。仮婚約では『求婚痣』を刻むために噛むのだと思い出して、ジョアンナはさぁっと血の気が引いた。機嫌が悪いらしい彼のドSな性格を考えると、これはただの意地悪で、きっとガブリと噛んで痛くするに決まってる。

想像したら怖くなって、力いっぱいの拒絶の意志を込めて突き放した。舐められた左手の甲を庇《かば》うと、今にも涙腺が崩壊しそうな涙目で後ずさりした。

「仮婚約については却下！　そもそも婚約話だって、父様達が勝手にしただけの口約束だって分かっているし……っ、そもそも噛むとか、エドワードはわざと痛くするんでしょう⁉」

「痛くしたりしないよ」

不意に、落ち着いた声が返ってきた。

怯えていたジョアンナは、彼の強さのない眼差しを見て目を丸くする。エドワードは先程と打って変わり、とても落ち着いた表情をしていた。

「君に、痛くしたりなんてしない。それは約束する。口約束じゃないきちんとした婚約者候補として、改めて君と交際していきたい」

普段と違って、伺いを立てるような声だった。

「だから、ジョアンナ。手を」

じっと見つめ返していたら、そう言って手を差し出してきた。

ジョアンナは困惑して、「どうして……？」と小さな声で尋ね返してしまう。すると、エドワードが真面目な表情でこう続けてきた。

「結婚するなら、君がいいと思ったからだ。俺は成長変化直後にも顔が見たいと、……来てくれた君を手放したくないと思うくらいには、そばにいるのが心地いいと感じている」

途中で言葉を詰まらせて、少しだけ視線をそらしてそう言った。珍しく弱っているようにも感じて、成長変化直後の元気がなかった様子を思い出して心配になる。

両親に婚約の件を提案された時、彼も『妻にするなんてお断り』と言っていたから、結婚したいというのは本心ではないだろう。だって自分は、エドワードの運命の人ではない。

幼い頃、彼が愛《いと》おしそうに別の令嬢を連れている未来を見たのだから。

もしかしたら伯爵家の跡取りとして、婚姻活動を急かされるかして困った事になったのだろうか。だから、この予定婚約を【仮婚約】という形で引き延ばしたいのでは……？

こんなに弱っている幼馴染みを見るのは、四年前の成長変化以来だ。互いの夢や目標を理解し合っているので、応援できるのであれば少しだけ協力してあげよう。

彼の『運命の女性』が現れるまでの間の、きっと短い期間の仮婚約者。

予定婚約者と呼ばれていた事が、獣人族の制度名に取って変わるだけ――ジョアンナはそう思いながら、差し出されているその手に目を向けた。

「…………痛くしたり、しない？」

そう尋ねながら、自分の左手の指先を戸惑いがちに乗せた。そのまま握り込まれて、そっと手を引き寄せられた。エドワードが背を少し屈めて、こちらを見下ろしてくる。

「痛くはしないよ。ようやく十六歳になってくれた君に、そんな事しない」

「？　なんだか、ずっと待っていたみたいに聞こえるわ」

「………………あの日、来てくれた君の、柔な白い肌に歯を立てる想像を少しだけ……」

それからずっと、焼きついて離れない想像《イメージ》だ――。

動きを止めた彼が、口の中で何かを呟いた気がした。よく聞き取れなくて小首を傾げると、じっとしていたエドワードが手をゆっくり口許に運んでいった。

羽のような色合いをした髪先が、その端整な顔にかかってさらりと音を立てる。長い睫毛《まつげ》が美しい切れ長の獣目に影を作る中、そっと寄せられた唇が手の甲に触れたのが見えた。

温かくて柔らかな感触がした直後、チクリときて、ジョアンナは怯えから指先をピクリとはねさせた。彼が傷口を治すかのように舐めて、小さく吸いつく。濡《ぬ》れた音を立てると、続いて舌先を這わせ、歯を立てないように舌と唇を使って啄《ついば》んでくる。

なんだか、とても恥ずかしいような気がしてきた。取られている手から体温がじんわりと伝

わってくるせいか、ドキドキしてきて見ていられなくなった。

「手を引っ込めようとしないで、ジョアンナ。傷口が塞げない」

逃げようとした腰に腕が回されて、エドワードに引き留められた。

まだ終わらないらしい。思わず目をそらしてぎゅっと閉じたら、どうしてか噛んだ場所とは関係がない手首の内側に吐息を覚えた。

「怯えないでよ。俺は怖い事なんて、何もしていないだろう」

「うぅ、でも、なんだかエドワードが変なんだもの」

「――変じゃない。普通だよ」

じっと向けられている視線を頭に感じていると、手首にちゅっと口付けられた。

また手の甲の肌を少し吸われ、生温かさにビクリとして目を向けられなくなる。ちゅくりと引っ張られるたび、じんっとした痺《しび》れが肌を伝わって、噛まれた痛みに上書きされていく。

「終わったよ。だから目を開けて」

そっと口が離れていって、そう促された。

恐る恐る目を開けてみると、支えている左手の甲を見ているエドワードがいた。そこには、先程までなかった小さな黒い紋様があって、ジョアンナは「あっ」と思う。

獣人族が求愛相手に付ける『求婚痣』と呼ばれているモノは、一族によって形が様々だ。これまで色々と見掛けてきたけれど、ここまで目を引かれたのは初めてだった。

エドワードの求婚痣は、一目で片翼だと分かる形をしていた。細かな黒い線の強弱が、羽ばく直前を描いているみたいで綺麗だった。見れば見るほど、彼が持っていた大きくて立派な翼が思い出されて、白い肌に刻まれた黒い紋様をますます美しく感じた。

地味な自分に、こんなに素敵なものがあっていいのだろうか？

ジョアンナはそう思いながらも、濃い藍色の瞳をキラキラとさせて左手の甲をかざし見た。自分の肌に刻まれた初めての求婚痣を、目に焼き付けるように眺めてしまう。

その様子を見ていたエドワードが、――普段の調子を取り戻したような笑みを浮かべた。

「これで、君は俺の仮婚約者だ」

「へ？」

やけに語句を強調されたような気がした。不思議に思って振り返った途端、腹黒さが漂う美麗な笑顔が目に留まってピキリと固まる。

ジョアンナは、幼馴染みの美しい笑みに警戒した。理由は分からないけれど、急に元気になったようだった。これまでちょっかいを出されてきた事が脳裏を過ぎり、嫌な予感が込み上げる。

「気に入ってもらえたようで良かったよ。そんなに嬉しそうに見てもらえると、それは本来の紋様のたった一部分だと教えたくなっちゃうな」

そう言うと、高い背を屈めるようにしてこちらを覗き込んできた。

「ねぇジョアンナ。正式な求婚痣はもっと大きくて美しいんだけど、見たくない？」

「……えぇと、確か噛む度合いによって大きさも変わってくるのよね？　仮婚約では、小さくしか噛まないって聞いたんだけど」

そう口にするジョアンナは、やや涙目になって小さく震えていた。最近、レベッカからも『正式な求婚痣』という言葉を聞いた事を思い出す。それは、仮婚約ではしないものである。

嘘でしょうと思って見つめ返していると、察した様子でエドワードの笑顔が一際輝いた。

「そんなに震えてどうしたの、ジョアンナ？」

分かっていて問い掛けているのだ。猫をかぶった声を聞いたジョアンナは、じりじりと少しずつ後ずさりした。

「エドワード……その、まさかとは思うのだけど…………もし私が、その大きな求婚痣を受けたとしたら、どうなるの……？」

「そうしたら本婚約出来るよ」

書類の申請の前にするのか後にするのかは、個人によって違う。古い礼儀に従う獣人族だと、結婚の挨拶後に本婚約の書類を提出し、それから二人で『婚約の儀』と言われている結婚前の儀式に臨んで、正式な求婚痣を贈り合ったりするという。

そう続けられる説明を聞きながら、ジョアンナは追い込まれた小動物のようにぶるぶると震えた。獣人族の本婚約、イコール結婚である。

「大きい方の求婚痣は見ないッ、却下！」

その構図が浮かんだ瞬間、もはや涙腺も崩壊直前の必死さで叫んだ。

三章　幼馴染《おさななじ》みが仮婚約者になりました

エドワードの予定外の訪問で、唐突の仮婚約となった。だというのに書類申請の作業にあたった両親は、大きな驚きは見せず始終にこにこしていた。

「良かったねぇ」

何故《なぜ》か、父にそう言われてしまった。

恐らくは、『互いの子供の結婚』が実現する可能性を期待しての事だろう。ジョアンナは、そう思っただけで深く考えなかった。求婚痣《きゅうこんあざ》を付けられた手の甲は、まだほんのり熱を持っていて、運動もしていないのに疲労感に包まれて早めに就寝した。

スッキリと目覚めた翌日、ようやく何故『良かったね』と父に言われたのか知った。

どうやら仮婚約者になると、人族同士のお見合いの義務から解放されるらしい。その通達が朝一番に届けられていて、出掛ける前の両親に笑顔で見せられて驚いた。

「………他《ほか》の獣人貴族から仮婚約の申し入れがあった場合、受けるのは可能。家同士の事情ではなく、個人的な交友から人族貴族とお見合いを行うのは可能。人族・獣人族にかかわらず誰《だれ》かと『婚約』が決まった時点で、仮婚約については自動的に解除となる……」

両親を見送った後、届いた役所の書類に目を通した。一番確認したかった所を再度読み上げたところで、ジョアンナは顔を上げた。

「つまり、彼が結婚する相手と『本婚約』するまで、仮婚約は続くって事……？」

地味な自分が先に婚約してしまうはずがない、という認識のもとそう呟《つぶや》いた。

もしエドワードが、仕事に没頭して婚姻活動をしなかったら……そう考えて、自分の杞憂《きゆう》であると思い出した。そもそも幼い頃《ころ》に未来視した映像の中の彼は、今の姿をしていた。だから少しの間は協力してやろうと、昨日《きのう》仮婚約を受け入れたばかりではないか。

「今以上に大人《おとな》になっている、という感じでもなかったものねぇ。いつあの令嬢が現れるのかは分からないけど、私との仮婚約だって長くは続かないわ」

予定婚約の時からそうであるように、この仮婚約についても悩む必要はない。

ジョアンナは、安心して書類を封筒にしまい直した。彼と結婚するのは自分ではなく、未来視で見た『キラキラとしたドレスが似合っていた綺麗《きれい》な令嬢』である。

それまで、しばし積極的な婚姻活動は『お休み』だ。つまり相談所を設けるという目標に向かって、引き続き専念出来るというわけで――時間は有意義に活用すべきである。

「よしっ、今日《きょう》は選択している授業も入っていないし、早速この前の【未来視】の情報収集に行くわよッ」

先日、未来の誘拐風景を見てから、ずっともやもやしていたジョアンナは正義感に燃えていた。午後にはエドワードが来るようなので、午前中が一人で動ける絶好のチャンスだった。

まずは学院の生徒達から話を聞いてみよう。現在発生中の事件だとしたら、お喋《しゃべ》り好きな貴族の少年少女達の間で噂《うわさ》になっているかもしれない。

そう思って、外出すべく立ち上がった。

※※※

本日も多くの生徒達がいる学院内で、ジョアンナは早速聞き込みを開始した。

一番の友達である双子のジョンとレベッカに、先日『事件に関わるような事はしないように』と止められていた。だから、雑談にさりげなく質問を交える方法を取った。

「誘拐？　うーん、そんな物騒な事は聞いてないわね」

「それにしても、ジョアンナはいいわよねぇ。いくつかの専門学コースも飛び級で取得しているから、時間にゆとりがあるもの。それなのに登校して自習までするなんて、さすがだわ」

経営学コースを受講している数少ない女子生徒達が、普段の雑談だろうと疑わない様子でそう言う。

聞き込み調査を開始してから十組目、これといって情報は得られていなかった。ジョアンナが「そうなの……」と肩を落とした時、三人の男子生徒達が近くで足を止めた。

「話は聞こえたけど、俺《おれ》らそういう話なら少し知ってるぜ」

そう声を掛けてきた。見知った顔だと気付いて「えっ、本当に？」と目を向けると、彼の隣にいた人族の少年だけでなく、獣人族の男子生徒も「うん」と頷《うなず》く。

「ただの噂だから、僕らも事実なのかどうかは分からないけどね。王都警備隊や治安部隊が情報規制をかけて慎重に調査しているんじゃないかって、兄貴達は言っていたよ」

くりっとした獣目の彼が、そう言いながら大きな尻尾《しっぽ》を好奇心から揺らした。

話を聞いてみると、どうやら王都内の一般住居区域あたりで、子供が数時間から一晩行方《ゆくえ》不明になる事が起こっているらしい。誘拐された記憶がない状態で、無傷で戻ってくるという奇妙な出来事がちょいちょい発生しているのだと、三人の男子生徒は語った。

「ぼんやり座っているところを発見されて、家出か迷子かも分からないんだと。目撃者もいないし、オバケの仕業なんじゃないかって話もあって『神隠し事件』とか言われてる」

そう締められた話を聞いて、ジョアンナはスカートを握り締めた。事件は実際に起こっているのだと背筋が冷えて、子供が実行犯に連れ去られた光景も蘇《よみがえ》り胸も痛くなる。

今のところ、子供達は全員無事に帰ってきているようだ。でも気味の悪い誘拐事件が続いているのだというのなら危険に変わりはなく、やっぱり何もしないままではいられなかった。

「いつからその噂が出ているのか、分かる？」

「え？　ああ、俺が話を聞いたのが先月くらいかな」

ジョアンナに真剣な顔をずいっと寄せられ、少年が気圧《けお》されつつもそう答えた。続いて彼に向けられた少年達が、それぞれ「俺もそのくらい」「僕は今月だよ」と教えた。

その様子を見ていた女子生徒の一人が、頬《ほお》に手をあてて不思議そうに呟いた。

「ジョアンナって、時々活動的よね。進んで誰かに話しかけたり、走っていたりするんだもの」

「いつだったかしら。ジョンとレベッカと一緒になって、階段の下でスライディングしていたわよ。随分賑《にぎ》やかだったけれど、あれって一体なんだったのかしらね」

「そういえば、学院を中途卒業したオリバーの話、聞いた？」

一人の少女が、パッと思い出したように明るい声を上げた。少女達のお喋りは、いつも通りの調子で話題が切り替わる。

「無事に脚本家デビュー出来て良かったわね」

「そういえばこの前、他の先輩作家さん達と走っていたのよ！」

「あっ、私も見たわ！　すごく不思議よね、あの人達って意外と運動派なのかしら？」

その賑やかな笑い声にも気付かず、ジョアンナは思案していた。

そのそばで男子生徒達が、ゆっくりとした動きで女性陣を見やった。彼らは先程までしていた噂話よりも、そっちの方が気になって仕方がないという表情をしていた。

「……階段下でスライディング？　あのマクガーデン家と、アンダーソン家の令息令嬢が？」

「お前ら一体何してんの？」

同じ人族貴族の男子生徒が、そう指摘した。彼は思い返せばといった様子で「というかさ？」と続けて、ジョアンナの左手に見える【求婚痣】を指す。

「昨日、例の幼馴染《おさなな じ》みと仮婚約したんだろう？　結構大きな事だと思うんだけど、普通にしてるよなぁ……」

「へ？　ああ、私のは気にしなくていいのよ。ただの仮婚約だもの」

事件について考えていたジョアンナは、なんだそんな事かと思って軽く手を振って笑い返した。まさか犯罪と比べての感想とは気付かず、少年達が軽く衝撃を受けたように『ただの』って言い切った……!?」とざわつく。

その時、大きな声で誰かを叫ぶ声が聞こえてきた。

「ねぇ、なんだかジョアンナを呼んでない？」

「レベッカじゃないようだけれど、誰かしら？」

恋の話には目がなく、既に仮婚約の話については聞き知っていた女子生徒達が言う。

近づいてくる声に気付いて、ジョアンナは学友達と一緒になって目を向けた。廊下の奥から、一人の女子生徒がこちらに向かってくるのが見えた。普段の令嬢らしさなんて今はやっていられない、と言わんばかりの全力疾走である。

「来ているとは聞いていたけど、こんなところにいたのね！」

彼女は大きな声まで上げて、だいぶ興奮している様子だった。ぐんぐん距離を近づけてきながら、髪をバサバサと大きく波打たせて叫んでくる。

「ジョアンナ！　あなた、ルーガー伯爵様が開催する『カップル限定のお祭り』に初参加するんですって!?　事前に教えてくれていたら、学院を休んで応援に行ったのにッ！」

「へ？　ちょっと待って、私、何がなんだか分からないのだけれど――」

突然そんな事を言われて戸惑った。目の前に来た彼女にガシリと肩を掴《つか》まれてしまい、ビクリとして言葉も途切れてしまう。

他の令嬢達も、呆気《あっけ》に取られて見守っていた。獣耳を持った男子生徒が、女の子なんだから気を付けようよ……と困ったように口の中で言って、学友である彼女のスカートの端の折れ曲がった部分を直す。

それを見ていた人族の二人の男子生徒が、真面目《まじめ》な顔で頷いてこう言った。

「勢いがすごすぎて、華奢《きゃしゃ》なジョアンナが取って食われそうな構図に見えるな」

「だからゴリラ令嬢なんて言われるんだぞ――ぐはっ」

その令嬢が目も向けないまま、ゴリラ発言をした彼の顎下《あごした》から拳《こぶし》を放った。彼女は崩れ落ちた彼の「婚約者である俺への、この扱いよう」と言う声も聞かず、感激した様子でジョアンナの肩を掴んで揺らした。

「あああもうっ言いたい事は沢山あるんだけど、まずは仮婚約おめでとう！」

「あの、なんで『おめでとう』なの……？」

「それから、ルーガー伯爵様のイベントは楽しんできてね！　あのエドワード様が『お祭り』に参加すると聞いて、沢山の令嬢が急きょ参加を決めたらしいわよ。きっと昨年よりもっと盛り上がると思うから頑張ってね！」

満面の笑顔で言われたジョアンナは、困惑を隠せない愛想笑いを浮かべてしまう。以前からエドワードは、利益もない祭りのような馬鹿騒ぎには興味がないと言っていたからだ。

ルーガー伯爵というのは、面白い事が大好きだと知られている風変わりな獣人貴族である。彼が起こしている『王都の一部をイベント会場にした催し』は、いつも熱気に溢《あふ》れて大人気だった。勿論《もちろん》、あの幼馴染みが参加した事はない。

「…………それなのに、そのイベントにエドワードが参加するの？　そして、私も……？」

今回は自分を巻き込んで、ペアで参加するつもりでいるらしい。そう理解して呆然《ぼうぜん》とした。

◆

王都の中心区域内にある二十三番区は、色取り取りのレンガ造りも美しい都会の一角である。広い公道には、ハリッシュなどの王都名物の食べ物が楽しめる移動式の店もあった。

大きな噴水が設けられた多目的大広間には、多くの貴族の男女が集まっていた。きらびやかな衣装はキラキラとしており、まるで町中がパーティー会場になったかのようだった。

その華やかさを一目見ようと、多くの住民達が窓から顔を覗《のぞ》かせていた。道沿いには多くの観覧者が詰めかけ、道では祭りのごとく大道芸が仮装姿で盛り上げている。ノリに便乗して近くの店々も紙の花飾りを盛大に飾り、演奏家達が陽気に曲を奏でる姿もあった。

その時、唐突に一人の貴族が大ジャンプを決めて、大広間の中央に設置された臨時の講演台に登場した。見事な着地をした彼は、軽く束ねた波打つブロンドを揺らして立ち上がる。

「紳士淑女の諸君！　よくぞ集まってくれた！　今年もこんなに多くのカップルが見られて、私は至極幸せだああああああああ！」

内側が真《ま》っ赤《か》という派手なマントをバサリとやって、雄叫《おたけ》びのごとくそう叫んだ。彼は年齢不詳の美貌《びぼう》と煌々《こうこう》とした強い青い獣目を持った——獣人貴族のルーガー伯爵である。

その瞬間、会場にいた貴族達が、割れんばかりの歓声を轟《とどろ》かせた。

「俺もめちゃくちゃ好きだああああ！」

そこには、便乗して叫んでいる新聞記者のトーマスの姿もあった。何も見なかった事してぎこちなく目を戻したジョアンナは、目の前の光景にくらりとした。

参加者達で埋め尽くされ、周囲一帯がきらびやかな貴族達でひしめきあっている。七割以上が獣人族という事もあって、やる気満々の興奮と騒ぎっぷりが半端ない状況だった。

これは、獣人貴族ルーガー伯爵主催の、毎年恒例の迷惑極まりないカップル限定のイベントだ。屋外だからこそ出来る全力の大人の遊びをしよう！　と題されて、彼本人の気分で一週間前に告知され、当日に『ゲーム内容』が発表され実行に移されるのだ。

「………何故、こんな事になっているのかしら」

盛り上がっている彼らに共感出来ないまま、ジョアンナは参加者達の騒ぎのド真ん中で佇《たたず》んでいた。その隣には、参加の元凶となったエドワードが立っている。

彼もまた騒ぐ様子もなく、開催の挨拶《あいさつ》をしているルーガー伯爵を凛々《りり》しい獣目で見つめていた。つい先程、家に迎えにきたかと思ったら「すまん、仕事で時間が押した。だから飛ばす」と言った直後、荷物のように抱えてここまで疾走して来たのである。

ジョアンナはそんな事をしたとは思えない、彼の涼しげな表情をチラリと見上げた。

「あの、エドワード……？　どうして仕事も多忙なのに参加を決めたの？」

「カップル限定の『お祭り』だ。楽しそうだろう」

尋ねてすぐ、そんな回答が返ってきて困惑した。確か去年も、新聞でこのイベントの記事を読みながら、彼が冷静にボロクソに叩《たた》いていたのを覚えている。

いや、仕事の合間をぬって参加したくらいだ。もしかしたら、何かしら理由があるのかもしれない。

「……え～っと……、その、参加の目的を訊《き》いてもいい？」

「参加するからには優勝する。目指すはトップだ」

まさかの優勝狙《ねら》いだった。

そう断言して腕を組む彼を見て、ジョアンナはますます戸惑い「嘘《うそ》でしょう……？」と呟いた。このイベントは、ルーガー伯爵が協賛を呼び掛けて個人的に開催しているものだ。行われるゲームで高順位を取ったとしても、賞金や褒美が出るわけでもない。

「さてっ。早速だが、今年のゲーム内容を語ろうと思う！」

その時、ルーガー伯爵が長い前置きの挨拶を終えてそう言った。

先程から「恋とは素晴らしい」やら、「だから私はカップルが楽しくやっている姿が大好きだ」やらと、色々個人的な嗜好《しこう》を力強く演説していた彼が、凛々しい表情で会場中を見渡す。

「今回は、町を一つの会場とした鬼ごっこだ。片方が逃げる役、そしてもう一方は追う役――つまりはハンターだな。ルールは至極簡単、一番に自分の『恋人』を見付けた者が優勝だ！」

そう力強く説明したところで、意味もなくマントをバサリとする。

会場の参加者達から、またしても咆哮《ほうこう》のような歓声が上がった。今度は、観客達も口笛や指笛まで吹いて盛り上げてくる。

その大音量を聞いたジョアンナは、驚いて「ぴぎゃっ」と短い悲鳴を上げて咄嗟《とっさ》に耳を押さえた。運動能力が高い獣人族らしい『お遊び』ではあるけれど、まさか走る事がメインのゲームだなんてと思う。自分には無理だ、運動なんてこれっぽっちも出来ないのである。

すると、エドワードが見下ろしてきて、「それじゃあ聞こえるから意味ないだろうに」とご丁寧に指まで向けて指摘してきた。

「君、昔から少し抜けているところがあるよね」

「こんな騒ぎの中にいて、エドワードは平気なの!?　私より耳がいいんでしょう!?」

「言っておくけど、今騒いでいる周りのほとんどは獣人族だよ。単に君が、物騒な賑わいや大きな音に慣れていないだけだろう」

エドワードは、驚いた拍子に若干涙目になっているジョアンナを見つめた。少しだけ考えるような間を置くと、秀麗な眉《まゆ》一つ動かさないまま彼女の上から自分の手を重ね置く。

「まぁ、こうしても聞こえると思うけどね。内側にある君の手が開いてしまっているから」

「じゃあなんでそうしてきたのよ――――ッ!?」

「混乱して切れるところも相変わらずだね。こうすれば、ほんの少しは変わるんじゃないかと思って――どう？」

「バッチリ聞こえてるわよっ」

ジョアンナは、涙目で怒ったように言い返した。自分の手に重ねられた大きな手の熱が、ただそっと置かれているのを感じて、これこそ意味なんてないじゃないのと思う。

「そして、今年の各特典についてだが！」

周囲の歓声が響き続けている中、そうルーガー伯爵が声を張り上げた。

参加者達が声を落として耳を済ませる。手を離したエドワードがそちらを見て、つられたジョアンナもそちらに目を向けた。

「制限時間内を逃げ切った者には、私が許可するから、一つだけ相手に要望を聞き届けてもらえる『ご褒美タイム』を設けよう！　制限時間内に恋人を捕まえられた上位三十名も、同様だ！　そしてッ、一番に自分の恋人を見付けられた優勝者の特典は――」

そう口にした彼が、唐突にくわっと獣目を見開いた。

「見付け出した恋人から、皆の前でキスをプレゼントされるご褒美だぁあああああああああ！」

見えない何かを受け止めるように両腕を広げ、腹の底からそんな雄叫びを上げた。

その一瞬後、知らせを受けた参加者と観客達が、先程と比べ物にならないほどの大歓声を上げた。ジョアンナは、周りの騒ぎようの中で「は……？」と呆気に取られた声を上げてしまう。

「うおおおおおおおおバッチリ見届けるわあああああああ！」

またしても歓声に交じって、新聞記者トーマスの興奮の声が聞こえきた。

そもそもキスとか、大人がこぞって欲しがる『ゲームの優勝景品』だとは思えない。参加者が参加者にやるとか、もうイベントの褒美でもなんでもないんじゃない!?

エドワードだって、呆《あき》れてガッカリしているに違いない。

そう思って目を向けてみると、心構えは参加当初と全くぶれていないような幼馴染みの横顔があった。穏便ではない雰囲気をまとっており、かなり真剣そうだった。

「目指すは一番の優勝のみ。そもそも二番手、三番手の順位など眼中にはない」

外面のいい作り笑いもせず、そう言ってバキリと指を鳴らす。

その様子を見て、ジョアンナは顔が引き攣《つ》りそうになった。そういえば、彼は昔から競争意識が強かった。逃げる役になってくれるなんて思えないし、ゲームの内容を思うと猛烈に嫌な予感しかしない。

「……………まさかと思うけど、私が『走って逃げる役』をするの？」

「全力で逃げるといいよ。俺はハンティングなら誰にも負けない、容赦なく君を追う」

「えぇぇぇぇッ、なんで敵を見るような目を向けてくるのよ!?　そもそも私からの優勝特典とかいらないでしょう!?」

「君なら恥ずかしくて死にそうになる特典だろう。──俺は、全力でやる」

「そんなドS事情からの理由だったの!?　絶対に捕まりたくなくなった！」

このS気質を持った、腹黒い幼馴染みが嫌すぎる。

そう思って涙目になった時、ルーガー伯爵が講演台でマントをバサリと手で払った。

「さぁ参加者諸君！　誰が逃げるか、誰が追うか決めたかな？　十分後に『追う役』の鬼のスタートを告げるとして──それではまず、逃げる役から出発だ！」

そう言って彼が右手を上げた途端、どこからか甲高いベル音が激しく鳴り響いた。

周囲からわっと歓声が上がると同時に、賑やかな声を上げて参加者達の半数が一斉に動き出した。ジョアンナは、その大騒ぎの音や声に驚いて「ぴぎゃっ」と跳び上がった。

同じ『逃げる役』になった令嬢令息達が、次々に大広間を飛び出していく姿に焦りが込み上げた。考えている余裕もなくなって慌てて走り出した。足を動かすのに必死で、爆音を上げて砲弾のように飛び出していった大きな黒い影と、一部騒ぐ人の声にも気付かないでいた。

「おいいいいいいい!? あれって去年就任した『狼《おおかみ》総帥』じゃねぇか！」

「あの人も参加してたのかよ!? つか、軍部のトップがなんでココにいるんだ!?」

気付いた観客と参加者の男達が、周りの大歓声に声を押し潰《つぶ》されながらざわつく。

「しかもマジ顔だぞ、本気で嫌がって逃げたい感満載の全力疾走だ！」

「アーサー・ベアウルフか……それでも到底十九歳には見えないな。威圧感だけで、擦れ違った参加者と観客がバタバタ倒れてるぞ」

「確か仮婚約したとは聞いたけど、そもそもあの人が『逃げる役』なのか!?」

参加するなんて思いもしなかった人物だ。それでいて、逃げる側というのも全く想像が付かない。

そう同じ軍人枠の参加者達が困惑する中、その一部の騒ぎを見ていたルーガー伯爵が、砕かれた地面も気にならない様子で「はははははっ」と陽気な笑い声を響かせた。

ジョアンナは必死になって、出来るだけ出発地点から離れるべく走っていた。

他の参加者達が速すぎるせいか、自分の足がとても遅く感じた。周囲一帯は、沿道からの「頑張れーっ！」という大声援にも溢れていて、慣れない騒がしさでずっと耳がじんじんしている。

自分の足では、遠くまで行くなんて無理だ。ただ走るだけでは逃げ切れない。

町中は、迷路みたいに道が枝分かれしている。それを利用しようと思い立って、後ろから来る彼に姿を発見されてしまわないよう、次の分かれ道を左へと進んだ。

道沿いに立つ人々が「リボンの子、頑張れ！」と笑顔で言葉を送ってくる中を、とにかく真《ま》っ直《す》ぐ進まない事を意識して必死に走った。次に差しかかった大きな十字路も曲がり、その次の分かれ道も直感で方向転換した。

息もすっかり上がってしまっていて、もう呼吸はすっかり苦しかった。何度か足がもつれて躓《つまず》きそうになる。自分が、どこをどう走っているのか分からない。

その時、またしても甲高いベル音が響き渡るのが聞こえた。

どこからか、ドゴンッと物騒な破壊音も上がってきた。賑やかな騒ぎの音に一部悲鳴が混じる。

「あの赤い髪の猫令嬢、壁を打ち破っていったぞ！」

「被害を受けた広告屋のスワイプさんが、半泣きだ！　なんか可哀そうすぎる！」

「おかしいだろッ。楽しいイベントなのに相手の男も全力で逃げてたし、あの子の目もマジで殺す気の迫力なんだけど!? しかもなんで『祭り』に木刀持ち込んでるんだよッ」

「よく分からんが、軍部総帥の若造を全力で応援したくなってきたな」

「逃げろ狼侯爵んところの嫡男――――――っ!」

騒がしい物音と声が上がっている。しかし、ジョアンナは内容までは聞き取る事が出来ないでいた。一体向こうで何が起こっているのか、気にしている余裕はなかった。

恐らく、もう十分経《た》ってしまって、追う側の人達が動き出したのだろう。わっと起こった後方からの賑わいを聞く限り、あの大広間からそんなに離れられている気もしない。

幼い頃、エドワードに追い駆けられて、全敗でとっ捕まっていた事が思い出されてじわりと目が潤んだ。腹黒な幼馴染みが、恥ずかしがらせるという嫌がらせをしたいがため、こちらを全力の走りで捕まえにくるという想像には恐怖しかない。

「もうやだ、どうしよう……っ、皆、遠くまでいっちゃったのッ?」

同じように走っている人の姿は、まばらにしかなかった。自分の足が遅すぎるせいだと感じて、焦燥と不安感を煽《あお》られてますます涙目になる。参加者が獣人族であるという事を忘れていて、建物の縁や屋上を、活き活きとした様子で跳んだ走る姿には気付かないでいた。

身体《からだ》が火照っているせいで、肌の上を撫《な》でる風が涼しい。大観衆の賑やかさで耳がぐわんと鳴っていて、あまりの人の多さと騒ぎように目が回りそうだった。

もうこれ以上は走れない。どこかに隠れよう。

そう思って次の角を曲がったジョアンナは、目の前に立つ男性に気付いて、濃い藍《あい》色の瞳《ひとみ》を見開いた。まるで待っていたかのように、彼が悠々と腕を広げたのが見えて――。

「見付けた」

そう言うと、エドワードが美麗な笑みを浮かべた。いつも決まっている髪型がほんの少し崩れているだけで、全力で追い駆けてきたという様子はなかった。

あっ、と思ったものの、疲れていた足がもつれて回避出来なかった。気付いたら自分から飛び込む形で、目の前にいた彼に抱き留められてしまっていた。

踵《かかと》が浮いてしまうくらい力強く抱き締められた。体温が上がっている自分のものより、熱い温もりに包まれて彼の脈拍まで伝わってくるようだった。

どうしてここにいるの、いつ見付けたの、どうやって先回りしたの？

そんな言葉が、ぐるぐると頭の中を駆け巡っていた。足に力が入らなくて、思わず彼のジャケットを握り締めてしまうと、胸が押し潰されそうなくらいぎゅうぅっとされた。

「ああ、嬉《うれ》しいな。もっとそうやって俺を求めて、いつだって頼ってくれればいいのに」

どこか満ち足りたような声で囁《ささや》きかけられ、その熱くなった吐息を耳元に覚えた。

直後、周りから割れんばかりの歓声が上がった。至るところから興奮を隠しきれない様子の大声が飛び交い、確保された時刻が口伝えで広がっていく。

「すごい早いぞ！」

「ディーイーグル家の嫡男が捕まえた！」

その大騒ぎを聞いたジョアンナは、「ぴぎゃ!?」と驚いた声を上げた。周りが見えなくて「何が起こってるの!?」と言って彼にしがみつくと、笑うような吐息が頭に触れた。

「ただ祝ってるだけさ」

そう言われたかと思ったら、片腕に乗せるようにして抱き上げられた。彼を見下ろす形となったジョアンナは、気取っていない楽しげな笑顔に気付いて目を丸くした。

こちらを見つめているエドワードには、普段の黒さはなかった。少年みたいな満面の笑みを浮かべていて、どこかとても嬉しそうだった。

「えぇと、ちょっと待って。色々と混乱してしまいそうなのだけれど、……その、エドワードがすごく楽しそう……？」

「あははは っ、ほんとに混乱しているみたいだね。なかなか楽しいイベントだよ」

さて戻ろうか、と言って彼が大勢の歓声の中を進み始めた。

ジョアンナは、今更のように周囲の様子に気付いて、込み上げる羞恥《しゅうち》からぶわりと赤面して涙目になった。片腕に抱き上げられている姿なのに、大注目されてしまっている。

「エドワード、やだ下ろしてっ。このまま歩かれたら恥ずかしくて死んじゃう！」

「そう言われたら余計に下ろせないな。君がまだまだ子供みたいなところがあるのは知っているけれどね、男の前で、そんな声で『やだ』なんて言うものじゃないよ」

エドワードは、ジョアンナの泣きそうな顔へ琥珀《こはく》色の獣目を向ける。

「そもそも結婚する相手を抱き上げて、何が悪い？」

「本婚約もしてないのに何を言ってるの⁉」

真顔で冗談を言うタイミングでもないだろう。その言葉を聞いて涙も引っ込んだら、彼がどこか満足げに視線を戻していった。

歓声を浴びながら足を進める態度は、相変わらず自信たっぷりで堂々としていた。日差しに照らし出された羽のような色合いをした髪先が、風にサラリと揺れてキラキラと光っているように見えて――ジョアンナは、こっそり綺麗だなと思ってしまった。

イベントの出発地点となった大広間では、大勢の観客達が周りを取り囲むようにして待っていた。他に戻ってきているカップルが何組かいたものの、彼らはこちらを見るなり微笑《ほほえ》ましげに拍手を贈ってきた。

「優勝者のお戻りだ！」

演説台にいたルーガー伯爵が、こちらをビシリと指してそう叫んだ。

次々に祝う声を掛けられたジョアンナは、「え」と声を上げてピキリと硬直してしまう。

「嘘……………、もしかして私達が『一番』なの……？」

「そうらしいね。一番に見付けたのは、やはりこの俺か」

上機嫌にそう言ったエドワードが、広間の中央で立ち止まった。腕に抱き上げられたままふっと目を向けられ、強さが窺《うかが》える獣目でじっと見つめてくる。下ろしてもくれないのを不思議に思って身じろぎすると、ますます腕の力が強くなってジョアンナは戸惑った。

すると、彼が落ち着いた表情で「ジョアンナ」と呼んできた。

「キスをくれないの?」

そう言われて、「あ」と思い出した。一番に見付けた優勝者は、皆の前でキスを貰《もら》えるご褒美が与えられる。でも気心知れた幼馴染みとはいえ、今や彼は目も眩《くら》む美青年だ。

自分がキスを贈る事を想像した途端、想像一つで恥じらいを覚えて赤面した。

「そ、そそそんなの無理ッ」

思わず首を左右に振る。もう頭の中は恥ずかしさでいっぱいで、涙腺も緩んでいた。

こちらを見つめているエドワードが、腹黒さを滲《にじ》ませてニヤリとした。直前までは冷静で優しそうそうだったのに、唐突に普段のドSなところが戻ったかのようだった。

「嫌がられているのを屈服させるのも、俺は大好物だよ」

そう言うと、抱き上げている体勢を少し変えてきた。その動きを見た観衆から、はやし立てるような大声援が上がる。

ぐいっと引き寄せられたジョアンナは、後頭部に回る大きな手の熱を感じて危機感を覚えた。そのまま迫ってくる美麗な顔を見て、「ぴぎゃあああ!?」と色気もない悲鳴を上げた。

もう逃げられない。そう察して、目尻《めじり》に涙を浮かべた目をぎゅっと閉じた。そうしたら、頬に唇を優しく押し付けられる柔らかな温もりを感じた。

少しだけ触れてきたそれが、ほんのりと熱を残して離れていく。

てっきり唇にされると思っていたから、拍子抜けて「へ？」と声を上げた。目を開いてみると、こちらじっと見つめているエドワードがいた。

「――君が本当に嫌がる事はしないよ。とても怖がりで、怯《おび》えるところがあるのは知ってる」

そう言いながら、こちらの左手を取った。優しく引き寄せると、白い手の甲に刻まれた求婚痣にそっとキスを落とす。

ジョアンナは、彼が『社交上の挨拶』をするのを見つめていた。周りから更に大きな歓声が上がり、ルーガー伯爵が興奮したように何事か叫んでいる。でもドキドキしてしまって、そんな周りの音は上手《うま》く耳に入って来ないでいた。

頬へのキスも、手への口付けも、今はこれが精一杯だろうと配慮しての優しさのようにも感じた。そんな事、いつも苛《いじ》めてくる腹黒い彼に限ってあるはずがないのに。

頭の中が、どこかふわふわする。そんなはずないのに、ドキドキしてしまって止まらない。

今、目の前にいるエドワードが、敬愛を込めて一人の女性に接しているようにも感じた。こちらを抱き上げている腕も、その指先も眼差《まなざ》しも声も全《すべ》て、ただただ親愛を込めた優しさで大切に扱われていると――、そう錯覚してしまいそうになる。

運命の相手が、自分ではないと知っている。それなのに先程少年のように笑っていた彼とな

ら、幼馴染みの枠を超えて上手くいくんじゃないか……そんな想像をしてしまった。

その時、気付いたエドワードが、ふっと思案する冷静な目を向けてきた。

警戒心もなく手を取られたままで見つめ返していると、今度は握り込んだ指先に唇をあてられた。男の人なのに柔らかい、これもキスみたいなものなのかしらと思いながら待っていた。

「ジョアンナ」

ふと、唐突にそう名を呼ばれた。

数秒ほど経っても離さないでいる彼は、真面目な表情をしてそれ以上何も言ってこない。

ジョアンナは指先に唇の熱を感じたまま、尋ね返すようにゆっくりと小首を傾《かし》げてみせた。

「どうしたの、エドワード？」

不思議に思って尋ねると、彼がようやく口を離して「なんでもないよ」と静かに言った。

◆

エドワードは成長変化前、それがくれば立派な大人の仲間入りだと思っていた。

早く一人前になって会社を起業したい、そして父を超えるため全力で頑張りたい。だから、それが来る日が待ち遠しかった――はずだった。

獣人族が成長変化を迎える年齢が迫ってくると、次第に自分の気持ちが変わるのを感じて困惑した。準備を進めながら学院を卒業し、無事に起業した。それでも訪れの兆しはなかった。

『十九歳なのに、まだ来ていないんだね』

そう言われても、その頃にはもう早く来いとも思えなくなっていた。

いつも自分を苦手としていて、よく怯えている七歳年下の幼馴染み。

そのジョアンナが唯一気に入って褒めているのは、この大きな翼だけだ。そう考えたら、どうしてか成長変化したくないと感じるようになった。

――『ウチは従兄弟《いとこ》に爵位を継がせる事になっているから、婿《むこ》入りの必要がないの。だから、お父様もお母様も、そういう事は十六歳からでいいって』

――『私は嫁ぐから、家には残らないわ』

じゃあ、十六歳になったら君は、綺麗な格好をしてパーティーへ出席したり、お見合いをしたりして、俺の知らない誰かと積極的に交流していくのか。そうして、当たり前のように婚約して、結婚して、誰か他のオスの家に嫁いで行ってしまうのか。

十九歳のある日、いつもの茶会で十二歳の彼女の話を聞いて、胸がぎゅっと締めつけられるような焦燥を覚えた。そもそも自分は、獣人族としてはまだ大人ではないからその資格すらない。

もし、彼女が十六歳になっても、仮婚約すら出来ないままだったとしたら……？

どうして、そんな事を思ったのか分からない。会社へ戻っても、ただただ胸が痛み続けていた。以前よりも強烈に、早く大人になりたいという思いが身体の内側で暴れた。

早く成長変化しなければ。そうしないと、俺は求愛すら出来ない。

そんな独白まで浮かんで、ますます自分が分からなくなる。まるで失いたくないと焦っているようだと感じて、ふっとジョアンナの事が脳裏を過《よ》ぎった。

あと四年もすれば、立派な令嬢になるだろう。今よりも少女らしくなった彼女の隣に、知らないオスが並んで立っている。そんな姿を想像した途端、先程までとは比べ物にならない不安感が込み上げた。足元がぐらぐらするように感じて、不意に言葉が詰まり――。

「社長⁉」

「ピーターッ、社長を受け止めろ！」

会議室にいた部下達のそんな悲鳴を聞いた直後、視界はブラックアウトしていた。

突如やってきたのは、成長変化だった。それは想像以上の苦しさで、背中の翼がもがれるような痛みと熱があった。あまりの苦痛にじっとしておれず、枕《まくら》を引き裂いて暴れ狂った気はする。けれど、すぐに恐ろしいくらいの力で押さえ付けられていた。

「やんちゃな鳥だねぇ。僕は医者の『レイ』だよ。年寄りの爺《じい》さんだから、暴れるのは好きではないのだけれど、君が自分で怪《け》我《が》をしちゃったらきっと皆心配するよ」

だから、ちょっと荒業で我慢してもらおうか？

薄暗い部屋の中で、唇に人差し指をあててにっこりと笑った老人の獣目を覚えている。そして広い寝室には、巨大な何かが窮屈そうに佇んでベッドに自分を押さえ付けている――。

そんな光景を見た気がした。でも、ただの夢だったのかもしれない。次にふっと意識が浮上した時には、老人が一人で呑気《のんき》にお茶を飲んでいる姿があった。

「やぁ、お目覚めかい？　おめでとう、無事に成長変化は終わったよ。ああ、もう一度自己紹介しようか。僕はフリーの医者『レイ』。そういえば君、父親の時よりも暴れていたよ～」

一体いくつなんだとか、そんな疑問なんてどうでも良かった。

続けられる説明を聞いている間も、ジョアンナの顔が見たい気持ちばかりが膨らんでいった。夜明け前だというのに両親を呼んで、朝一番で知らせを出してくれないかと頼んだ。

地に足が付いて身体が重くなったせいか、訪問があった彼女の存在を、以前と比べ物にならないくらい鮮明に感じ取れた。その呼吸や、すっかり覚えてしまった足音。獣人族が嗅《か》ぎ取れる個人を識別できる『匂《にお》い』も、これから女性として花開いていく甘さを滲ませてもいた。

成長変化によって、見える世界が一気に変わったみたいだった。寝室に入ってきたジョアンナを見て、声が出ないほどの想いが込み上げた。そばに来てくれて、大丈夫かと心配してくれる十二歳の幼い彼女に、らしくもなく胸が打たれた。

ああ、ただの両親の思い付きの、口約束だけであったかもしれない。でも俺は、いずれ彼女と婚約する事を疑っていなかったくらい、好きだったのか……そう気付かされた。

だから、より切なさで胸が締め付けられるのを感じた。

だって彼女は、自分を結婚対象にする事はないだろうから。

幼い頃、その夢を応援してあげたいと感じた。どうしてか気になって、両親に言われなくとも数日に一回は『茶会』に足を運ぶようになった。警戒されるよりも、笑った顔や素の様子を見たいなと思うようになって――それが恋だったと、ようやくその時に知った。

ジョアンナは、腹黒い人が苦手なのだという。だから、穏やかに暮らしの中で笑ってくれるのなら身を引くべきか、とらしくもなくずっと考えていた。

それでも、なんでも話し合えるようになって警戒される数が減り、彼女が笑う事も増えてきた。小さな期待もあって、これまで決断が付かないでいたのだ。

でも、もっと早めに理解するべきだったのかもしれない。


この自分が身を引くなんて、あり得ない話だった、と。


エドワードは早朝、鏡の前で新しく買ったネクタイを締めながら、もう一度そう思った。

先日、急ぎ出張の用事を片付けて王都に戻ってきた。週末の今日になってようやく、久々に自宅の屋敷でたっぷり寝た。そのおかげで、頭はよりよく冴《さ》えているのを感じている。

この前、道角でジョアンナの見合いの噂をしていた者達がいた。以前から交流はあったようであるし、このまま交際を始めても自然だよなと話す声を聞いて、胸がざわりとした。

俺の方が、誰よりも一番そばにいて、彼女を知っているのにと思った。

それを思い返しながら、襟元を整えに掛かった。またしても殺気立ちそうになったところで、ふと、ルーガー伯爵が主催していた先日のイベントを思い出した。

「…………怯えられるだろうから。今は、あれが精一杯……」

彼女の頬に触れた唇に、指先を滑らせてそう呟いた。

本当だったら、あの小さな唇に直接触れたかった。けれどそうしてしまったら、七歳年下である事も忘れて、初めての彼女と濃く触れあうようなキスを求めてしまうだろう。

仮婚約をしに行った時、ジョアンナに涙目で『痛くするんでしょ』と言われた。

自覚がなかった頃のツケが、今になって回ってきたらしい。そう痛感して、甘えられず素直になれない性格をしたエドワードは、らしくもなく焦りを覚えた。

そんな意地悪をしたりなんてしない。自分よりも、彼女がとても弱い事は知っている。これまで本気で痛くさせたり怖がらせた事は一度もなかったから、そう誤解されていると知って悩んだ。

仮婚約の際に本気で怯えられてしまった。そんな彼女に、あのイベントで頬にキスをしたあとも、警戒心もなく指先を唇で触らせてくれた事を思い返した。

抱き締めて、手を取って、そうして恋人のように接しても許してくれる。あの近い距離感が欲しい。

「必ず彼女との結婚を勝ちとる。そのためにも、まずは好感度を上げたい」

色々と手は考えていた。彼女が苦手としないタイプのオスが他に現れて、仮婚約やら見合いやらを申し込む前に、一番早いスケジュールでもって本婚約に持って行きたい。

「俺の情報網をナメるなよ」

エドワードはそう口にすると、強気な姿勢で部屋を出た。

◆

その週の学院が終わった翌日、ジョアンナは外出のため身支度を整えられていた。

本日はエドワードの提案により、久しぶりにディーイーグル伯爵邸で茶会が行われる事になっていた。両親は社交が入っているので、別行動で単身あちらの家に訪問する予定だった。

数日前のルーガー伯爵のイベントの後、ちょっかいをかけられる事もなく馬車で送り届けられた。それも珍しくて、キスの一件でそわそわして彼の様子を何度も盗み見てしまった。彼の運命の令嬢が現れるまでの婚約者候補なのに、と自分に対して小さな戸惑いも覚えた。

おかげで今の今まで、エドワードの事が気になって集中も出来ないでいた。先日見た未来視の件は、調査の時間やタイミングもなくて何も進展がないままだ。

両親が出掛けた後、迎えの馬車が到着した。通い慣れた道のりであるのに、こうして彼の方から専用の馬車を寄越されるのも珍しい。ジョアンナは、落ち着かないまま乗り込んだ。

ディーイーグル伯爵邸に到着してすぐ、エドワードが馬車の扉を開けてきてドキリとした。いつもの使用人はどうしたの、とも問い掛けられなかった。

「直接迎えにいけなくて、すまなかった。少々準備があったものでね」

そう詫《わ》びてくるのもあまりない事だった。そのうえ馬車から降りるのを「どうぞ」と当然のようにエスコートされてしまい、なんだかドキドキした。

彼は仕事用ではなく、貴族らしいお洒落《しゃれ》な衣装に身を包んでいた。ネクタイも初めて見る新しい物だ。下車しても取った左手を離さないまま見つめられ、戸惑いつつ視線を返した。

「なんか、今日ちょっと変じゃない……？」

「そんな事はないよ。ようこそいらっしゃい、ジョアンナ」

エドワードがそう言って、左手の甲にある求婚痣にキスを落とした。

それを恥ずかしそうに見ていたジョアンナは、ふと、これまでそんな挨拶はしてこなかったと気付いた。幼かった彼が両親に言われて、作り笑いに青筋を浮かべてやっていたのを覚えている。

プライドが高い彼も、社交辞令がスムーズに出来るくらいには大人になった……？

つい、そんな事を考えていると「おいで」と手を引かれてびっくりした。通い慣れた伯爵邸内なのに、わざわざエスコートする気でいるらしい。

「あの、エドワード？　別にエスコートしてくれなくても大丈夫よ」

「俺が招待したんだから、エスコートくらいするよ」

「えっ。でも、その、えぇと……なんでこんなに密着する感じで腕を絡めてくるの？」

「このくらいの距離感は普通だ。君も両親や、他の人達のを見た事があるだろ」

そう言って前を向いた彼の横顔には、自信たっぷりの大人の微笑が浮かんでいた。何か企《たくら》んでいるのではと、これまでの付き合いから警戒してしまう。

いつもと様子が少し違うように感じる彼にエスコートされて、屋敷の中を進んだ。案内されたのは普段とは違う部屋で、珍しくディーイーグル伯爵夫婦もいた。大人数用のテーブル席には、沢山の美味《おい》しそうな菓子が用意されてある。

そこに並べられているクリームたっぷりのケーキの数々を見て、ジョアンナは思わず「わぁ、すごいッ」と瞳を輝かせた。腹黒い幼馴染みに馬鹿《ばか》にされても、『一番の好物なの』と主張し続けているくらい大好きだ。つい、部屋にいた先客達よりもそちらに気を取られた。

「エドワード、お菓子だけじゃなくてケーキも沢山あるわ！　ねぇ、どうしてこんなに用意出来たの!?」

豪勢な各種ケーキに目を留めたまま、絡めているエドワードの腕をぎゅっとした。興奮気味に引っ張りながら尋ねてみると、彼が少し頭を屈《かが》めて得意げにこう答えてきた。

「今日の午前中は、会社も休みを取ったからね。これくらい簡単だよ」

「ああ、どうしようっ。種類が多すぎて、全種類食べられるか自信がなくなってきた！」

「ケーキは小さめにカットを頼んであるから、少しずつ味見していけばいいよ」

なんだか、今日の彼が物すごく優しい。

提案を聞いたジョアンナは、感激のあまりぷるぷると震えて瞳を潤ませた。テーブルに並べられているケーキもクッキーも焼き菓子も、どういうわけか好みがドンピシャなものばかりだった。半分以上が春の新作のようであるのに、もう一目で全部食べたくなってしまっていた。

「どうかな、少しは気に入ってくれた？」

続いてそう問い掛けられ、勿論と答えようとした。

その時、野太くてダンディーな低い声が、「ジョアンナちゃん！」と室内に大声を響かせた。突然でびっくりして、ジョアンナは「ぴぎゃっ」と小さく跳び上がる。

ずっと釘付《くぎづ》けになっていたケーキ類から目が離れた。上品な笑い声が耳に入ってきて目を向けてみると、茶会の席には見覚えのない三人の貴婦人の姿があった。

どうやら今回の茶会には、彼の両親以外にも招待客がいたらしい。全員人族であるようだし、エドワード達の親戚《しんせき》という感じではなさそうだ。しかし記憶を辿《たど》っても、その顔に覚えはない。

「…………えぇと、どちら様ですか……？」

思わず、そう口にして小首を傾げた。額を隠す濃い錆《さび》色の前髪が、その動きに合わせて睫毛《まつげ》に触れてさらりと音を立てる。

すると、それを見た胸板の厚いダンディーで大柄な紳士――ディーイーグル伯爵が、濃い琥珀色の獣目をギラリとさせて立ち上がった。

「もう俺は我慢出来んッ！　ああっ、なんって可愛《かわい》いんだジョアンナちゃああああああん！」

「あっ、あなたお待ちなさいな。まだエドワードが相手をしてい――」

妻のディーイーグル伯爵夫人の言葉も聞かず、伯爵が二人に突撃した。

風のように飛び込まれた直後、ジョアンナは高く抱き上げられてぐるぐる回されていた。驚きと怯えで、ぶわりと涙目になって「ぴぎゃあああ」と悲鳴を上げる。

「ジョアンナちゃん、いらっしゃい！　俺の事『パパ』って呼んでもいいんだよ！」

「いやぁああああ高いから回さないでぇえええええ！」

「ははははっ、泣き顔も最っ高に可愛いなぁ！　目元はリッキー、顔立ちはジュリーにそっくりだ。うむ、美人さんだぞ～！」

自分は地味なのであって、そんな事はちっともないので早く下ろして欲しい。

ジョアンナは、続いてぐりぐりと頭で撫でられながらそう思った。筋肉ムキムキの大男なので、彼にぎゅうぎゅうに抱き上げられるのは大変苦しくもある。

きっと獣人族が『親友』とするところの贔屓《ひいき》目もあるのだろう。両親を一番の友としているエドワードの父は、昔から娘のように可愛いがってくれていた。息子と仮婚約したのが嬉しかったようで、一段と愛情表現を増して『パパと呼んで』と突撃してくるのだ。

その光景を前に、会話の途中で邪魔されたエドワードが殺意を放っていた。猫もかぶっていない様子を見たディーイーグル伯爵夫人が、「あらま」と言って頬に手をあてる。

「本当にジョアンナちゃんが好きみたいねぇ。いいところを取られて余裕もないなんて、珍しい光景だわ。まぁ、あの子が素直に感情表現をしてくれて、母としては嬉しいのだけれど」

「お相手のお嬢様が気付かないのが、不思議ですわね」

「うふふっ。あの子、私の『親友』に似て、少しだけ反応が鈍いところがあるのよ～」

それもそれで可愛くてたまらないの、と彼女はうっとりと言う。相槌《あいづち》を打った婦人と、他の二人の女性達も上品に笑うと、そこから再び婦人同士の話が始まった。

そんな中、エドワードが動き出して、ツカツカとジョアンナの元へ向かった。

「父上、年甲斐《としがい》もなく俺の仮婚約者を抱き上げるのは、やめて頂けますかね」

自分よりも屈強な父から彼女を取り上げると、ピリピリとした口調で言った。両手で子供みたいに持ち上げられていたジョアンナは、そのまま床に下ろされてほっとした。

やっぱり、いつもより優しい気がする。そう思って、普段は腹黒くて苦手な彼に目を向けた時、ディーイーグル伯爵夫人に声を掛けられた。

「本当によく来てくれたわねぇ、ジョアンナちゃん。ずっと会えなくて寂しかったのよ」

「はぁ。あの、この前お母様とお茶をしていた際にも会いましたよね……？」

母親同士も頻繁に交流していて、都合が空いていれば二、三日に一回は家や外で会っていたりする。エドワードと仮婚約をする前の日にも、彼が婚姻活動をしてくれる気配がちっともないと口にしていたのだ。

そう思い返していると、気の強さが窺える彼女の品のある獣目が、ふんわりと微笑んできた。

「実はね。今日はエドワードに頼まれて、婦人会の親しい友人達を連れてきたのよ」

「エドワードが？」

「うふふ、そうなの。こちらの彼女が、推理小説家のマーベラス・エミラ婦人、それからシンディーとベルネットよ。彼女達の共通点は、シリーズ化している探偵小説の著者であるところと、作家という個人事業主であるところね」

次々に紹介されたジョアンナは、三人の女性作家に目を丸くした。

その名前には聞き覚えがある。大好きな『名探偵ステファン』も少年探偵も他のシリーズも、数え切れないほど読み返しているのだ。勿論、その著者名だってバッチリ記憶していた。

ディーイーグル伯爵夫人が「まぁ、くりくりとした大きな目ねぇ」と言う。キラキラと尊敬の目を向けられ続けている三人の貴婦人達が、「ちょっと恥ずかしいわね」とはにかんだ。

是非、話を聞きたい。

そんな思いが膨らんで、質問したい事が次々に頭の中を駆け巡った。すぐ近くで父と息子が、ドS感溢れる作り笑いで、互いを威圧し合っている事にも気付かなかった。

「いつかそちらの会社を、ウチの傘下として吸収してやりますよ」

二、三回ほどしかやりとりしていない中で、ドス黒い空気をまとったエドワードが美麗な笑みで言う。対する父は、ダンディーで自信溢れる笑顔で凛々《りり》しく答える。

「爵位を継ぐまでにそれが出来ればいいな、エドワード？」

「あははは。その時には、悔しそうな顔を晒《さら》して頂きましょうか。とても楽しみです」

「ははは、それは楽しみだな。その前に俺が、お前の会社を傘下にしているかもしれない」

新たな紅茶の用意に取りかかっていた使用人達が、その絶対零度の親子のやりとりを聞いてガタガタ震えていた。ここに集っている他の婦人方や、怯え癖のあるリボンの童顔令嬢は本当に何も感じていないのだろうか……と口にしてチラチラ見ていた。

婦人達を見つめるジョアンナは、嬉しくてたまらなくて感動した。自分のためにクリームたっぷりのケーキや菓子を用意してくれて、大好きな探偵小説シリーズを書いている作家達まで招待してくれたのだ。これまでにあった、どんな茶会よりも素敵だと思った。

溢れる気持ちが止まらなくて、くるりとエドワードの方を振り返る。

「エドワード！」

そのまま彼の腕を引っ張って、不機嫌であるとも気付かないまま呼んでいた。頭の中は、ワクワクとドキドキでいっぱいだった。

「このお茶会を企画してくれて本当にありがとう！　お菓子もそうだけど、大好きな作家さん達のお話まで聞けるなんてッ。もう素敵すぎて、とにかくすごく嬉しいの！」

こちらを見下ろしてきた彼の獣目が、小さく見開かれた。

気持ちが溢れて言葉が追い付かない。でも、伝えなければ気が済まないのだ。嬉しくてたまらなかったジョアンナは、彼の腕を掴んだまま満面の笑みで続けた。

「大人げないちょっかいも出してくるけど、エドワードが『頼れるお兄さん』みたいなところがあるのも知っているのよ。お仕事をしている姿勢を尊敬しているし、何気なく相談に乗ってくれたり、私の夢の話を全部聞いてくれたりするところも、好きよ」

「…………好き……」

「うん。将来の夢の話も途中で飽きたりしないで、ずっと聞いていてくれるでしょう？　エドワードに話している時が一番楽しいの。相談所設立の協力とかなくったって、本当はお話を聞いてくれるだけで嬉しくなるのよ。そばにいて、お喋りしてくれている時間も、好き」

人見知りやエドワードへの苦手意識をどこへやったのか、初めて会った人もいる中で、ジョアンナは想いを全てぶちまける勢いで話していた。元気な女の子にしか見えない笑顔で、最後は両手を上げて「だから、ありがとう！」と話を締めた。

直後、場に静けさが漂った。

脳が一周回って元の場所に戻ってくる。そんなエドワードの珍しすぎる長い沈黙を、その場にいる婦人方と使用人達が見守っていた。ディーイーグル伯爵が、面白すぎると言わんばかりの表情で「ぶはっ」と笑いかけた口を素早く塞《ふさ》ぐ。

じっと見つめられていたジョアンナは、何も言って来ないでいるエドワードを不思議に思った。問うように、小首を傾げ笑いかけてみせる。

すると、唐突に彼がぎゅっと抱き締めてきた。

「へ……？　エドワード、どうしたの？」

そう問い掛けた直後、持ち上げられてびっくりした。「何々⁉」と騒いでいる間にも、歩き出した彼がテーブル席へと向かい、そのまま膝の上に座らされて一緒に着席してしまう。

ディーイーグル伯爵夫人が、呆気に取られた表情を浮かべていた。使用人達が一瞬遅れで「はぁ⁉」と叫び、慌てて口を閉じて顔をそむける。

膝の上に座らされたジョアンナも、呆然としていた。尻と太腿《ふともも》の下から高い体温がじわじわと伝わってくる。固定するように前に回された二本の腕は重く、背中があたっているせいで、全身がすっぽりと彼の熱に包まれているのを感じた。

この現状を数秒ほど考えたところで、彼のドSなところが浮かんでハッとする。幼い頃の事を思い出すと、あまりにもひどすぎると思ってガバリと非難の涙目を向けた。

「ちょっとッ、どうしてココで子供時代の嫌がらせをするの⁉」

「――なるほど、君はそう思うわけか」

テーブルを真っ直ぐ見ていたエドワードは、真面目な表情でそう相槌を打った。ようやくカチリと思考が動いたかのように、元の余裕が戻った目で見つめ返す。

「これは仮婚約の交流茶会だ。だから仮婚約者である俺が、君をこうして座らせても全く問題ないんだよ、ジョアンナ」

「何言ってんの問題大ありよ！　これじゃあ、気になってお話に集中出来ないじゃないッ」

やっぱり腹黒い幼馴染みである。そう思ってますます涙腺《るいせん》を緩ませると、近い距離から見つめているエドワードが、真顔のまま腕に力を入れてきた。

「やっぱりドＳなところを発揮してるだけじゃないの――――っ」

余計に拘束されてしまったのを感じて、ジョアンナはそう涙目で怒った。

小説の作者本人から話が聞ける滅多にない機会で、サインも欲しくてたまらないこの状況で身動き出来なくするなんてひどすぎる。しかも先程から何から食べようかと、クリームたっぷりのケーキが楽しみで仕方ないのだ、これだと自分で取りに行けないではないか！

そんな胸の内を、涙目で全部説いていた。そのマシンガントークの様子を見て、使用人達が「坊ちゃまに向かって、この子すごい……」と呟き、婦人方も同意するようにこう言った。

「意外とハッキリ言う子なのねぇ」

「後ろに本人がいても気にならないみたい」

「いい奥さんになるわ」

「ええ、さすがジョアンナちゃんだわ。だって本人を前にして、全部口にしちゃうんだもの。そういうところは、リッキーにそっくりね」

ディーイーグル伯爵夫人も、そんな感想を口にした。それから、一通り言いたい事を全て言い尽くし、肩で息をしているジョアンナに声を掛けた。

「大丈夫よ、ジョアンナちゃん。ケーキは、私達がちゃんと取ってあげるから」

「えっ、もしかしてずっとこの状態!?」

「うふふ、エドワードも言っていたけど、『仮婚約者』の交流茶会なんだから問題ないのよ。それに、給仕の人達も手伝ってくれるから安心でしょう？」

まさか仮婚約の茶会というものが、こんな姿勢でも許されるものだとは知らなかった。ジョアンナは驚きの連続で、周りの大人達がこの状況を普通に受け入れている様子を見つめる。

その時、耳元に吐息が触れた。互いの髪先が頬のそばでサラリと音を立てて、エドワードが少し背を屈めてくるのを感じた。

「…………あの、エドワード？　なんか匂いを嗅いでない？」

「それは君の気のせいだ。――それで、君はどのケーキから食べたいの？」

「へ？　えぇと、その、桃色のクリームは気になっているけど……」

話をそらすように問われて、戸惑いつつも答えて肩越しに目を向けた。

近い距離から、彼がじっと見つめ返してきた。ふと、思い付いたように口を開く。

「――食べさせてあげようか？」

「そこまで子供扱いするの⁉」

嫌に決まってるでしょ私もう十六歳よッ、とジョアンナは涙目で言い返した。

そんなジョアンナの声を聞いて、ディーイーグル伯爵が「ぶくくぅッ」と笑いを噴き出した。伯爵邸の主人である彼は、まだ席にも戻らず、少し離れた床の上で馬鹿笑いを抑えていた。

「クソ真面目すぎだったせいで、俺の息子がめちゃくちゃ面白い事になってるッ」

腹が捻《ね》じれそうだ、と笑いをこらえてぶるぶる震えている。笑い声を出すまいと口を塞いでいる様子は、鷲《わし》のトップハンターとして憧《あこが》れている獣人女性達には見せられない姿だった。

「ぶふッくくく、明日《あす》王宮に行って、ビルスネイクとユーニクスの若造共に話してやろう！」

「……旦那《だんな》様…………」

気付いた使用人達が、思わずそう口にした。彼らは、自分達の主人の交友関係を思い浮かべると、「……社交界の重鎮ドSトリオだもんなぁ……」と言って遠い目をした。

◆

新しい週が始まった日の正午前、ジョアンナは学院から近い喫茶店の外テラス席にいた。相談に乗って欲しいとジョンに頼まれて、次の授業までの空き時間に会う約束をしてあった。

「隙《すき》あらば意地悪してくるところは、どうにかならないものかしら」

普段、家で飲むものとは違う紅茶を口にしながら、つい小さく愚痴ってしまう。

先日の『交流茶会』では、ケーキもお喋りも堪能してとても素敵な時間を過ごせた。しかし茶会が終了するまで、エドワードが膝の上から下ろしてくれなかったのだ。おかげで婦人方にくすくす笑われて、よく分からない恥ずかしさが込み上げたりした。

「もう二十三歳なのに、どうして子供っぽく嫌がらせしてくるところは直らないのよ」

尊敬出来る部分も多くある。でも、ああやって子供扱いで恥ずかしがらせたり、困らせたりしてくるからやっぱり腹黒いドSは苦手だ。

そう思ってティーカップをテーブルに戻した時、通りからジョンがやってくるのが見えた。元気とはいえない様子で、何かしら気掛かりがあるような苦笑を浮かべていた。

「ジョアンナ、急に相談したいなんて言ってごめん……――完全に甘えて頼ってしまいました。本当にごめんなさい」

「ううん、いいのよ。朝から元気がなかったから、私も少し心配していたのよ」

またしても謝られてしまったジョアンナは、頭まで下げてきた彼にそう言った。話を聞くのはいつでも大歓迎だ。頼られると、全力で協力してあげたいとやる気も増す。

春の暖かな日差しが降り注ぐ通りは、人の流れも穏やかだった。促されて着席したジョンは、紅茶を届けてくれた女性店員が店内に戻ったのを確認してから、「実は」と切り出した。

「ロッカーに手紙が差し込まれていたんだ。中を確認してみたら、一目見た時から気になっていると書かれてあって………」

「あら、それってラブレターじゃない？　なら良かったじゃないの」

「良くないよ、俺めちゃくちゃ混乱してる。その相手は、獣人貴族の令息なんだ」

自分は男なのに、男からラブレターをもらったんだ。ジョンがそう説明を続けながら、途端に泣きそうな顔をした。

宛名の人物は、学院内で名を知られている生徒であるらしい。今年で学院を卒業する十八歳の最上級生で、最近成長変化を終えた見目麗しい子爵家の三男だ。いつも綺麗な女子生徒達に囲まれていて、同性にそのような手紙を出すのも想像がつかないような人であるという。

だからますます混乱しているのだと、ジョンは涙声で語る。その話を聞かされているジョアンナも、つい目を丸くしてしまっていた。

「つまり、モテにモテているイケメンなんだよ。主席卒業がほぼ確定していて、女子にすごく人気があって……そんな人が、俺にこんな手紙を送るなんて信じられないだろう？」

そう言って見せられた手紙には、さらりと短い文章が達筆で綴《つづ》られていた。

『一目見た時から、ずっと気になっていた』『話がしたい』『返事を待ってます』

　内容的にはラブレターだ。余計な文章が一切ないせいで、人柄はよく見えないでいる。送り主が獣人貴族であるのに、仮婚約に関して触れられていないのは少し気になった。

「うーん。確かにジョンが言う通り、獣人貴族にしては、少しあっさりしすぎている文面のような気もするわね……………。彼と話した事はあるの？」

「ないよ。同じ学院生だから、沢山の令息令嬢に囲まれているのは見て知ってる。いつもいろんな人を連れて歩いているから、よく目に留まるんだ。ジョアンナは見た事ない？」

　そう問われたジョアンナは、戸惑いつつ小さく首を横に振ってみせた。

　自分と同じように、交友のない人が沢山いる場所を苦手としている。そんな彼が、よく目に留めて覚えている上級生がいるという方が、少し不思議にも思った。

「もしかしたら苛めかなぁ、とかも考えちゃってさ」

　ジョンが、手をのろのろと動かして手紙をしまいながら、ぽつりと言った。

「だって、俺がラブレターをもらうなんてあり得ないし、相手は同性のイケメンだし……あまり聞かない話だけど、人族同士の間ではこういう嫌がらせも少なくないって聞くし……」

「ジョンにそんな事をする人なんていないわよ。皆、あなたの事が好きだもの。だからマイナス思考にならないで。そんな風に考えるのはジョンらしくないし、私も協力するから」

　ジョアンナは、そう言って一番の友達を励ました。

しまった手紙を涙目で見つめていたジョンが、少し頬を赤くした。込み上げた思いに胸を詰まらせたかのように「……ありがとう、ジョアンナ」と答えて、心強そうに見つめ返す。

「俺、君に出会えて良かった。いつも救われているんだ、本当にありがとう」

「大袈裟《おおげさ》ねぇ。ほら、頭を上げて」

感謝と共に頭を下げられてしまい、恥ずかしくなる。いつだって彼はストレートに気持ちを言葉にしてくるから、学友達と照れ臭い思いをさせられる事もよくあった。

すると、ジョンが「ううん、本当にそうなんだよ」と笑顔で言ってきた。

「人見知りをしていない時の君って、すごく勇気に溢れていると思う。ジョアンナのおかげで頑張って学院に通い続けられて、そうしていたら話せる友達だって沢山増えた。だから俺は、いつか君が困る事があったら、助けてあげられるような領主になるんだ」

そうなるまで時間はかかってしまうだろうけど……彼が声を小さくして、そろりと視線を逃がした。情けなさを実感している笑みを浮かべると、再び詫びる。

「うん、申し訳ない」

「ううん、楽しみにしてるわね」

ジョアンナは、小さく笑ってそう答えた。今日は彼の双子の妹であるレベッカはいない。ここは自分がしっかり不安を解消してあげるのだと意気込んで、手紙の送り主の名を見た。

「『ライアン・オースティン』……………慕っている人が多くいるなら、わざわざ彼の名を騙《かた》って手紙を出すとも思えないのだけれど、実際の彼がどんな人か分からないのよねぇ。悪ふざけで手紙を出す可能性があるのかどうか、正直言って推測もつかないわ」

「俺もそうなんだよ。だから、なんの冗談か悪戯《いたずら》かも分からなくてさ」

「沢山の生徒に囲まれている中で、いきなり『ラブレターを出しましたか？』と尋ねるのも気が引けるわよね……。間違っていたとしたら大変だもの」

「手紙を出して確認しようかなとは考えているんだけど、本当に全然話した事もない先輩だから勇気も出なくて……あの、先にどんな人なのか、少し見てきてもらってもいい？」

ジョアンナは、言い辛《づら》そうに本題を口にした彼を見た。どんな人か、まずはこの目で確認した方がいいのかもしれないと思っていた矢先だったから、賛同を得たような気持ちになる。

「任せてちょうだい！」

やっぱりそれが一番よねと思って、力強く言った。

「今日学院の帰りに、早速見てくるわね」

「本当に!?　ありがとうジョアンナ――」

ジョンが感激した様子で立ち上がった時、横から伸びてきた手が顎を鷲掴んだ。

強制的に言葉を遮られた彼が、強烈な殺気を受けて青ざめた。驚いてそちらに目を向けたジョアンナも、濃い藍色の目を大きく見開いた。

そこにいたのは、仕事中であるはずのエドワードだった。絶対零度の美麗な作り笑いを浮かべていて、力加減を調節しつつも、鷲掴んだジョンの顔の下をギリギリと締め上げている。

「そのくだらない悩み事に、ジョアンナを巻き込むのはどうかと思うよ。だから勝手に一人で解決してくれないかな、マクガーデン家の跡取り君」

そう告げる美しい笑顔には、ドス黒い気配しかなかった。そのこめかみに小さく青筋が立っているのを見て、ジョンが察した様子でガタガタと震えて、か細い声を上げる。

「ひぃえええええぇぇ……。もしや、あなた様がお噂の幼馴染み様ですか」

「君はいちいち俺の癇《かん》に障る事を、よくする男みたいだね。先日は俺が不在の間に、ジョアンナのところへ行って偽装お見合いまでしてくれたそうで」

「ごめんなさい本当に反省しています、すみません許してください。でもこの件だって俺には一人で解決とか全然無理なんです、本当にごめんなさいッ」

ジョンはガタブル状態ながらも、感情と思いの全部を涙目で白状した。

それを見ていたジョアンナも、同じく気圧されて涙腺が緩みかけていた。しかし、唐突に現れてそうしている幼馴染みを叱《しか》りつけるべく、勇気を奮い立たせて立ち上がった。

「ちょっとエドワード！　なんで機嫌が悪いのかは知らないけど、私の一番の友達を威圧するのはやめてッ」

エドワードが、名を呼ぶ声にピクリと反応した。殺気を解くと、ゆっくりとジョアンナへ目を向ける。

ひとまず射抜く視線から解放されたジョンが、ぐったりとしたように緊張を解いた。勇気ある行動に感動しつつも、困惑と驚愕《きょうがく》が入り混じっている表情を浮かべていた。話に聞いていたのと違って、この人マジみたいなんだけど……という声は、彼の口の中に消えていく。

「というか、なんでここにいるの？」

ジョアンナはそう問い掛けた。

こちらをじっと見つめていた彼が、ようやく手を離す。解放されたジョンが、崩れ落ちるように着席するのを見届けて胸を撫で下ろしたところで、にっこりと黒い笑みを向けられた。

「俺は、いつでも情報が得られるようにしていてね。その情報網から、学院で勉強中のはずの君がいたと聞いて、次の営業へ回りがてら、こうして少し立ち寄ってみただけだよ」

「情報網？」

一体、仕事の合間に何をしているのかしら、とジョアンナは小首を傾げた。

その向かいの椅子《いす》に座っているジョンが、カタカタと震えて「……獣界トップハンターの能力が恐ろしい」と口の中に呟きを落とす。先に気付いたエドワードが、そんな彼の椅子の背にさりげなく手を置いた。

「それで？　ジョアンナは、手紙の学院生を見に行くつもり？」

ピタリと静かになったところで、美しい琥珀色の獣目を向けてそう尋ねる。ジョアンナは、そんなエドワードをしっかり見つめ返して「勿論よ」と答えた。

「どんな人なのか調査してみようと思うの。今日は授業も一つ分少なくて早く終わるから、いつもより時間があるもの」

そう答えたら、彼が小さな吐息をもらした。

「その時間、俺は仕事なんだけどね」

「どうしてエドワードの都合が必要なのよ？」

「仮婚約者を一人出歩かせるオスがいる方が、珍しいと思うよ」

エドワードが、面倒そうに首の後ろを撫でながら言う。それを見ていたジョアンナは、ただの婚約者の候補というだけじゃないの、と顰《しか》め面で応えた。

※※※

ジョアンナは、午後を過ごす中で情報を集めると、学院の帰りに早速行動を開始した。

ジョンに手紙を送ったらしい獣人族の令息、最上級生ライアン・オースティンは、明るい茶色の髪をした美青年だった。尋ねながら院内を捜してみたところ、いつも目立っているという情報の通り、多くの学院生に囲まれてゆったりと歩いている姿を発見した。

いつも人の中心に立っているというから、どんな人なのかと思ったら、とても落ち着いた雰囲気をした学生だった。穏やかな表情で談笑を続けながら、集団で学院を出て行く。

それを見たジョアンナは、尾行する事にして後を追った。

「ジョンは、心優しい一番の友達だもの。もしあの人が手紙を書いた本人で、ただのジョークでやった事だとしたら絶対に許さないわ」

そうだった場合、イケメンだろうと容赦しない。

泣きそうになっていたジョンの顔を思い返しながら、ジョアンナは物陰からライアン達の様子を見つめてそう呟いた。例の手紙が性質の悪い悪戯だったらと想像して、普段にない行動力が発揮されていた。

自分がエドワードの美貌を見慣れているせいで耐性が付いており、少しの腹黒さであれば文句も直接言えるくらいに肝も据わってしまっている――とは気付いていなかった。正義感に燃えていたので、後ろからはかなり目立っているという自覚もなかった。

「…………お嬢さん、一体何をしているんだい？」

「大事な使命のために、後を付けているのよ」

店の前にあった『サーマル・ブランド』と書かれた看板に隠れていたジョアンナは、出てきたパティシエに目も向けないまま答えた。若い彼は、その真剣な横顔を困ったように見つめる。

「えぇと、それはつまり、一般的にストーカーと言われているものかな？」

「ストーカーじゃないわ。尾行なの」

「同じだと思うんだけどなぁ……」

困惑気味に口にした彼が、チラリと同じ方向に目をやった。ふと、軍靴が店の前で足音を止めた事に気付いて振り返ると、その姿を確認して笑顔を浮かべた。

「いらっしゃいませ、蛇公爵様。ご予約通りの時間ですね」

その時、ジョアンナは「あ」と声を上げた。ライアン達が離れていくのを見て、看板の後ろから出ると小走りで人混みの中を進んだ。

小説の中の名探偵になりきっているつもりだったから、完璧に尾行出来ているという根拠もない自信に溢れていた。広い大通りに出た際、うっかり歩道の縁に躓きそうになっても、発揮されている行動力で転倒をまぬがれて驚きも浅かった。

その時、一人、二人、と生徒達が離れて別れていく集団の歩みが速度を落とした。そのおかげでかなり尾行が楽になって、もう躓かなくなったジョアンナはますます自信を増した。

「もしかしたら私、尾行の才能が少しあるのかもっ」

歩道の木からこっそり盗み見ながら、大好きな小説の名探偵達を思い出して楽しげな声を上げた。その大きな独り言を聞いた二人の王都警備隊員が、後ろ姿に気付いて足を止める。

「あの、すみませんお嬢さん。ちょっと事情を聞いてもいいかな……？」

「君、尾行のセンスを磨いて一体どうしたいの？　それ不安でしかな――」

「こうなったら、調べられるところまで行ってみるんだから！」

ジョアンナには、掛けられた声も届いていなかった。人見知りで臆病《おくびょう》な性格ながら、時に発揮される勇気と行動力が爆発して、建物の角を曲がっていったライアン達を追った。

そのまま尾行は順調に続き、市民劇場前の広場まで来た。

ライアンが連れている男子生徒は、残り三人となっていた。白馬の噴水の前で立ち止まり、何やら楽しそうに話し始める様子を劇場の柱からこっそり窺う。ふと、せっかく上手く尾行しているのに、これまで会話を拾えていないでいる事に気付いた。

「何を話しているのか聞こえないわね……。もう少し近づけないかしら？」

彼らが解散してしまったら、ライアンのお喋りを聞く機会はなくなってしまうだろう。どうにか聞こえてこないだろうかと、柱の後ろから首を伸ばして顔を覗かせる。

その瞬間、視界が『現在の時間』から切り離された。ジョアンナの見開かれた濃い藍色の瞳が、少しだけ明るい光を帯びて鈍く揺らめく。


映し出されたのは、またしても未来の映像だった。

時刻は夕方だろうか。今日の公演予定とは、違う内容の立て看板が置かれている。その市民劇場の前には、特徴的な泣きボクロを持った女の子がいた。

おさげにした先の細いリボンを波打たせながら、彼女が白馬の噴水の前を駆け出した。住宅街へ抜ける道を進むと、軽快な足取りでいくつかの角を曲がっていく。

進んだ先にあったのは、影が落ちた細い道だった。

そこには、息を潜めるようにして一台の馬車が停《と》まっていた。通り過ぎようとした一瞬、人通りの絶えたそこで女の子が振り返ろうとして――その口が布で覆われた。

そこで視界が暗転した。一気に視覚と聴覚が戻って、ジョアンナはハッと我に返った。またしても誘拐の光景を見たのだと理解して、不安でドキドキする胸元を手で押さえた。

その時、柱の向こうから、ひょいと顔を出してきた青年と目が合った。

「君、ジョアンナ・アンダーソンだよね？」

それは、先程まで尾行していたはずのライアン・オースティンだった。高い背を屈めて愛想のいい獣目で覗き込まれ、思わず「ぴぎゃ」と悲鳴を上げてしまう。

すっかりバレている。そう察して血の気が引いた。すると、彼が安心させるようにニッコリと笑いかけてきた。

「大丈夫だよ、怖がらないで。付けて来ていたのには、気付いていたんだ。僕ら獣人族は鼻が良いから、いつも彼の隣にいる君の『匂い』も僕は覚えていてね」

「匂い？　そのっ、えぇと……あああのごめんなさい！」

上手く考えられない。パニックになって、ぶわりと涙目になって謝った。すると、ライアンが幼い子に言い聞かせるように目線の高さを合わせた。

「謝らなくてもいいよ。僕は怒っていないから、落ち着いて」

穏やかな声で言われて、叱るつもりもないらしいと気付く。

ジョアンナは、求婚痣のある左手で胸元を握り締めたまま見つめ返した。凜々しいのに穏やかさしか感じない彼の獣目が、ふんわりと笑みを浮かべた。

「僕が君の尾行を放っておいたのは、何か理由があって、僕を追いかけてきたのかなと思ったからなんだよ。だって君は、ジョン・マクガーデンの『親友』だから」

「あれ……？　ジョンを知っているんですか？」

「勿論だよ。今朝、手紙を送ったからね。彼の代わりに、僕に何か訊きに来たのかい？」

どうやら、ライアンが手紙を送った本人であるらしい。でもまさか本人に見付かって理由を尋ねられるとは予想外で、持ち前の人見知りも戻ってきて戸惑った。

「…………あの、実はジョンから相談を受けて来たんです……」

彼があまりにも優しく見つめてくるので、緊張でガチガチになりながら言葉を発した。

「彼を悪く思ったりしない……？　怒らないで聞いてくれますか？」

「僕は怒ったりしないよ。だから、言ってごらん？」

一番の友達を悪く思われたりしたら悲しい。お願いするようにそう尋ねてみたら、ライアンが「ふふっ」と微笑ましげな吐息をこぼしてそう答えてきた。

悪い人ではないようだ。ジョアンナはスカートを少し握り締めると、手紙を受け取ったジョンが『よく分からない事になってる』と相談してきた事を、ぽつりぽつりと話した。

「そうか。僕なりに考えたつもりだったけど、余計に混乱させてしまったみたいだね」

ずっと穏やかな表情で聞いてくれていたライアンが、屈めていた背を起こしてそう言った。

「不安にさせてしまったみたいで、ごめんね。上手く伝わらなかったところもあるようだから、今度は彼と直接話してみる事にするよ。だから、もう心配しないで」

申し訳なさそうに微笑み掛けられた。手紙を受け取ったジョンだけでなく、こちらの心配についても考えてくれているらしい。

手紙の件は、この先輩に全て任せておけば大丈夫だろう。いい人みたいだと感じて安心したジョアンナは、『ラブレターみたいな手紙』という内容を忘れて「はい」と答えた。そうしたらライアンが、また優しげににっこりと笑みを返してきた。

「教えてくれてありがとう、彼の心優しい『親友』さん。どうぞ気を付けてお帰り。さっきみたいに、慌てて躓きそうになったりしないようにね」

帰りまで気を使ってくれるなんて、とてもいい人だ。尾行の道中、ずっと気遣われていたとも思わなくて、ジョアンナは丁寧に頭を下げた。

「先輩。今日はお話を聞いてくれて、ありがとうございました」

そう告げてから、ライアンに見送られてその場を後にした。

ジョアンナは安心して、すっかり軽くなった足取りで道を進んだ。市民劇場から離れるように大通りにある建物の角を曲がったところで、「あれ？」と声を上げて足を止める。

そこには、壁にもたれて立っているエドワードがいた。こちらの存在には気付いているようで、腕を組んでよそを見やったまま、ふぅっと溜息《ためいき》をもらすのが聞こえた。

「なんでエドワードがここにいるの？　お仕事じゃなかった？」

正午に会った際、仕事だと言っていた覚えがある。

「――他のオスを見に行くのが、気にならないわけがないよ」

壁から背中を離しながら、彼が口の中に言葉を落とした。うまく聞き取れなくてきょとんとしたジョアンナを見つめ返すと、「それで？」と片方の眉を少し上げて見せる。

「手紙の送り主を見に行った感想は、どうだったの？」

「それがね、すごくいい人そうだった！」

思い出してすぐ、ジョアンナは調査結果をズバリと答えた。ジョンが心配するような問題はなかったと、自分が感じた事をそのまま伝えた。

そうしたら、どうしてか溜息《つ》を吐かれてしまった。もうなんとも言えない様子で、エドワードが頭を小さく横に振る。

「一体、何を確認しに行ったんだか。――君の頭の中は平和だね」

「ちょっと、なんでそこで薄ら笑いを向けてくるのよ？　私の調査の経過を聞いたら、きっと優秀すぎて驚くんだからねッ」

「かなり目立っていたように思うけれどね。王都警備部隊にも、俺の方で説明した」

急に組織名を出されて、訝《いぶか》って彼の美麗な横顔を見上げた。

「王都警備部隊？」

「まぁ気付いていないのなら、それでいいよ」

エドワードがそう言ってから、こちらに視線を返してきた。

「もう満足した？」

帰るんだろう、と続けて確認された。淡々としたいつもの愛想のない問い掛けに「うん」と答えて、ジョアンナは彼の隣に並んだ。

西日が少し増した日差しの下、通りの通行は先程より多くなっていた。広々とした通りの中心を、ひっきりなしに馬車が行き交い、ガラガラと車輪の回る音を上げている。

「どうして、七歳も離れているんだろう」

途中まで一緒の道のりを歩く中、隣からポツリとそんな声が聞こえた。

行き交う馬車に目を向けていたジョアンナは、そばを歩いているエドワードを見た。傾いた日差しに照らし出された彼の髪は、茶金色を優しく上品な色合いに映えさせていて、少し長めの髪先の色が違う部分もどこか幻想的だった。長い睫毛が、彼の獣目に影を落としている。

「突然どうしたの？」

「俺だけが大人になって、先に先にと進んでいる気がしてね」

会社を立ち上げてから随分多忙になり、彼は起業一年ほどで大人びた印象がぐっと強くなった。ジョアンナはたびたび、自分だけがずっと子供のままでいるように感じる事がある。

忙しいと、時間の流れだって早いように感じてしまうのだろう。そう日頃を思い返して、控えめな笑みを浮かべて日々多忙な幼馴染みを労《ねぎら》った。

「エドワードは、お仕事で忙しいもの。そう感じるのも仕方ないわよ」

父親を超えたいとする夢を応援していたから、他に掛けられる言葉は浮かばなかった。

そのまま隣を少し歩いていたら、チラリと見下ろされた。何を言うわけでもなく目を向けられたジョアンナは、ひとまず「お疲れ様」ともう一度労った。

こちらの小さな笑みを見たエドワードが、調子が出ない様子の苦笑を少しだけ浮かべて、それから何も言わずに視線をそらしていった。

四章　涙目令嬢と未来視と事件

数日後の週の半ばは、午後の授業は一つしか入っていなかった。ぽっかりと空いた時間を使う事にして、ジョアンナは授業終わりに学院の図書館に立ち寄っていた。

学院の図書館は、王都内でも一番の蔵書数を誇っている。専門書や学術書の他《ほか》にも、各会社の新聞記録なども揃《そろ》っているので、最近の時事を調べるには最適な場所でもあった。

館内は、見上げると首が痛くなるほどの高さがあり、壁一面に書棚が埋め込まれている。場所は大きく三つに区切られており、中央にずらりと並んだ移動式書棚と、左右に分かれた各集団閲覧スペース。それから、それぞれの階に一テーブルずつ閲覧席が設けられていた。

「事件に関する記事が実際にあるのかどうか、確認しましょうかっ」

自分に言い聞かせるようにして意気込むと、やる気に満ちた足取りで広い館内を進んだ。今の今まで立ち寄る事が出来ないでいたから、チャンスが巡ってきた事も嬉《うれ》しかった。

今日《きょう》の午前中まで、各授業でのテストや提出物などに追われて忙しかった。ジョンとも話す時間がなかったから、廊下で擦れ違いざま「いい人だった」とざっくり伝えてあった。どうしてか「……え？」と戸惑った反応をされた気もするけれど、ここ数日会えていない。

いくつもの大きな本棚を横切り、奥にある新聞記録のある棚まで向かった。歴史学コーナーと隣合わせになっていて、各本棚の間には四人一組の閲覧席も設けられている。

他に人の姿はなく、しん、としていて静かだった。

ジョアンナは、王都内の最近の事を調べるべく保管棚の前に立った。そこには、各社によって発刊された新聞や地方誌記事がまとめ直された、新聞記録のファイルが並んでいた。まずは先月分の物を取り出し、小さなニュースも見逃さないようじっくり目を通してみた。

「…………あっ。先月の記事に、『神隠しか?』の話題が小さく載っているわね」

どうやら、先月からだと聞いていた情報は正しかったらしい。他にも二社が記事にして、どれも『子供が数時間、神隠し?』『記憶がないという』とだけ書かれてあった。

他にもないかと数日内の各社のものまで漁《あさ》ってみたが、それらしき話題は見あたらない。

「大手の新聞社が扱っていないとすると、正式な事件扱いはされていないみたいね……」

もしくは噂《うわさ》の通り、本当に情報規制が敷かれてしまっているか。

そう判断するには情報不足だ。他に利用者もいないので、ファイルを引っ張り出して閲覧棚に広げ置いた。他にも何かしら誘拐に関わるような話題がないかを探していく。

「うーん……人身売買だとか、人体実験説だとかの噂もないみたいねぇ。まぁそれだと無傷では戻らないだろうし、身代金狙《ねら》いの事件や死体が上がっている話もない…………」

没頭して、ぶつぶつ独り言をしながら読み進めていた。すると、近くで足音が上がった。

「君、一人でどうしたの?」

人が近付いてきたのにようやく気付いた直後、そう声を掛けられて驚いた。警戒した小動物のように跳び上がったジョアンナは、反射条件のように涙目になって勢いよく振り返る。

そこには、少年と青年という二人組みがいた。

「あ、驚かせてしまってごめんね。でも珍しいなぁ、ここのコーナーに女性がいるのを見たのは久しぶりだよ」

そう声を掛けてきたのは、くすんだ金色の髪をした小綺麗《こぎれい》な少年だった。すらりとして背丈があったものの、その胸元のバッジは下の学年の色をしている。警戒心を抱かせないエメラルド色の人懐っこい目をしており、本物の宝石かと思うほど綺麗な色で印象的だった。

とはいえジョアンナは、ぽかんと口を上げてその隣にいる青年をじっと見上げてしまっていた。それは少年と対象的な雰囲気をした、軍服に身を包んだ屈強な大男だったのだ。

その青年は、肉食獣のような鋭い金緑色の獣目をしていた。異様な圧力と存在感をまとっており、近くまでやってきた三人の獣人族の少年達もビクリとして足を止める。

男子生徒達は、明らかに学院生ではないその青年を見た。本能的な警戒心を強く煽《あお》られたかのように、青ざめて即踵《きびす》を返して猛ダッシュで逃げていった。

それまでの一部始終を見届けてしまったジョアンナは、ますます困惑して尋ねた。

「…………えぇと、すみません。そちらの軍人さんは『生徒』ではないですよね？　その、もしかして館内警備の関係者だったりするんですか……？」

「元学院生だ」

その大男が凛々《りり》しい表情で腕を組み、くすんだ金髪の少年の隣で堂々と構えて言い放つ。

「はぁ。元学院生、ですか……？」

それはつまり、今は無関係という事ではないでしょうか……？

ジョアンナは、よく分からなくて首を捻《ひね》った。ここは関係者以外は立ち入り禁止で、数ヶ所に警備員も配置されている。止められなかったのだろうかと考えていると、人族の少年の方が話し掛けてきた。

「大きなリボンだね。赤い栗毛《くりげ》色の綺麗な髪に映えて、とっても可愛《かわい》いと思うよ。名前はなんて言うの？　十四歳くらい？」

「えっ……、あ、ジョアンナ・アンダーソンです。十六歳です」

次々に質問されたジョアンナは、小さくドキドキした胸元を押さえてそう答えた。地味だとコンプレックスに感じていた錆《さび》色の髪を、そんな風に褒められたのは初めてだ。

数冊の本を片腕に抱えている少年は、意識して発言しているようでもなかった。銀の婚約指輪がある左手を軽く上げて、「なんだ、僕と一歳違いなんだね」と親しげに続ける。

「僕は今年で十五歳、クライシス・バウンゼンだよ。隣の彼は、親友のアーサー」

「軍部総帥、アーサー・ベアウルフだ。クライシスより年上の十九歳になる」

ジョアンナは、それを聞いて「あ」と思い出した。

そういえば昨年、最年少で就任した軍部総帥がいると騒がれていた。婚姻活動の一つも聞かない人物だったのに、『狼総帥が仮婚約者を一人持った』とも当時噂になっていた覚えがある。

すると、軍服姿の大男――アーサーが、腰に片手をあててこちらをじっと見下ろしてきた。ちょっとばかり不思議そうに、凛々しい眉《まゆ》をそっと寄せる。

「俺がいるから悲鳴を上げられたかと思っていたんだが、違うのか？」

「へ？　ああ、違いますよ。急に声を掛けられたから、びっくりしただけです」

そう答えて真《ま》っ直《す》ぐ見つめ返したら、彼が慣れない様子で視線を逃がした。

「なんというかだな、俺はてっきり怯《おび》えられたのかと……」

「どうしてですか？」

「……この通り、俺はクライシスみたいな愛想笑い一つ出来ない男なんでな」

愛想笑いが出来ない人より、笑顔が上手すぎる腹黒い人の方が怖いし、苦手である。

つい幼馴染《おさななじ》みのエドワードを思い浮かべていると、アーサーがクライシスと目配せした。そして、本題を切り出すようにこう続けてきた。

「率直で悪いが、実は君の独り言を少し聞いていた。見たところ開いている新聞記録も、事件関連の記事ばかりのようだが、何か事情でもあるのか？」

そう尋ねられてギクリとした。今更のように相手が『軍人』である事が意識させられて、ジョアンナは慌てて「違うんです」と言った。

「あのっ、その、これは別になんでもなくてですね――」

「落ち着け。俺は、軍人として尋問しているわけじゃない」

そう言いながら、アーサーが大きな背を屈《かが》めて目線の高さを近付けてきた。その声は気遣うように強さが抑えられていて、覗《のぞ》き込んでくる金緑色の獣目には落ち着きもあった。

「ただ職業柄、穏やかではない話題は放っておけない性分でな。それに一人で困っている者があれば、そのそばを知らぬ顔で通り過ぎるのも俺とクライシスには出来ん」

「……知らない学院生なのに？」

「知らない相手であったとしても、話し掛けなかった方が余計心配する男だっている」

親指を向けられたクライシス少年が、根が優しいと思える柔らかな苦笑を浮かべる。

「通りすがり独り言が聞こえちゃって、僕がアーサーを巻き込んで君に突撃した感じでもあるんだ。同じ年頃《としごろ》の妹もいるから、事情があるかなぁって気になったんだ」

「というわけだ。別にたいした問題じゃなかったら、それはそれでいい。ただな、もしその悩みが君にとって一人で抱えきれないとするものだったら、俺達が話を聞きたいんだ」

あ、この人……隣の人と同じくらいとても優しい人なんだわ。

肩を竦《すく》めて見せた大きなアーサーへ目を戻して、愛想が作れないというその獣目を近くから見て直感的に思った。少し不器用なだけで、とても親切な人なのだろう。

「………お二人は、こうして会ったばかりの私の話を聞いて、相談にも乗ってくれる、と？」

「ああ、そうだ。クライシスも口が堅い男だ。俺は軍部総帥として、そしてアーサー・ベアウルフという一人の『元学院生の先輩』としても、秘密は守ると誓おう」

彼が腰を屈めたまま提案する。その大きな手の甲には、小さすぎるようにも感じる求婚痣《きゅうこんあざ》が一つだけ付いていた。

一番の友達からアドバイスされていた事が脳裏を過《よ》ぎる。ジョアンナは心配そうにしている優しげなクライシスの微笑と、急《せ》かさずじっと待つようなアーサーを交互に見つめた。


――もしもの場合は、信頼がおける大人か組織に相談した方がいい。


自分がこうして一人でも調べているのは、じっとしていられなかったからだ。助けたいという気持ちも増すばかりで、少しでも早く事件が解決して欲しいと思っている。

それなら、優しいこの人達を信じて秘密を明かしてみよう。

「…………とても不思議に思われてしまうだろう内容でもあります……、それでも少しだけ、私の話を聞いてくれますか……？」

告白するという緊張で涙腺《るいせん》が緩んだ。二人が顔色も変えず頷《うなず》いてくれるのを見て、込み上げかけた涙を引っ込めて書棚の間に移動した。

四人用の奥の閲覧席へ行き、閉められた窓の前で向かい合った。まずはまれに未来が見える事を小さな声で打ち明け、それから先日と先々日に見えた光景を話した。きっと信じてはもらえない。そんな思いで、ずっと視線を落としたままでいた。

「それは大変な事だね」

言葉短く説明を終えたところで、クライシスがそう相槌《あいづち》を打つ声が聞こえた。

えっ、とびっくりして顔を上げると、真面目《まじめ》に考え込んでいる様子の彼がいた。窓の横に寄りかかっていたアーサーも、真剣そうな表情で思案気に顎《あご》を触わっている。

予想していた反応と違いすぎて、拍子抜けしてしまった。つい、「どうして……?」と口にしたら、気付いたアーサーがこちらを見て眉を寄せる。

「つまり君は、魔力持ちの人族なわけだろう？　その素質が【未来視】だった」

「え、魔力持ち？　……あの、私、魔法とか使えないんですけど……?」

「知らないのか？　魔力持ちの中で、魔法を使える者は少ないぞ」

話していたアーサーが片眉を上げ、もたれかかっていた窓から身を起こした。

「人族の魔力持ちは、多くが才能面や直感力として発揮される。専門機関を受診しないと気付かない場合がほとんどで、その保有魔力がどう作用するかは個人差がある」

ざっくりとそう説明されて、魔力測定というものがあったのを思い出した。身分に関係なく推奨されている任意の制度で、幼い頃《ころ》、ジョアンナの元にも案内が届いていた。父のアンダーソン伯爵が「我が家に魔力持ちが生まれた事はない」と断っていたのを覚えている。

そう思い返している間も、アーサーが教えように話していた。

「魔力持ちには、一部の素質だけが突出した者達がいる。たとえば、体内の魔力操作に長《た》けている者、魔力を結晶化する者、触れた物から過去を遡《さかのぼ》る事が出来る者――」

そう指折り上げると、その説明について締めるように「だから」と挟んだ。

「君のように、未来を見る者がいたとしても不思議じゃない。素質はあるから、恐らくは磨こうと思えばコントロールも利くようになる可能性もある」

「……うーん。でもこうして話を聞いていても、私はそうしたいと感じないわ」

未来視を自由に使いこなせるようになれば、と考えた事はない。これまでもこれからも、自分なりに今のせいいっぱいで人の悩みに寄りそって、助けていきたいと思う。

「そう感じるのなら、それが君にとっては正解なんだよ」

不思議に思って首を捻っていると、クライシスがにっこりと笑ってそう言った。

「その才能を磨くかどうかは、結局のところ本人の自由だからね。多くの誰《だれ》かのために必要とされている力なのか、それとも誰かに必要とされて与えられた力なのか。そういった運命的なものもあると思うよ」

「まぁ、そういう事も一部はあるんだろうな。なんのために与えられた才能なのかは、神のみぞ知るってやつか――さて、君の相談内容に話を戻そう」

そう相槌を打ったアーサーが、軌道修正するように軽く手を叩《たた》く。

「君が打ち明けてくれたから俺《おれ》も話すが、数時間から一晩の間だけ行方不明になるという通報については、たびたび王都警備部隊に寄せられている」

「えっ、そうなんですか⁉」

「アーサー、それ本当？」

「この話は他言無用だぞ。今のところ、通報や噂の全部が事実なのかは確認は取れていない。騒ぎにならないよう情報規制をかけて、慎重に調べているところだ」

先月から始まっている奇妙な事件については、軍部総帥である彼の耳にも入っている状況であるらしい。今も、軍や調査関係者が動いているのだという。

それを聞いたジョアンナは、不安な表情を浮かべた。

「アーサー先輩。私が見た未来視は、やっぱりそれに関連があるものなんですよね？　でも、そうだとしたら、私はどうしたらいいんでしょうか」

「………普通に『先輩』って呼んできたな。初対面でそう言われたのは初めてだぞ」

怖がられるのは面倒だと思っているが、これはこれでちょっと慣れないな……とアーサーが呟《つぶや》いた。それから本題を考えるように、数秒ほど真剣な目を足元に向ける。

「――今のところ、動いているのは警備部隊までだが、俺の方でも動いてみる事にしよう。先日、市民劇場辺りで見たという、連れ去られた女の子の特徴を覚えているか？」

そう問われて、心強さで胸がいっぱいになった。なんて頼れるいい人なんだろうと安心感が込み上げて、ジョアンナは目を潤ませてしまう。

正面から見下ろしていたアーサーが、ピキリと固まった。提案した手を少し上げた状態で、ぎこちなく首を動かして隣にいるクライシスを見る。

「……………なんか泣かれそうになっているんだが、俺は何か怖い言い方をしただろうか」

「多分、涙腺が少し緩いんじゃないかな？　なんだか、そんな気がするよ」

「ああ、なんだ。そこはお前と同じなのか」

アーサーは遠い目をすると、嫌な安心感だなという表情でほっとする。

場が落ち着いた後、ジョアンナは例の女の子の特徴などを教えた。出来るだけ詳しくと協力を頼まれ、先日の未来視を思い出しながら他にも見えた事を話した。

「ふむ。公演予定の内容を確認すれば、事件が起こる日付も絞り込めそうだな」

「市民劇場館って、空きがあれば劇団の飛び込みも対応しているんだ。前もってスケジュールを押さえる方法を取っていないから、ライドワーフさんも把握してないかも」

「ん？　お前の家は、向こうのオーナー一族とも付き合いがあるのか？」

「オーナーのバルドウィッチ子爵とも面識があるよ。…………まぁ、妹がよくちょっかいを出して泣かしていたのがきっかけで、その息子さん達とも交友があるというか」

クライシスが、そう言ってぎこちなく視線をそらす。

しばし同じように沈黙したアーサーが、気を取り直すよう咳払《せきばら》いを一つした。まずは自分達の方で少し調べてみると言って、ひとまずは一旦の解散を告げた。

「週が明けたら、またここで会おう」

ジョアンナは、胸のもやもやが軽くなるのを感じながら、待ち合わせの日時を約束し合った。そして、頼れる心強い二人の『先輩』と『後輩』に向かって丁寧に頭を下げた。

◆

授業が少ない数日間、こっそり昼食休憩と学院終わりに一人で町中を歩き回った。何か見付けられないだろうかと期待したのだが、未来視で見た現場にもあたらなかった。

これといって関連情報が得られないまま、週最後の登校日を迎えた。

友達に内緒で動いているジョアンナは、ジョンと数日振りに顔を合わせて、学院の食堂で昼食休憩を過ごしていた。彼の双子の妹レベッカは、本日も欠席だった。

こうしている今も、アーサーとクライシスは情報収集してくれているのだろう。どうしたものかと自分の方の進展のなさを考えながら、もそもそと食事を進める。

王都内にあるはずの『映像の場所』を捜したい。出歩く場所を絞り込んでみるのはどうだろう、見た未来視の中で現場の住所を特定出来るような情報はないものか？

そうつらつらと考えに耽《ふけ》るジョアンナの向かいで、ジョンが深く息を吐いて両手で顔を覆った。わけも分からない事態に頭を悩ませて、小さく震える。

「あの手紙の先輩から、家を通して正式に『お見合いの連絡』が来たんだけど……一体何がどうなっているんだろう……」

初めて来たお見合いの申し入れが、まさかの同性からの『婿《むこ》入り案』であるとか誰にも言えない。そもそも『婿入り』からしておかしいのに、父も母も乗り気なのはなんでだろう……十六歳の彼は、情けない声でそう呟く。

「旅行デートから早く戻ってきてレベッカ。俺、話した事もないライオン獣人の先輩と、今度一対一でお見合いするとか怖いし——もう色々と緊張も爆発して死んでしまう」

そんな弱々しい独白が、彼の口の中に消えていった。

そのタイミングで、ジョアンナはとりあえず今日も町中を歩いてみる事を決めた。「よし」と意気込んで食事に専念すると、しばらく経《た》ってジョンと同じタイミングで皿を空にした。

「次に会うのは来週ね。ジョン、良い週末を」

「ああ、うん、そうだね、ジョアンナも良い週末を……………。俺としては週末が怖い」

別れ際、ぼそりとジョンが言った。ジョアンナは彼の足元がふらふらとしていて、なんだかおぼつかない様子であるのに気付いた。

もしかしたら週末にでも、父親と婚姻活動の件で何かあるのかもしれない。レベッカが戻ってくるのも来週なので、きっと心細さや寂しさもあるのだろうなと思った。

残りの二つの授業を受けた後、ジョアンナは学院から出るべく校内を走った。一時間くらいなら町を出歩けそうなので、少しでも早く移動しようと考えての事だった。

「あら、ジョアンナじゃない。なんだか今日も元気そうね、そんなに急いでどこへ行くの？」

「ちょっと早めに帰ろうと思って」

擦れ違った学友の令嬢に、足を止めず「また来週」と挨拶《あいさつ》を返す。それを見ていた男子生徒達が、顔を見合わせて「急がしいのか？」「仮婚約したばっかりだしな」と話していた。

そんな学友達の反応も聞こえないまま、学院の正門から外に出た。

その時、すぐそこの塀にもたれて立っているエドワードに気付いて、思わず足に急ブレーキをかけた。彼の茶金色の髪は、相変わらず先だけ色が違っている様が羽のようで美しい。日差しを受けて色合いを映えさせ、端整な顔立ちをより引き立てている。

この早い時間帯は仕事中のはずなのに、どうしてここにいるのだろう？

近くを見れば、仕事用で使われている馬車が停《と》まっていた。ふと、そういえば幼馴染みの顔を見るのは数日ぶりであると気付く。ここ数日は、茶会の習慣さえすっかり忘れていた。

「どうしてエドワードがここにいるの？　お仕事が終わった感じでもなさそうだけど」

そう声を掛けてみたら、彼が強い眼差《まなざ》しを返してきた。普段の外向けの作り笑いも浮かべず、こちらにツカツカと向かってくる。

「急いでどこに行こうとしているのかな、ジョアンナ？　俺との茶会もほったらかしにして」

言いながら、目の前まで来たエドワードに担ぎ上げられた。

唐突に軽々と持ち上げられたジョアンナは、驚いて「ぴぎゃ!?」と短い悲鳴を上げた。あの茶会は、互いに時間が合った時にやっているものであって、とくに予定を立てて行っているわけではない。そう言葉を返す暇もなく、エドワードが足早に引き返す。

やや乱暴に馬車の扉を開けたかと思うと、そのまま車内に放り込まれて背中から座席に転がった。続いて乗り込んできた彼が、後ろ手で扉と鍵《かぎ》を閉める。

馬車がゆっくりと走り出す振動を背中に覚えた。一体何事だろうと思って起き上がろうとしたら、手を押さえ付けられて座席に押し倒されていた。

「ここ最近、家にもあまりいないみたいじゃないか」

スカートの一部を膝《ひざ》で踏んだ彼が、そう言いながら真上から見下ろしてくる。

何故《なぜ》かエドワードは、ブチ切れている様子だった。普段の作り笑いも半ば出来ないようで、そのこめかみには青筋が浮かんでいる。

「……えぇと、その、ちょっと忙しかったというか」

「君の学院の授業日程は、全《すべ》て把握している。最後に一緒に歩いてから三日も会えなかったのに、その後家に通っても、顔を見る事すらかなわなかった」

「え、いつもの休憩でウチに立ち寄ったの？　それは、その、ごめんなさ――」

「休憩じゃないよ。いつも君を見て、少しでも一緒に過ごすために仕事を抜けてる」

そう言われたジョアンナは、琥珀《こはく》を思わせる美しい獣目で射抜かれて戸惑う。押さえ付けてくる大きな手は熱くて、力を入れてみてもびくともしなかった。

エドワードが座席をぎしりと鳴らして、少し身を屈めてきた。

「あまり強い態度に出たら、不慣れな君に怯えられると思って遠慮していたけど、この距離でも大丈夫なら少しくらいいいよね？」

求婚痣《きゅうこんあざ》のある手を取られた。怒っているようなのに指先はやけに優しくて、困惑したまま見つめ返していると、その手を口許《くちもと》に引き寄せながら「ジョアンナ」と呼ばれた。

「鈍い君にも分かるように言うと――俺は今すぐにでも、本婚約したい」

そう言うと、目の前で見せつけるように求婚痣へキスをしてきた。唐突の言葉に混乱したジョアンナは、その柔らかな唇の熱にビクリとして目を閉じそうになる。

「駄目だよ、ジョアンナ。目を閉じないでしっかり見て」

ぴしゃりと注意されてハッとする。

目を見開いたら、奥深くまで見据えてくるような美しい獣目があった。

「その大きな涙目をそらさないで。こんな小さな印じゃなくて、きちんとした位置に噛《か》み付きたいくらい俺は本気なんだよ」

小さな印、と言って手の甲に口付けられた。真っ直ぐこちらを見つめたまま、エドワードはちゅっと音を立てて、指先、手首へと唇を押しあてる。

指を滑らせて袖《そで》を上げていき、手首から奥へと向かってもキスを落としていった。ふっと吐息を掛けるように開いた口から、チラリと獣歯を覗かせて、続いて細い腕の内側の白へと唇を滑らせる。

それをジョアンナは、すっかり混乱して潤んだ目で見つめていた。そこを、ゆっくりと舐《な》められてビクリとしてしまうと、唐突にパクリと甘噛みされた。

「ここにだって、今すぐ噛み付きたい」

そのままちゅくりと吸い上げ、エドワードが唇を離してそう言った。

その腕に頬《ほお》を擦り寄せながら、近い距離からこちらをじっと見下ろしてくる。いつの間にか半ばのしかかられていて、じわじわと体温が伝わってきて身体《からだ》が熱い。

「なんで……？　どうして噛みたいだなんて」

自分の細い腕に、頬を擦り寄せる彼に妙な緊張を覚えた。本婚約という言葉を出してくるなんて変だ。そうぐるぐると考えながら、美しい獣目を見つめ返して戸惑いの声を上げた。

「言っただろう、君と本婚約がしたい」

持ち上げていた腕を座席へと縫いつけて、エドワードは再び真上から覗き込む。

「どうして噛みたいのか、と君は訊《き》いたね。獣人族は、食べたいくらいに好きな相手を前にすると、噛み付きたくてたまらなくなるんだよ。俺は、君と結婚したいと思っている」

「…………結婚……、私と……？」

「そうだよ。誰にも先を越されたくないくらい、君が好きなんだ。俺としては本婚約後の結婚申請期間を待たず、君と先に夫婦になって暮らしても構わないほどにね」

そう言われて、ますます頭の中が混乱した。未来は既に決まっていて、彼は将来別の人を愛するのだ。昔、妻にしたくないとハッキリ言ってもいた。それなのに入籍が認められる日を待たず、父と母が子を授かったようなそんな『夫婦生活』を、自分としたいと……？

不意に、前髪を後ろへと撫で梳《す》かれてビクッとした。濡《ぬ》れた濃い藍《あい》色の目を晒《さら》すように、しっかりとした長い指が額からこめかみをなぞる。

「成長変化を迎えたばかりの頃だったら、まだ君を逃がしてあげられたかもしれない。でも、もう逃がさないよ。俺はとっくに、君以外は見えないからね」

そのまま頬をそっとなぞられ、指先の熱を感じて緊張と戸惑いでいっぱいになった。

「ねぇジョアンナ。人見知りで、いつも他の人間の『匂い』もあまり付けないでいるのに、やけに他のオスの『匂い』をまとわりつかせているね？」

「匂い……？　あの、一体何を言って――」

「ここ数日、君が何をしていたのかは分からない。でもそれなら、俺のものであるという匂いを残すくらいいいよね」

手の甲の求婚痣を舐め、キスをするように吸いつかれてビクリとした。眼差し一つでさえ色気が溢《あふ》れている気がして、その仕草を目に留めたまま動けなくなる。

妻にと求められるはずがないのだ。彼が結婚する相手は他の令嬢で、自分達はただの幼馴染み同士で……頭の中がぐるぐるした時、こちらを見たエドワードが求婚痣から舌を離した。

「何を考えているの、ジョアンナ？　こうしていても、俺に集中出来ない？」

そう言いながら、持ち上げている手の指先にちゅっと唇を押しあてる。

じわじわと込み上げる熱で、考えも上手《うま》くまとまらない。それを近くから見つめていたジョアンナは、戸惑いがピークに達して今にも泣きそうな表情になった。

「エドワード、私……結婚したいと言われても、よく分からないわ」

「君はいつだって、自分の事より他者を優先して考える。だから少しでも考えて欲しいと思って、仮婚約を先にしたんだ」

でもね、と言いながら再び両手を押さえ付けられた。

「今だけは、その意識を俺だけに向かせたくてたまらない」

彼が頭を肩に埋めてきて、首筋に吐息を覚えた。唇が探るように襟元に滑り込んでくる感触に驚いていると、そのままペロリと舐められて、ぞわりと鳥肌が立った。

「やだっ、なんなの!?」

「こそこそと動き回っている君には、もう少し目印になる『匂い』を付けておこうと思ってね」

そう吐息を吹きかけられた直後、首筋に舌が這う熱を感じて、ビクッと肩がはねた。身体に力が入ると、より強い力で彼が抑え込んでくる。

キスをするような音を立てて舐め吸われ、ぞくぞくして小さく震えた。よく分からない感覚に呼吸まで震えそうになって戸惑う。

思わず涙が滲《にじ》む目をぎゅっとした時、エドワードが歯で服の襟を噛んだ。ぐいっと横にずらされて、ジョアンナは「ぴぎゃ!?」と声を上げた。

そのまま普段は隠れている鎖骨近くを、噛み付かれる勢いで口付けられた。そこを何度か吸い上げられた直後、チリッと焼けるように痛みが走って——ギョッとした。

「待って、今噛んだの？　もしかして噛んじゃったの!?」

「——噛んでないよ。理性に負けて噛み付くほど、軟弱な精神はしていないからね」

顔を上げたエドワードが、強さのある獣目で見下ろしてそう言った。

「でもね、俺は君が誰よりも特別な女の子だと気付いてからずっと、こうしてやりたいと思うくらいに、余裕なんてちっともなかったよ」

向けられている眼差しが、知らない熱を孕《はら》んでいるようで怖くなる。少し乱れたスカートから覗いた膝に空気が触れる冷たさに気付いて、ふと、今の状況に強い緊張を覚えた。

怯えて身体が強張《こわば》ってしまうと、彼が強い雰囲気を解いた。ここでしまいにすると伝えるように押さえ付けていた手を解放して、そっと起こして座らせる。

「家まで送ろう。君を『本気で困らせる』のは、俺としては望ましくない」

こちらの髪と少し乱れてしまった襟元を整えながら言う。その手付きは優しくて、世話を焼く年上のお兄さんのようだった。

「…………あのね、エドワード。私、本婚約だとか結婚だとか、やっぱりよく分からなくて」

「今は頭の片隅でもいいから、考えていてくれるだけでいいよ。深刻に悩んで急に避けられたりして、幼馴染みとしての距離感でいられなくなる方が嫌だからね。――君は？」

そう問われて、ジョアンナは目を落とした。こうしてお喋《しゃべ》りも出来なくなるのを想像したら、ますます元気がなくなるのを感じた。

「私も、いつもみたいに話せなくなるのは、寂しいわ」

普段通りでいいと言ってくれている彼に、こっくりと頷き返して素直に答える。

すると、エドワードが、もう何もしないからというように離れた。

「仮婚約をした意味を分かって欲しかったとはいえ、結果的に君を驚かせてしまったのは謝るよ。悪かった」

向かいの座席に腰を下ろすと、そのまま足を組んで、景色がゆっくりと流れていく車窓を興味もなさそうに見やる。

今までの彼だったら、こんな風に謝ったりしただろうか？

ジョアンナは、あなたは別の人と恋をして結婚するのよ、とも言えずスカートに目を落とした。そんな風に言われてしまったら、きちんと考えないといけないように思えてくる。そうしないと、今の彼にとても失礼になるような気がした。

「……………私なりに時間をかけて考えてみる」

答える声は小さくなった。だって、そのうち考える必要なんてなくなってしまう。

近いうちに、もしかしたら未来視で見た『令嬢』が現れるかもしれない。自分が何もしなくとも、この先彼は幸せになれる。だから頭の大部分は誘拐の件が占めてもいた。

そう思案する様子を、さりげなくエドワードが横目に見ていた事には気付かなかった。

◆

週が明けた学院の登校日、手紙で知らせを受けた。

その手紙を読んだジョアンナは、くよくよ考えていた事も吹き飛んだ。午後に入っていた二つの授業を終わらせると、すぐにパタパタと小走りで図書館へと向かった。

館内の奥は、相変わらずひっそりとしていた。先週と同じ閲覧席を覗いてみると、書棚の間に設置されていたテーブル席に、先日出会った二人が腰かけていた。

「あ、ジョアンナちゃんだ。元気だった？」

こちらに気付いたクライシスが、エメラルドの目を向けて親しげに呼んできた。椅子《いす》に座っていても背丈があると分かり、パッと見た印象は年下には感じない。その隣にいるアーサーは、以前見たコート一式の軍服姿だった。

「まずは君が未来視した女の子だが、特徴的な容姿もあってすぐに特定出来た」

ジョアンナが向かいの椅子に座ったところで、早速アーサーがそう切り出した。

「彼女は既に誘拐された後だった。数時間分の記憶がない状態で、王都の外れで座り込んでいるところを発見されたらしい」

「もう連れ去られた後だったんですか……？」

「君が話してくれた前日に起こったようだ。これまでの子供達と同様に、外傷はない」

無傷である事を伝えたうえで、彼は「君が責任を感じる必要はない」と言った。

ジョアンナは、胸がズキズキと痛むのを感じながら「うん……」と弱々しく頷いた。もっと早めに動いていれば、止められたかもしれないのにと思う。

「今のところ、報告に上がっている被害者は全員人族だ。王都警備部隊から知らせを受けた際、嫌な予感がして専門家を投じたところ、半数以上が魔力持ちである事が判明した。それから、慎重に捜査を進めるよう指示を出した」

「魔力持ち？　それが重要なキーワードになるんですか？」

情報規制を強化したらしい理由を聞いて、不思議に思った。すると、テーブルの上で腕を組んでいたクライシスが、教えるように口を開いた。

「魔力持ちの人族は少ないんだ。それが半分以上いるというのは、かなりの高い確率だよ。その現状が、アーサーは気になっているみたい」

笑っているようにも見える表情で、彼がコテリと小首を傾げる。

その様子は第一印象と違って、なんだかぐっと幼く感じる気もした。その年齢だった時のエドワードが、すっかり大人《おとな》びていたからそう感じてしまうのだろうか？

「クライシスさんって、もしかして童顔ですか？」

「ん？　僕？　どうだろ、そういうのは言われた事ないけどなぁ」

思いついてそう尋ねてみたら、クライシスが答えながらのんびりと宙を見やった。

緊張感のないやりとりを聞いたアーサーが、「警戒心が弱い生き物同士なのか……」と呟きながらそちらを見た。凛々しい眉も、珍しく弱ったように少し下がっている。

「クライシス、その、実に言い辛《づら》いんだが……――残念ながら、お前は童顔だよ。多分、どんどんその傾向が強く出てくると思う」

「あははは、アーサーったら、たまに深刻そうな顔で変な冗談を言うんだから」

クライシスはへらりと笑い、「そんな事ないよ〜」と言って手を振る。

その柔らかな笑顔を見たジョアンナは、へたをするとそのままなのではないか、というおかしな推測が脳裏を過ぎった。彼が『貫録《かんろく》あるオジサン』になる姿が想像出来ない。

アーサーが、将来が心配で頭痛がするといった表情を浮かべた。気持ちを切り替えるように話を再開する。

「魔力持ちが狙われているとすると、安易に構えていられない」

そう言うと、彼は金緑色の獣目をジョアンナとクライシスに向ける。

「実を言うと、俺が真っ先に関連を疑ったのは、今年になって発覚した【魔力球石】の贋物《にせもの》の件だ。今回の連続誘拐事件は、子供達から魔力を集めるために行われているのではないか、と」

魔力が実際に抜かれてしまっているのか、まだ確認は取れていないという。

ジョアンナは「まりょくきゅうせき？」と、馴染《なじ》みのないキーワードを口の中で反芻《はんすう》した。魔力について最近教えてもらったばかりで、やっぱり分からなくて小さく挙手する。

「アーサー先輩、魔力球石ってなんですか？」

「魔力を高純度で結晶化した物だ。魔法薬の原材料としても使用されているが、作れる人間はごく僅《わず》かで希少価値があり、それなりに値も張る。発見された贋物は、普段それを原材料として扱っている人間でさえ、ほとんど見分けがつかない代物だった」

これまで贋物の作成は不可能だとされていた。そんな中、熟練した調合師くらいしか違和感に気付けないような物が、土の中に大量投棄されていたのが発見されたらしい。

恐らくは試作品で、捨てられた物だろうと軍と専門家達は推測しているという。それが本格的に流用され始めたとしたら、魔法薬に関わる全てが大混乱に陥る。だから組織的な犯罪が動き出そうとしているのなら、早急にどうにかしたいとアーサーは考えているようだ。

「でも誘拐事件との関わりを、断言出来ない状況でもあるんだよ」

一通り彼の説明が終わったところで、クライシスがそう口を挟んだ。

「魔力持ちを見付けるのは簡単ではないから、被害者全員がそうではないのは頷《うなず》ける。でも、そうホイホイと魔力を取り出せるのか、といった問題も出てくる」

魔力は、とても繊細で扱いも難しい。一族ごとに性質も異なり、他者の魔力は毒にしかならない。身体から抜き出すだけでなく、保管といった課題も多くあるのだという。

「だからアーサーの方で、軍部総帥として本格調査の命令を下すのも難しい状況みたいなんだ。奇妙な誘拐程度の騒ぎであれば、国軍ではなく王都警備部隊の管轄で留まる」

「そうだとすると、こうして色々調べてくださっているのも、アーサー先輩が個人的に動いてくれている事なんですね」

ジョアンナは先日、彼が『俺の方でも動いてみよう』と口にしていたのを思い出した。そういう事だったのかと事情を察して、本当に優しくて親切な人なんだなと感じた。

深く考え込んでいたアーサーが、二人の視線に気付いて背もたれから背中を離した。大きな身体を支えている椅子の脚が、ギシリと音を上げる。

「王都内で起こっている奇妙な誘拐事件については、犯人の目的すら確認が取れていない。そんな状況であっても、俺は軍部の外の手を借りてでも、何かデカい事が起こる前に解決した方がいいとも考えている」

だが、と言って彼は金緑の獣目をテーブルに落とした。

「今の組織構造では、たとえ軍部総帥がそう望んだとしても不可能だ。俺一人で自由に動かせない部分もある。その改革には、まだまだ時間がかかるだろう」

「もしかして軍の方は、民間協力を仰がない姿勢でもあったりするんですか？」

「まぁな。今のところ、企業への協力打診のシステムもない」

きょとんとして尋ねたジョアンナに、アーサーはあっさり答えて肩を竦めてみせる。

「一昔前、民間に寄り添わせる組織として治安部隊が出来た。俺は、王都警備部隊もそのように変えていきたい。国軍でありながら、治安部隊と同じく暮らす人々のためにもっとも早く動けて、助けたいと思った時に手を差し伸べられるような、そんな部隊軍に」

そうすれば王都警備部隊の下についている治安部隊も、今より動けるようになる。法的な問題についても、課題は残り半分といったところか……アーサーが思い返し口にする。その隣でクライシスが、『『頑張り屋さん』だよねぇ」と言ってのんびり微笑《ほほえ》んでいた。

人のための軍のあり方を考えて頑張っているのだろう。そう尊敬の目で見つめていると、彼の生真面目な獣目がこちらを向いた。

「まぁそういうわけで、何か分かったら知恵や情報を提供してくれると助かる。ただし、無理に動こうとするのはなしだ。君の本分は学生だからな」

人助けのために動いていいと後押しされたようで、ジョアンナは嬉しくなった。

自分に出来る事を全力で協力しよう。学業に影響しないのなら、こっそり町中を歩き回るくらいは問題ないだろうと考えて「はい！」と頷き返す。

「何か分かったら、すぐクライシスさんに連絡しようと思います」

「俺への伝言も、クライシスに伝えてもらって構わない。緊急ではない場合、俺もそうやって知らせよう——クライシス、それで構わないか？」

中継役になるが問題ないか、と確認された彼が「僕は問題ないよ」と愛想良く言った。

「ひとまずアーサーは忙しいだろうし、進んで社交に参加するタイプじゃない。それなら僕の方で『社交のお喋り』に突撃して、何かないか聞き耳を立ててくるよ」

「すまないな。そっちは頼んだ」

その時、アーサーがピクリと反応して口を閉じた。自分が気付かなかったのが不思議でならない。そんな表情を浮かべて、廊下側へガバリと目を向ける。

クライシスと一緒にそちらを確認したジョアンナは、本棚の横からエドワードが出てくるのが見えてピキリと硬直した。仕事中のはずでは。なんでここに、という言葉が浮かんだ。

「こそこそと三人で、随分面白そうな話をしているね、ジョアンナ？」

美男子の手本のような笑顔をした彼は、周囲一帯を吹雪《ふぶ》かせそうな冷気をまとっていた。

「ねぇ、俺も交ぜてよ」

こちらのテーブルまで歩み寄ってくると、そう言ってにっこり笑いかける。たったそれだけで真っ黒い空気が増して、その様子から完全に切れている事が伝わってきた。

標的をロックオンするような、凛々しい琥珀色の獣目。そして茶金色の髪先だけが羽のように別色――その特徴を見たアーサーが、面倒な予感で口角を引き攣《つ》らせて呟いた。

「…………鷲《わし》のディーイーグル一族か。彼女の求婚痣を見て思い出すべきだったな、まさかその嫡男の仮婚約者だったとは」

というか、ルーガー伯爵のイベントに放り込んだ『ドSトリオ』の鷲伯爵の息子かよ……最近苦手なタイプがいると気付かされた十九歳の彼が、そう口の中に言葉をこぼす。

ジョアンナは、エドワードに真っ直ぐ目を向けられた状態で硬直していた。黙っていたらニコッと笑みを投げられて、「ひぇっ」と口から吐息がもれてガタガタ震えそうになる。

「どうしてここに……？　関係者以外は、立ち入り禁止になっているはずなのだけれど……」

涙目になりながら、どうにかそう尋ねてみた。

こちらを見下ろしている彼が、不意に黒さが滲む不敵な笑みを浮かべた。殺気を隠しもしない様子で、右手を少し持ち上げて指をバキリと鳴らす。

「俺の仮婚約者殿は、こちらの情報網をナメないで頂きたいね。こそこそと動いていた君が、ここで待ち合わせているらしいとは、すぐに調べがついたよ」

不穏しか感じない威圧感を察して、クライシスが「おっふ」と吐息をこぼした。咄嗟《とっさ》に自分の口を手で塞《ふさ》ぐと、オバケでも見るような表情でじっとする。

「話は少し聞かせてもらったけどね、連続誘拐事件？　ふざけてるの？」

唐突に笑みを消したエドワードが、冷ややかに告げた。

「ジョアンナ、一体どこでそんな話を拾ってきたのかは知らないけれど、それは君が首を突っ込んでいい事じゃない。そもそも、そんなのは軍で勝手にやりなよ」

絶対零度の眼差しでテーブル席にいる三人を見下ろし、最後は瞳孔《どうこう》の開いた獣目を顰《ひそ》めてアーサーに言い放った。

場に重々しい静けさが漂った。足元から頭の天辺まで、凍えるような冷気に包まれているのを感じる。ジョアンナは動けないまま、しばしアーサーやクライシスと彼を見つめ返していた。

ややあってから、クライシスがそぉっと立ち上がった。怖々と潤んだ目で、果敢にもゆっくりと動き出して両手を前にする。

「えっ……と、その…………すみません、ドSはそのままお帰りください」

そう言うと、途中参加してきた年上の彼を廊下に押し出そうとする。

ぐいぐいと押されたエドワードが、作り笑いでこめかみにピキリと青筋を立てた。

「ジョアンナを残して、俺だけが出ていくわけがないだろう。君は馬鹿《ばか》なのか？」

抵抗など微塵《みじん》にも感じていない様子で、こちらへと戻ってくる。それを見たクライシスが、小さくパニックを起こしたかのように「ぴぎゃあ」と妙な悲鳴を上げて泣いた。

「だってSなのは、エリザベスで手いっぱいだもん！」

そう訴える彼は、本気で怯えて泣いているようだった。

ジョアンナは、まるで自分を見ているようだと感じて呆気《あっけ》に取られた。びくともしないエドワードと、引き続き廊下へ押している彼を見つめながら「アーサー先輩？」と問い掛ける。

「えと、クライシスさんが必死そうに主張している『エリザベス』って……？」

「………俺の仮婚約者だ。最近クライシスと婚約した令嬢が、彼女の『親友』でな」

疲れたような溜息《ためいき》をこぼした彼が、額に手をあてながら「心配しなくてもいい、あれでも二人は『親友』同士だ」と言ってから、こう続けた。

「巻き込んですまなかったな、ジョアンナ嬢。一旦、仮婚約者と戻った方がいいだろう」

「そう、ですね……」

ジョアンナは、躊躇《ためら》いがちに答えてゆっくりと席を立った。怒っているエドワードの事を考えると、二人でここを出るというのも気まずさを覚えた。でも、このまま居ても彼の機嫌は下がる一方だろう。きっと自分を連れ出さない限りは動きそうにない。

そう思いながら歩み寄ると、気付いたエドワードがこちらの手を取った。

「帰るよ、ジョアンナ」

踵を返した彼に引っ張られるまま、ジョアンナはその場を後にした。握られた手は強くて、少しだけ痛かった。

※※※

図書館を出るまでの間、何も言わない彼の沈黙が緊張を煽った。出ると手は離してくれたものの、早速といったようにこう切り出してきた。

「どうして、あんな危ない事を話していたの」

「……………子供が短い間いなくなるって、友達が噂していて」

「それで調べて、情報規制がされている中で偶然にも、本当に起こっている事件だと知ったと？　でもね、そうであったとしても、首を突っ込めるような話ではないと分かるだろう。協力を申し出たとして、今の君に一体何が出来るというんだ？」

正門に向かって学院内を歩きながら、彼は窘《たしな》めるように言った。武術の心得がある獣人族や、軍人見習いならまだしも、学院生であるだけの令嬢が関わるべき事ではないと話してくる。

ジョアンナは、少しもしないうちに目を潤ませてしまっていた。聞いていると、どんどん胸が痛くなってくる。彼の方を見る事も出来なくなって、知らず歩く速度が上がった。

「狼《おおかみ》侯爵のところの嫡男の軍部総帥だけでなく、バウンゼン伯爵家の『泣き虫令息』も一緒だとは驚いたよ。一体どこで知り合ったんだ？」

責めるような口調で言われて、傷付けられたように悲しい気持ちになる。

どうして色々と言われなければならないのだろう。今の自分が出来る協力を、困っている人のためにするのは正しい。それなのに、少しの手助けすら彼は真っ向から止めてくる。

これまでだって小さな謎《なぞ》を追い駆けたり、相談事を受けて走り回ってきた。後で両親に話すと困ったような顔をされるものであったとしても、エドワードはいつだって、楽しそうに口角を引き上げて話を全部聞いてくれていた。

夢を応援してくれる理解者で、誰よりも自分の事を分かっている幼馴染み。

だから、止められるとは思っていなかった。いつものように「別にいいんじゃないの」と言ってくれるのを、少し期待していたところもあったのかもしれない。

考えるほど胸が痛くなって、歩く足元を見つめながら涙目になる。助けたい気持ちを、正面から否定されるのが辛い。無力なのに何が出来るの、と言われたのもショックだった。

「君が、人のために動く事も知ってる。でも今回は、『本当の事件』なんだ。いくら探偵物の小説が好きだからといって、好奇心だけで飛び込んでいい世界じゃない」

学院を出ても、エドワードはしっかり歩みを合わせて隣を付いてきた。納得させるまで言い聞かせるつもりなのか、往来がある広い通りでも強い調子の声を落とさなかった。

好奇心じゃない、人助けがしたいのよ。

周りの通行人達が、なんだろうという目を向けてくるのも構わず続けてくる。そんな中、ジョアンナは胸の内側で思いが膨らんで、服の胸元をぎゅっと握り締めた。

彼の声を聞いているのが、とても苦しい。どうして、そう分かってくれないの？

「ジョアンナ、黙り込まれたら理解してくれたのかも分からないよ。いいかい、小さな事件ならまだしも、組織的かもしれない犯罪を調べるのは危険なんだ。王都警備部隊が動いているのに足取りが掴《つか》めないという事は、それなりに力を持った規模の組織ぐるみ――」

身体の中心で、ぐるぐると思いが暴れて呼吸もままならなくなった。話を聞いているだけの余裕もなくってしまい、もうエドワードが何を喋っているのかも理解出来ない。

ジョアンナは胸が痛くて、くしゃりと泣き顔になった。ぽろぽろと涙が溢れてきて、足を止めると「なんで分かってくれないの……？」と言って、彼の方を振り返っていた。

「私……、ただ、少しでも助けになりたいと思ったの。探偵みたいだからなんて、そんな軽い気持ちでやってないわ。あの子達を助けたかったのよ」

こちらを見たエドワードが、小さく目を見開いた。

「どうしたんだ……？」

そう言って、気遣うようにそっと手を伸ばしてくる。それをパシリと払いのけると、ジョアンナは泣きながら怒鳴った。

「エドワードの馬鹿！　今の私に出来る事が一つもないだなんて、そんなっ、ひどい事言わなくったっていいじゃない……ッ」

涙が次から次へと溢れてくるせいで、すぐに言葉もつっかかってしまう。

これまでを過ごしてきた彼の顔を正面から見つめていると、どうしてか急速に胸の痛みも増して、否定されたショックが爆発した。

「一方的にひどいこと言うエドワードなんて、だいっ嫌い!!」

ジョアンナは、ありったけの力でそう叫ぶと、泣きながら走り去った。


拒絶されたうえ、逃げ出されてしまった。

大嫌いだと言われた瞬間、エドワードは伸ばしかけた手をそのままに、ピキリと固まって見事に石と化していた。大きなダメージを受けて、すぐに動けない様子で無言で佇《たたず》む。

その姿を見て、周囲で足を止めてしまった人々が、小さなざわめきを上げた。恋人を振る名台詞《ぜりふ》のような発言を聞いてしまっただけに、事情は分からないものの困惑する。

見ている通行人の中には、近くを通りかかった営業回り中のフィップとベテラン先輩社員達の姿もあった。ジョアンナの捨て台詞までバッチリ聞き届けてしまっていた彼らは、ようやく理解が追い付いたところで「げほっ」「ごほっ!?」と思い切り咽《む》せた。

「えっ、待って待ってコレどういう展開なわけ!?」

「あの何者にも屈しないドSの社長が、ダメージを受けている、だと……!?」

「どんな事もへとしないようなド鬼畜の腹黒なのに!?」

彼らは驚愕《きょうがく》の表情を浮かべ、口々に思いを吐き出した。その声を聞いた人々が、ようやく有名な若社長であると気付いた様子で目を戻す。王都に一人しかいない特徴的な髪と、その美貌《びぼう》を今一度確認すると、一層戸惑いが増したようにざわめき始めた。

その時、エドワードがピクリと反応した。ショックが一回りした彼は、ジョアンナには決して向けないような殺気立った鷲特有の容赦ない獣目を向ける。

揃ってロックオンされたフィップ達と周囲の傍観者達が、命の危機を覚えて一気に静まり返った。ようやく煩わしいざわめきがやんだところで、彼は一旦眼差しの強さを解いた。

「――そうか、彼女には少々言い方がきつすぎたのか」

考える冷静さが戻り、顎に手をやって思案する。

相手は十六歳になったばかりの、七歳も年下の女の子だ。大事に育てられてきたから初心《うぶ》さも目立つし、精神的には実年齢よりやや幼いところもある。

危ないからと気が立っていたとはいえ、普段部下に言うような口調になってしまっていたかもしれない。時々発揮される元気の良さは、昔から見ていて可愛いなと感じている点ではあるけれど、大きな怪我《けが》や事故に繋《つな》がるような危険だけは避けてもらいたい。

「せっかく、この前の茶会で好感度を上げたというのに」

思案しながら、冷静な獣目を流し向けてぽつりと呟く。

通りの人々が動けずに見守る中、エドワードは真剣な表情で黙考した。頭の中でカチカチと動いていた考えを終えると、微塵にも後ろめたさなどないように顔を上げた。

「予定していた次の手がある。そこをもっと良くして、この失敗を挽回させたうえで一層距離感を縮める――落ちてしまったのなら、早急に好感度を上げ直すだけだ」

真っ直ぐ前を見据えた彼の獣目には、一切迷いがなかった。完全に獲物を狩るような目である。

それを見届けたフィップ達が、「えええええぇぇぇぇ！」と叫んだ。周囲の人々も、不穏そうな雰囲気を漂わせてざわついた。

「社長の、その即座の切り替えが怖いッ」

「というかなんの好感度を求めてんの!?」

「相手の子に逃げろと言いたい」

通りすがりの貴族紳士が、深刻な様子で横からそう言った。

◆

翌朝、ジョアンナは『大嫌い』と言い放った事を、深く反省していた。冷静になって考えてみると、どうして分かってくれないのと言って怒ったのは、かなり自分勝手だった。

一番に理解してくれている幼馴染みだから、今回も肯定してくれると思うなんて、それこそ子供じみた我が儘《まま》みたいなものだろう。

「仕事が忙しい中で、わざわざ気にして来てくれたのかもしれないものね……」

昨日《きのう》、唐突に現れた理由を推測して、ますます落ち込んだ。昨日のエドワードの言い分は、全て的を射ている。自分は子供で、学生として学んでいる身で、犯罪に対してどうこう出来る力はない。

だから君は子供なんだと、また失望させてしまっただろうか。

もしかしたら、これまでになく嫌な気分にさせてしまったのかも……？

彼に本気で説教されて否定されたのが、父親に叱《しか》られた時よりもショックだった。大人として説いていた厳しい表情を思い出すだけで、胸がぎゅっと痛んだ。

とうとう嫌われてしまったかしら、と考えてしまう。かなり怒らせてしまったようであるし、年上からの意見として、この件には首を突っ込むのをやめるべきなのだろうか？

そうぐるぐる考えながら、ジョアンナは支度をすませて家を出た。

学院に向かういつもの道のりが、やけに長く感じた。重い身体を引きずるようにしてとぼとぼと歩いていると、昨日エドワードに『大嫌い』と言ってしまった大通りまで来ていた。もう大人達の仕事は始まっていて、人も馬車も多く行き交っている。

その時、新聞を脇《わき》に抱えたベレー帽の男達が、お喋りをしながらそばを通り過ぎた。

「そういえば鷲のところのやり手の若社長、昨日から走り回っているらしいぞ」

「鷲っていうと、あのエドワード・ディーイーグルか？」

そんなやりとりが聞こえて、思わずピクリと反応して立ち止まった。彼よりも少し年上らしい男達が歩き話す姿を、ハッとして目で追ってしまう。

もしかして、私のせいで仕事が遅れた……？

エドワードの会社は、物販から始まり、今や幅広く手掛けていてとても多忙だった。そのスケジュールが自分のせいで崩れたのを想像して、ジョアンナはますます反省して小さくなった。

すると、話していた彼らが、大通りを走る馬車の落ち着きを待って足を止めた。

「あの若社長、親の会社の業績を抜くって、起業当時から堂々と宣戦布告しているもんな。そのうえ、あそこの社員も一人残らず全面戦争の構えらしいぜ」

「そりゃおっかねぇな。随分方向性ぴったりな鳥種が集まっているもんだ」

「でもさ、多忙だってお前が言うその社長、さっき真《ま》っ赤《か》な髪のすんげぇ美少女といたらしいぞ。見た奴《やつ》から聞いた話だと、なんか待ち合わせしていたっぽいんだと」

「へぇ、じゃあその子のために、仕事を大忙しで片付けていたんかな？」

すごい美少女と聞いて、咄嗟に例の『綺麗なドレスが似合う令嬢』が頭に浮かんだ。エドワードがその子のために時間を作って、そして今は二人で一緒にいる――。

そう想像した途端、ジョアンナは苦しくなって涙腺が緩んだ。

思えば、彼は自他共に認める美貌の持ち主なのだ。社交の場に出るたび多くの女性に囲まれて、どこに行っても注目を集めるくらい物すごくモテる。なんでも自信たっぷりにこなしてしまえるから、とても頼り甲斐《がい》を覚える男性でもあった。

自分と同じで、他の女性だって頼りたいと思って、そうしているのではないだろうか。

ジョアンナは、彼が他の女性の話を聞いているところを想像した。どうしてか胸が締め付けられて涙が溢れそうになった。それは幼馴染みの特権ではないのだと、今更のように気付く。

「そもそも彼と結婚するのは、私じゃない…………」

当たらなかった事がない、未来視の光景が脳裏を過ぎった。

エドワードは、七歳も年上の大人だ。地味な自分と違って、いつもキラキラと輝いて魅力に溢れている。幼かった頃、こんな子を妻にしたくないともハッキリ言っていた。この仮婚約だって仕事の都合でしただけなのでは……？

落ち込むところまで気分が急降下し、ぽろぽろと涙がこぼれ落ちた。わけも分からない不安感に襲われて、気持ちがいっぱいになって整理もつかなくなる。

頼りたいとしている女性は多くいて、大人になった彼だって自分勝手に好きにやっている。つまりそういう事だろうと考えたら、どうしてかふつふつと悔しさも込み上げてきた。

「胸がぐるぐるするし、なんかムカムカしてきたッ。だって、少しくらいは手助けになれるはずじゃない。それなのに『君には微塵にも無理』みたいに言うなんて、おかしいわよ」

ジョアンナは、目元をごしごしと乱暴に擦《こす》って涙を拭《ぬぐ》った。そんな一方的な説教なら、素直に聞く必要はない気がしてきた。

するなと言うのであれば、こちらだって彼と同じように勝手にやるだけである。自分なりに力になるべく、エドワードにバレないよう行動して、引き続き頑張ってやるのだ。

「私、絶対に引かないんだから」

そう決めて力強く顔を上げた。攫われた瞬間の子供の表情と、その状況をこの目で見ているのだ。ほんの少しだけでも、自分に出来る事があるのなら協力したい。

目指すは、これ以上の被害者が出てしまう前に解決出来るよう助力する事だ。学院に行ったら、また各新聞の情報欄をチェックしてみよう。それから正午の昼食休憩の時間も使って、また町を歩いてみるのだ。もしかしたら、未来視した現場が見つかるかもしれない。

そう意気込んで、ジョアンナはパタパタと走り出した。

その場を去っていった少女に気付く事もなく、男達のお喋りは続いていた。深々とベレー帽を被《かぶ》った一人が、そこで落ち着きのある獣目を同僚達に向けて「おい」と言った。

「待ち合わせじゃなくて、待ち伏せじゃないのか？　真っ赤な髪の美少女というと、俺はキャズワイド公爵家の『猫令嬢』しか浮かばないね。確か彼女は、狼総帥の最強仮婚約者様だろう」

　そう口を挟まれて、男達が思い至った表情で「あ」と声を揃えた。

「そうか……。考えてみりゃあ、真っ赤な髪ってあの一族くらいなものだよな」

「あの女性贔屓《びいき》の令嬢だと、また穏やかな事情じゃない『待ち合わせ』か」

「猫令嬢って、最近ますます暴れ回っているらしいよな。一体何があったんだ？」

　その時、近くを通り過ぎようとしていた中年男性が、一回り年下の若い彼らの会話に気付いて目を向けた。短い無精髭《ぶしょうひげ》に気だるそうな獣目、くたくたになったジャケットの胸元には古びた手帳とペンがあり、その胸元には社員証が下がっている。

　ベレー帽の若い男達が、近くの会社の男だと気付いて見つめ返す。するとその中年男は、擦れ違いざまに片手を振ってこう教えた。

「ニコラ・ヴィッジ社がリークした情報だと、親友がもう一人増えたらしいぞ。どうも騒ぎを引き寄せるようなタイプの人族らしい。そのたび切れて、本能的に守りに出て暴れてるとか」

「あ～………、なるほどな」

　若い彼らは納得した様子で頷いた。馬車の通行が落ち着いた道を歩き出しながら、「猫令嬢も、その辺はまだまだ子供なんだなぁ」と間延びした声を上げた。

　やや乱暴に走る馬車の荷台が、ひっきりなしに荒々しい振動音を上げている。後ろ手に腕を縛られているせいで、背中とお尻《しり》の下がガタガタと揺れるのが痛くて乗り心地は最悪だった。荷台の中は、上にある空気穴から光が少し差し込んでいるだけで薄暗い。

　というか、なんでこんなところにいるの、私。

　ジョアンナは、呆然《ぼうぜん》としてそう思った。数時間前、エドワードが美少女と会っているらしいと聞いて、自分なりに可能な範囲で頑張ろうと決めたばかりだ。

　学院で午前中の授業を受けた後、昼食休憩で調査のため外出した。そうしたら何気なく足を向けてみた場所所に、未来視で見た『女の子の誘拐現場』があった。もしかしたら近くかもしれないと思って、そのまま『男の子の誘拐現場』も捜してみる事にしたのだ。

　――『店先に座っている男の子というと、多分ロジャーさんところの倅《せがれ》かな』

　――『いつも店番がてら腰かけてるよ。靴屋の三軒隣の店がそうだ、行ってみるといい』

　人見知りなのも忘れて、近くの人に聞いて回りながら向かった。調査の進展に興奮していたから、普段にはない行動力が発揮されていた。

　――『神隠し？　ウチのロジャーは、そういう事には遭ってないぞ。今から店番なんだが、ほら、ピンピンしてるだろ？』

驚いた事に、その男の子はまだ誘拐されていなかった。

被害者となる前に特定出来たのは、かなり大きな成果だ。すぐにでも知らせようと思って学院までの道のりを引き返していたら、クライシスが向こうの道から歩いてきたのだ。

こちらに気付いた彼が向こうから手を振ってきて、ちょうどいいタイミングだと思った。だが応《こた》えようとした時、突然脇道《わきみち》に引っ張り込まれ――慌てて飛び込んできた彼と一緒に、あっという間に馬車に詰め込まれてしまったというわけである。

「…………ジョアンナちゃん、僕なんにも出来なかった。無力でごめん……」

あっさり捕まっていたクライシスが、転がされた姿勢でそう口にした。

先程から、そうやってシクシクと静かに泣いていた。正直、なんと声を掛ければいいのか分からない。チラリと目を向けると、「ホントにごめんね」とまた謝られてしまった。

「君を助けようと思ったのに、逆に誘拐犯に助け起こされてから縛られたとか、情けなさすぎて泣けてくる……うっうっ、どうして滑ったのか自分でも分からないんだ…………」

思い返した様子で、彼がぐすっと鼻をすする。

ジョアンナも、当時の様子を思い出した。どうしてでしょうね、と思ってしまう。

「えぇと、クライシスさん？　どうか落ち込まないでください。あの、私もまさか、あんなに思いっきり派手に転倒するとは思わなくて……」

顔面からいっていたわね、と目撃したワンシーンを思い返して心配になった。先程よりは赤さも引いているけれど、まだ少しだけダメージも窺《うかが》える鼻の頭を見てしまう。

その視線をなんと受け取ったのか、クライシスが「不安にさせちゃって、ごめんね」と言った。ガタガタと揺れる不安定な荷台の中で、どうにか座るとこう続ける。

「僕がしっかりしなきゃ、ジョアンナちゃんを余計緊張させてしまう」

「はぁ。私の方が年上なので、そこまで気を使わなくても……実を言うと色々と驚きが重なったせいで、緊張は通り越してしまっているというか――」

「それにしても、どこへ向かっているんだろう？　中心地から離れているみたいだけれど」

振動する音で、こちらの声が聞こえなかったようだ。彼が荷台の様子に目を向ける。

馬車の揺れや、車輪が立てる音が強まっている事から、道が綺麗《きれい》な王都の中心街から離れているのは分かっていた。それ以上は推測も立たなくて「さぁ、どこまで行くんでしょうかね……」と答えながら、ジョアンナは使い古されたような匂《にお》いがする馬車内を見渡した。

「詰め込まれる前に見えたこの馬車は、未来視で見た物と同じようでした。そうだとすると、やっぱり『神隠し事件』の犯人グループなのでしょうか？」

視線を戻しながら、思案していた事を尋ねてみた。

クライシスが、困ったような表情を浮かべて「多分ね」と答える。

「僕が見た限りだと、君を後ろから持ち上げていた男を含めて、馬車の前には三人。御者席側から様子を見ていたのが一人。前にも通路の様子を隠すように、似た馬車が一台停《と》まっていたから最低でも五人以上はいた。組織ぐるみで動いているとなると、頷《うなず》ける人数だ」

話を聞いていたジョアンナは、ポカンとしてしまった。

「よく見ているんですね。少し意外で、びっくりしました」

「これくらいは普通だよ。口許《くちもと》を隠していたから顔は分からなかったけど、話す声を聞いた感じだと遠くの地方出身者ではない。それに獣目じゃなかったから、全員人族だと思う」

クライシスは緊張もない様子だった。つい先程まで泣いていたとは思えない呑気《のんき》な目を向けて、「そういえば」と言って続ける。

「布で口を覆われていたけど、薬品は付けられていなかったみたいだね。無理やり薬で意識を奪われなくて良かったよ。ああいうものって、ちょっとした副作用もあるらしいから」

そう言われたジョアンナは、思い返しながら「うーん」と視線を宙に向けた。

「実はあの時、薬品の強い匂いはしたんですよ。でも、パチンッて弾けるような感じがして、眠気が全部吹き飛んでしまったんです」

「へぇ、それはなんだか不思議だね」

そう笑顔で言って、クライシスがコテリと小首を傾《かし》げる。

考えるほどの事ではないのかもしれない。彼の反応からそう思えて、ジョアンナは「不思議ですよね」とだけ相槌《あいづち》を打った。それから、いまだガタガタと音を立てながら走行を続けている馬車内の様子を見やった。

「クライシスさん、それにしても随分走り続けている感じがしません？　速度も落とさないままですし、私達、どこに連れていかれるんでしょうかねぇ……」

「うーん、もう王都の半分は過ぎた気がするけれど、どこに連れて行かれるんだろう？　アジトがあったりするのかなぁ」

そう考えている間にも、馬車は立てる音を増していった。しばらくもしないうちに振動音で会話も出来なくなってしまい、舌を噛《か》まないよう黙っているしかなかった。

いつまで経《た》っても、馬車はなかなか停まる気配がない。

気付いたら、ガタガタの振動に順応してしまっていた。緊張という集中力も切れてしまった二人は、思案疲れもあって睡魔に誘われるがまま眠りに落ちた。

◆

昨日《きのう》ジョアンナに逃げられてしまった後、早速エドワードは好感度を上げ直すための計画に取りかかった。日中のうちに必要な場所に足を運び、会社に泊まってフル稼働したおかげで、スケジュールに空きを作るための仕事の進行プランも完璧《かんぺき》である。

忌々しかったのは、本日の朝にあった先約のプライベートな予定だ。

社長室にいたエドワードは、目を通していた次のスケジュール分の書類から顔を上げた。午前中の出来事を思い返し、思わず不機嫌になって秀麗な眉《まゆ》を顰《ひそ》める。

実は先日、クライシス・バウンゼンの『親友』だと名乗ってきた猫令嬢、キャズワイド公爵家のエリザベス・キャズワイドに『果たし状』なるものを寄越されていた。

その内容は、一方的な木刀戦の申し入れである。

会う直前までは、このタイミングで時間を取られる事に殺意を覚えていた。

だが相手は、今年で十六歳になる少女だ。後でジョアンナに知られたら『ドＳなところが酷《ひど》いッ』と涙目で好感度が後退しそうな予感もあって、怪我《けが》をさせる予定はなかった。

とはいえ、その猫令嬢との木刀戦は思ったより早く片付いた。彼女の三番目の兄が、壁を突き破って「お前っ何してくれちゃってんのおおおお!?」と登場した。続いてその隣に現れたユーニクス伯爵家の長男に、彼女の怒りの矛先が向いてくれたせいである。

なんの事情があるのかは知らない。そもそも、あの二人の険悪の理由なぞ、どうでもいい。こちらは今、そんな事に考えを向けている暇なんてないのだ。

「このプランの後にでも、今週の舞踏会を入れられれば良かったが……まだ無理だろうしな」

エドワードは、先の予定を思案して呟《つぶや》いた。

一番早い日程でいくとしたら、茶会の次となる今回のプランに加えて、今週中にそこまで持っていきたかった。でも自分はまだ、彼女の心に『特別な人』として在《あ》れていない。

それでも、と思ってしまう。

たとえ、馬鹿《ばか》みたいに他《ほか》の女性にチヤホヤされている姿を見せ付けて、いまだ嫉妬《しっと》の一つだって覚えられていないとしても、そう出来ないだろうかと希望を捨てられないでいる。早く結婚の約束が欲しい。もう待ちきれない。

「………今回の事を、どうにか上手《うま》く進めてそこに繋《つな》げられないか？　そのために練り直したプランだ」

どうか、隣にいて許される男でありたい――エドワードは、思わず誰《だれ》にも見せられない切なげな表情を浮かべて目を落とした。胸が苦しくて、服の上からぎゅっと握り締めてしまう。もはや必死だった。

欲しくてもずっと我慢してきたジョアンナを、手に入れると決めてから余裕もなくなっていた。ようやく求愛が許されて、あの白い肌に自分の『匂い』をまとった小さな求婚痣《きゅうこんあざ》を刻めた。それからというもの、箍《たが》が外れたように、精神的な余裕がガンガン削られていくのを感じている。

もう何年も待った。それなのに、今はたった一日待つのも辛《つら》い。

馬車で彼女を組み敷いていた時、その涙目を見つめながら、初めての事に不安を滲《にじ》ませる初夜の様を妄想していたくらいだ。このまま手に入れては駄目なのかと、入籍よりも先に妻にしてしまう想像が頭から離れなかった。

愛《め》でたい。触れ合いたい。欲しい。自分の子を宿させたい。

ずっと想像していたその細い首に、堪《たま》らず唇で触れた時、今すぐ太腿《ふともも》に手を滑らせて噛み付きたくなった。少しだけ付けたキスマークは、もう残っていないだろう。

その時、社長室の扉が勢いよく開かれた。

フィップ達が大慌てで飛び込んでくるのを見て、一体なんだと騒がしさに顔を顰《しか》める。すると、先頭にいたピーターがこう叫んできた。

「社長大変です！　外を色々と破壊しながら、ウチの会社にアーサー・ベアウルフ軍部総帥が来訪してきましたッ！」

エドワードは、思わず険悪な表情を浮かべた。先日、学院の図書館にジョアンナと一緒にいたのを見ただけの、年下の軍部総帥を思い出して「は……？」と低い声を上げる。

午前中の騒がしい猫令嬢は、奴《やつ》の仮婚約者であるとは知っていた。ここにきて、なんでその相手であるアーサー・ベアウルフが来るんだと思った。

「彼とは、個人的な付き合いもないのだけれどね。一体なんの用だと？」

「狼総帥が言うには、『親友』であるクライシス様という人族に問題が起こったと――」

ピーターがそう答えている途中で、エドワードは「そんなのは知らん」と遮った。

「人族の親友の件？　生憎《あいにく》、一度顔を見ただけの間柄で、俺《おれ》には関係がない話だ。十九歳とはいえ、軍部の総帥に就任している立派なオスだろう。問題ごとなら、自分達の軍の方で勝手にやれと言って追い返せ」

最強の獣人族として有名なベアウルフ侯爵家だろうと、そんな個人的な用を受けるつもりはない。外を壊して回るのは構わないが——社内に傷一つ入れていたら、殺す。

エドワードは、それを確認するべく部下達に質問を投げた。

「おい。突撃してきた厄介な新人総帥は、ウチにまで被害を与えていないだろうな？」

「あ、いえ、彼はきちんと表玄関から入って来て、社長の名前を挙げられて——って違いますよ社長！　そんな悠長な事を言っていられない事態なんですってば！」

「というか、僕らであの最強総帥を追い返すとか、絶対無理でもあると言いますか——」

そう部下達が次々に言い始めた。

珍しくごちゃごちゃと騒がしくて、エドワードは殺気立った獣目を向けた。それもこれも、質問に答えてきた二人の部下がきっかけであると、そう考えたうえで問う。

「フィップ、リック。ここで無理だと言って俺にトドメを刺されるのと、奴を死ぬ気で追い返すのと、どちらがいいのか選べ」

「ひぃぇえええ目が『殺す』って言ってるッ。まさかのココでドSな目を向けてきます⁉」

「社長ッ、その選択肢はどっちも死亡決定な案ですよ⁉」

「俺はね、やると言ったらやるよ」

エドワードは、瞳孔《どうこう》が開き切った琥珀《こはく》色の獣目を向けながら、右手の指をバキリと鳴らした。

彼らの後ろにいた他の多くの社員が、「殺すって単語が見えたッ」と騒ぎ出す。

すると、ピーターが珍しくも冷静でいられない様子で再び叫んだ。

「やめてください！　そんな暇もないんです！　狼《おおかみ》総帥を待たせられませんッ」

「ピーター、珍しく肩入れしているみたいだね。彼が年下だからか？」

「それもありますが、――彼の目がとても必死そうだったから、という理由もあります。社長にとっても無関係ではない大事件なんです」

だから、と彼は言う。

「まずは、落ち着いて俺の話を聞いて頂きたいのです」

いつの間にか、開かれた社長室の扉に詰めかけている社員達が、真面目《まじめ》な表情で黙り込んでいた。緊張感を漂わせて、こちらの様子を固唾《かたず》を呑《の》んで見つめている。

会社の創立メンバーの一人であるピーターが、このように頼み込んでくるのも珍しい。エドワードは「いいだろう」と言うと、真剣に聞くべく立ち上がって問い掛けた。

「それで？　早速聞かせてもらおうか、ピーター。あの軍部総帥の用件を簡潔に話せ」

「はい。彼が言うには、あなたの幼馴染《おさななじ》みの仮婚約者様が誘拐されたそうです。その助けに入ろうとして、彼の『親友』であるクライシス様共々、連れ去られたらしい、と」

それを聞き届けた瞬間、エドワードはブチリと切れていた。その音は、ピーター達にも聞こえるくらい大きかった。室内を、一瞬で凍えるような冷気が覆い尽くして圧迫した。

この忙しい中よくもやってくれたな、という呟きが地を這《は》う。

一日でも早く本婚約に結び付けたい。このプランで一気に好感度を上げて、警戒心も解きたいと考えていた彼女を、みすみす横から掻《か》っ攫《さら》われたのだ。昨日で早急に下準備を整えた事に、支障など出させてなるものか。

ひとまず彼女に触れたオス共も殺す、そして今日中《きょう》に全部片付ける。

そう黙考を終え、エドワードは絶対零度の目を上げた。気配だけで威圧された部下達が、目線を向けられてギクリと身体《からだ》を強張《こわば》らせる。

「全社員に告ぐ。俺は、これから『狩り』をしてくる。その間、俺が抜けた分の仕事を一切遅らせるな。各自、死ぬ気で分担してあたれ」

社長として、そう指示を下した。

それを聞いた全員が、獣目を見開いて「えぇぇぇぇえええ!?」と叫んだ。

「昨日急きょ出た、あのやっばいスケジュールの中で!?」

「待ってください、社長の分の仕事量って半端じゃないんですけど!?」

「自分のだけでもギリギリなのに、そんなの無理っす!」

一気にピーチクパーチクと騒ぎ出した彼らを見て、エドワードは殺気量を上げて一睨《ひとにら》みで黙らせた。

「だから『死ぬ気でやれ』と言っている」

彼らに指先を向けると、琥珀を思わせる美しい獣目で見下ろしてそう言い放った。

「ちなみに、へまをしたらこの最上階の社長室の窓から、宙吊《づ》りにして逆さでぶらさげる」

「幼馴染みの令嬢さんと違って、俺らに向けるドＳが容赦なくてひっどい！」

最近、社長が幼馴染みに向けているのは『恋』だと判明した。それからというもの、恋する獣人族特有の迷惑ぶりを右肩上がりで発揮し続けている。意中の相手に手を出されて本気で殺気立った彼を前にすると、年下の狼総帥の方よりも断然、強烈に怖くて――。

揃《そろ》って悲鳴を上げていた部下達は、ピーターを筆頭に死ぬ気で動き出したのだった。

※※※

どのくらい馬車に揺られていたのか分からない。肩を揺らされたジョアンナは、幼馴染みとは違うクライシスの「起きて！」という高い声を聞いて、ハッと目が覚めた。

馬車は停まっていた。外からは人の気配がしていて、何やら低い声で言葉を交わしている音が、荷台の壁越しに鈍く伝わってくる。

こちらを覗《のぞ》き込んでいたクライシスが、ほっとした表情を浮かべたのが見えた。少し薄暗い中でも、その優しげなエメラルドの瞳《ひとみ》は、綺麗な色合いがハッキリとしている。彼の肩から強張りが抜けるのを目に留めて、まずは心配させてしまった事を詫《わ》びた。

「ごめんなさい、クライシスさん。つい眠ってしまいました……」

「ごめんね、僕もぐっすり眠ってた。ついさっき、馬車が停まっているのに気付いたんだ」

だからお互い様だね、と言ってクライシスが笑う。

こんな状況なのに笑い掛けられてしまった。その呑気《のんき》さが伝わってくるみたいに強張りかけていた身体から緊張が抜けて、不思議と心が落ち着くのを感じた。

「クライシスさんって、なんだか不思議な人ですね」

後ろ手に縛られたまま、ごそごそと動き出した彼にそう声を掛けた。外の物音を拾おうと壁に身体をもたれかかりながら、クライシスが「そうかなぁ？」と半信半疑で言う。

「ジョアンナちゃんにとって、僕のどのへんが『不思議』なの？」

「ちょっと泣き虫なところがあるのかなと思ったら、迷わず助けに向かって走ってきたりするじゃないですか。今もこうして、私を気遣ってくれているのを感じます」

「女の子の前だもの。男としては当然の事で、普通だよ」

耳を押しあてた壁の向こうに集中したまま、彼がそう答えた。

それを聞いたジョアンナは、求婚痣を付けたエドワードの『普通だよ』と言った声が耳に蘇《よみがえ》った。噛んだ傷口を塞《ふさ》ぐだけなのに、まるでじっくりキスをするみたいだった光景が浮かぶ。

――こうしたくなるのは男として、普通だよ。

ふと、言われた台詞《せりふ》をそんな風に想像した時――クライシスの声が聞こえた。

「うーん、何を話しているのかは分からないけど、ごちゃごちゃと人の声が鈍く響いてくる感じからすると、広いところの中みたいだ。それから、ここは王都内じゃないみたいだよ」

「ここが王都の外だって、どうして分かるんですか？」

「僕には、好奇心旺盛でちょっとやんちゃな妹がいるんだ。彼女の希望でよく遠くまでピクニックに行くんだけど、その時に嗅《か》いだ『王都の外の匂い』がするよ」

まさか、匂いで現在地を推測してくるとは予想外だった。一見しても小綺麗な令息であるのに、なんだか意外と野生っぽいところがある人でもあるらしい。

そう思ったところで、ジョアンナはハタと気付いた。

「クライシスさん、ちょっと待ってください。本当に王都の外だとしたら、少しまずくありませんか？」

すぐに王都警備部隊の助けがあるのは、期待出来そうにない。

遅れてその推測に辿《たど》り着いたのか、彼が呑気な雰囲気を半減させた。ゆっくり顔を向けてくると「巡回ルートの外だ……」と呟く。

「…………ジョアンナちゃん、もしかしたら確かにまずいかもしれない」

「………ですよね。まずは、ここからどうやって逃げるか、ですね」

「まずは別室に移動させられるとしたら、ここを出る瞬間にチャンスはありそうなんだけど」

「なるほど。探偵小説と冒険小説の定番策ですね」

ピンときて真面目に頷き返す。そうしたらクライシスが、またしても本題を忘れたかのような呑気さで「嬉《うれ》しいな、君もそのジャンルの本が好きなの？」と言った。

不意に、複数人が近づいてくる足音が聞こえた。ピタリと会話を中断してすぐ、神経質そうな苛立《いらだ》った男の声が耳に入ってきた。

「そんなのは、科学者の私にだって分かる事だぞ。リスクが大きい。貴族は狙《ねら》わない話だっただろう。なのに何故《なぜ》、よりによって二人も連れて来たんだ？　騒がれたら厄介だぞ」

「博士。さっきも言ったが、女の子の方は前の現場だけじゃなくて、今日狙おうとしていた一人のところまで先回りされたんだ。何かしら知られているかもしれないから、記憶を少し抜いた方がいいって事になったんだよ。王都には、やけに勘の鋭いガキだっているって聞くし」

別の男がそう言った。すると、そのそばから「ありゃあ勘じゃなくて、本物の推理力なんだって」と、ハキハキとした声が会話に割って入った。

「風変わりな探偵一族もいるって、さっき教えたばっかりだろ」

「はぁ、またその話か。いいか、俺らは活字を読むのが嫌いなん——」

「俺さぁ、マーベラス・エミラっていう推理作家が特に大好きでさ！　これはファンの間では有名な話なんだけど、とあるシリーズだけは実話らしいんだ。最新刊の『少年探偵の冒険』も最高だった！　これマジで実話なのかよって、俺めちゃくちゃ興奮し――」

その時、ガツン、という音が上がった。勢いよくベラベラと続いていた声が、そこでピタリと途切れる。

ジョアンナは、クライシスと共に緊張感の抜けた表情を浮かべていた。最近どこかで聞いた名前だとは感じたものの、呆気《あっけ》に取られて記憶を手繰《たぐ》り寄せるのも考えつかなかった。

「つまり誘拐しようと思って近づいてみたら、魔力持ちだと分かったんだ」

殴られて止められたらしいその男が、仕切り直すように凛々《りり》しい声を出した。

博士と呼ばれた男の『なんで連れてきた』の回答のようだ。それを聞いた先程の男が、本題の話を再開するようにこう続けた。

「魔力持ちの人族ってのは、何かしら直感力が働いたりする事もあるんだろ？　考えようによっては、無意識に予知して先回りしていた、って可能性もあるんじゃねぇか？」

「――ふむ。そういう少数の『素質持ち』であれば、嬉しいんだがね」

「期待は裏切らないと思うぜ。何せ、あんたが作った『眠りの魔法薬』を魔力で弾《はじ》いた。だから魔力の質とやらについては、これまでのガキよりも圧倒的にいいはずだ」

そんな話し声と複数の足音が、すぐそこで止まる。ジャラリ、と金属同士が軽くぶつかり合う音が上がる間も男は喋《しゃべ》っていた。

「リーダーからも、もし『素質持ち特有の高純度の魔力』が採取出来るようなら、全部取っていいと指示を受けた。あの魔力球石モドキを、早く完成させたいそうだ」

この奇妙な誘拐事件は、魔力球石の贋物《にせもの》製造とやらに関わりがあったようだ。魔力を集めているというアーサーの推測は、ほぼ的中しているみたいである。

ジョアンナが耳を澄ませたままそう考えていると、神経質そうな男の「全部だと？」と言う声が聞こえた。

「もし魔力で生命維持しているタイプの人間だったら、その子供は死んでしまうぞ。だから私は、タイプと魔力器官の生産値を調べてから、必要最低限だけ抜いて――」

「博士。遅かれ早かれ、死人が出ちまうのは時間の問題だよ。最近、軍部の動きがあやしい。リーダーは、製造場所も移し替えなきゃならねぇとも考えてる。うっかり余計な男も拾っちまったが……どちらにせよ、ガキの魔力を抜いた後で、記憶を消しちまえば問題ないだろ」

その時、クライシスにガバリと目を向けられて、ジョアンナはビクリとした。

ここまで聞いてようやく、『魔力を全部取っていい』という指示が危険であるらしいと分かった。初めて見る彼の深刻そうな眼差《まなざ》しに、余計緊張してしまう。

「ジョアンナちゃん、今すぐに逃げないと駄目だ。君は【未来視】の素質を持っているから、魔力の純度というものが高いかもしれない。それが判明したら、彼らは君から魔力を全部抜いてしまう」

「あの……、魔力を全部取られてしまった人は、みんな死んでしまうんですか……？」

足元から、じわじわと不安感が込み上げた。条件反射のように濃い藍《あい》色の瞳を潤ませてしまうと、クライシスが「全員ではないんだよ、でも」と言った。

「魔力持ちの人族は二種類あって、自分の魔力で生きている人がいるんだ。もしそうだった場合、体内の魔力数値が必要最低限を下回ると……、全《すべ》ての臓器機能が止まって死に至る」

多くの人族は、その種類を確かめるため幼い我が子に魔力測定を受けさせる。魔力持ちが生まれている家系の受診率は、百パーセントとも言われているという。

生きるために魔力を必要としない身体であれば、何も問題はない。けれどジョアンナは、自分がどちらであるのか分からなかった。

「……魔力があるだなんて実感もないのに、もし私がそうだったとしたら、どうしよう」

「不安にさせてごめんッ、どうか泣かないで」

手短に説明した事を後悔したような顔で、クライシスが慌てて謝った。

「僕がきっと助けるよ、だから落ち着いて。ここを降りる時にきっと逃げ出せるチャンスもあるはずだ、全力で僕が君を逃が――」

その時、荷台の扉が大きな音を立てて開いた。一気に空気が流れ込んでくるのを感じたジョアンナは、ハッとしてクライシスとそちらに目を走らせた。

そこには武器を持った、荒くれの用心棒を彷彿《ほうふつ》とさせる男達がいた。一人だけよれよれの白衣に身を包んでいるひょろりとした男がいて、目元には目立つゴーグルがしてあった。

「そこから降りろ」

男達のうちの一人が、顎《あご》で指示するようにそう言ってきた。でも二人は、彼らの向こうに見える風景を見て動けないでいた。

開かれた扉の向こうにあったのは、工場跡地のような広々とした空間だった。足元は直の土が覗く地面で、複雑な形をした巨大魔術陣がいくつか描かれている。すぐそこには寝台と、それを取り囲む怪しげな機材が密集して置かれてあった。

目と鼻の先にある設置機器類を見る限り、時間を稼いで逃げ出せるような距離はない。奥に見える巨大な鉄の扉は、完全に閉められてしまっていた。ざっと目算しても、そこに行き着くまでには、二十人以上の武器を持った男達がいる状況だった。

「…………これ、本格的にやばいかも」

そう呟く声を聞いたジョアンナは、「うん」と震える声で答えた。同じように感じていたから、涙をこらえてそう相槌を打つだけで精一杯だった。

その様子を見たクライシスが、きゅっと唇を引き結んだ。後ろ手に縛られた不安定な体勢で、足を動かしてじりじりと移動し、背の後ろに彼女を庇《かば》う。

「――ジョアンナちゃん、僕が入り口の人に体当たりして道を開くから、君は思いっきり走って」

男達を見つめたまま、彼が小さな声でそう言った。

「絶対に振り返ったりしないで、真《ま》っ直《す》ぐ向こうまで行くんだよ。扉は古いスライド式みたいだけどチェーンはかかっていないから、もしかしたら足で蹴《け》ったら開いてくれるかもしれない」

「えっ？　何を言っているんですか駄目ですよッ、逃げるのなら二人で――」

「よし突撃する！」

そう言ったかと思うと、クライシスが唐突に立ち上がって急発進した。

その行動力に驚かされて、ジョアンナは腰を上げるのも忘れて「えええぇぇぇ！」と叫んだ。

向かって来られた男達も、ギョッとしたように身構える。

直後、クライシスが何もない荷台で躓《つまず》いた。手の自由が利かないせいもあって、受け身も取れないまま顔面から勢いよく倒れ込む。ビタンッ、と痛い音を上げて停止した際、床から衝撃の強さが振動で伝わってきた彼女は「ぴぎゃっ⁉」と肩をはねさせた。

しん、と場が静まり返った。一部始終を目撃していた男達の間に、重々しい沈黙が漂う。

「――ったく、驚かすなよ」

ややあってから、白衣の中年男が溜息《ためいき》交じりにそう言った。設置されている機械の方へ向かいながら、「早くその魔力持ちの女の子を連れてこい」と片手を振って指示を出した。

剣の柄に手を掛けていた若い用心棒が、少し遅れて「了解」と答えながら警戒を解いた。ピクリとも動かないクライシスに目を戻すと、ぎこちなく問い掛ける。

「………おい、お前大丈夫か？　生きてるか？」

「この短い距離で勝手に自滅する奴って、初めて見たわ……」

「このボンボン、外で生きていけないんじゃないか……？」

最後にそう言ったガタイのいい用心棒が、珍獣でも見るような目で、床に広がっているくすんだ金髪頭を怖々とつついた。それでもクライシスは反応しない。

あんなに強い衝撃で顔面を打ったのだ。もしかしたら、鼻血どころでは済まない怪我をしているかもしれない。そう想像したジョアンナの目から、とうとう涙がこぼれ落ちた。

「クライシスさん……っ。やだ、死なないで！」

「えーっと、お嬢ちゃん？　彼は死んでないし、恐らく失神しているだけだから、まずは少し落ち着こうか。それに『やだ』って言われると男としてはアレというか、そうやって泣かれると、さすがに俺らもやりづらいっていうか……」

その時、工場の扉が激しく吹き飛んで、男の言葉が途切れた。

前触れもない爆音が轟《とどろ》いて、ぽろぽろとこぼれていた涙も引っ込んだ。「ぴぎゃ!?」と短い叫びを上げた彼女と同じく、空気を震わせる巨大な音を受けた男達も「爆発か!?」と警戒の声を上げて、咄嗟《とっさ》に頭を伏せた。

大きな鉄の扉が、頭上高く舞い上がった。土埃《つちぼこり》が舞い上がる中、奥の方に落下して硬質な音を上げる。破壊された扉の一部の部品が転がり、小石がパラパラと落ちる音もしていた。

一体、何が起こっているのか分からなかった。状況の整理が、頭の中で追い付かない。

それぞれが嫌な静けさを聞きながら、そろりと視線を持ち上げていく。

すると、扉がなくなってしまった大きな入り口から、軍靴が土を踏みしめる足音が上がった。

男達が警戒したように目を向け、ジョアンナも座り込んだ荷台からそちらを見た。

「おい。俺の『親友』に手を出したクソ野郎共は、テメェらか」

土埃の中から姿を現したのは、軍服姿の大男――アーサー・ベアウルフだった。

彼は、丈の長い軍服のコートを揺らして立ち止まった。凶悪な怒りの形相で、こめかみにクッキリと青筋が浮かんでいる。

「怪我一つさせていたら容赦しねぇ」

そう発せられた野太い声が、野獣の唸《うな》りのように低く地を這った。獰猛《どうもう》な金緑の獣目で睨み付け、筋を浮かべた右手をバキリと鳴らす。

白衣の中年男と男達が、その強烈な怒気に呑まれて動きを止めた。ジョアンナは、優しくて心強い『元学院生の先輩』のアーサーを見て、少し安心してしまって瞳を潤ませた。

すると土埃の向こうから、淡々とした美声を上げてもう一つ人影が出てきた。

「開ける手間もなかったか」

そう言いながら、エドワードが袖口《そでぐち》を整え直しつつ進み出てきた。殺気立ちすぎて鋭利な美《び》貌《ぼう》がより映え、琥珀色の獣目は完全に獲物を狩る目をしている。

ジョアンナは、驚いて目を丸くした。どうしてここにいるの、だって今は仕事の最中のはずでしょう……そんな言葉が次々に浮かんだ。迷惑をかけてしまった申し訳なさで心苦しいのに、彼の姿が見えてから強い安堵《あんど》にも包まれていて、またしてもじわりと涙が込み上げた。

よく分からない状況だ。それでも、『もう大丈夫だ』という思いに突き動かされた。男達の視線が向こうに集中しているのを確認すると、もぞもぞと足を動かして倒れているクライシスの元に向かう。

エドワードが、アーサーの隣に立った。現場の男達をロックオンしつつ、口を開く。

「俺が壊そうと思っていたのに、まさか砲弾みたいに突っ込んでいくとはね。まさに野獣だ」

「敷地の門を、素手で壁ごと吹き飛ばした偽紳士に言われたくない」

現場を見つめてそう言ったアーサーは、「とはいえ」と続ける。

「さすが鷲《わし》だな。短い間で獲物の場所を見付けるとは、たいしたもんだ」

「先に言っておくけど、俺は軍人になるつもりはないよ。父に負けないような、王都の誰もが知る立派な会社にするのが夢でね」

とはいっても、とエドワードも前を見据えたまま続ける。

「軍人としてのその姿勢と、目指し処は嫌いじゃない。たまに協力してやるくらいならいい。君が起こそうとしている王都警備部隊の改革とやらに必要になったら、手を貸してやろう」

言いながら、彼がたった一人を捜して視線を巡らせる。

近くにいた男が、ようやく身体の強張りが解けように抜刀した。本能的な萎縮《いしゅく》を振り払うため、腹の底から「テメェらはなんだ！」と怒鳴りつける。

その声を聞いて、アーサーとエドワードが煩わしそうに眉を寄せた。

「軍部総帥。アーサー・ベアウルフだ」

「事業経営者。エドワード・ディーイーグルだよ」

向けられている視線に対して、二人は面倒そうな顰め面を返していた。ただの通りすがりのような言い方でそう名乗る。

そんなやりとりがされているのを確認する余裕もなく、ジョアンナは後ろ手に縛られている状態でどうにか移動し、クライシスの所に辿り着いていた。身体を押しあてるように揺らしてみると、彼が「はっ」と声を出してガバッと顔を上げる。

「クライシスさん、無事で良かった……ッ」

安堵が込み上げて、思わず安心しきった涙声を上げた。少し額が赤くなっているだけで、鼻血も出ていない。その様子を確認した濃い藍色の目から、小さく涙がこぼれ落ちていった。

それを見たクライシスが、きょとんとして首を傾げる。

「あれ？　ジョアンナちゃん、なんで泣きそうになってるの？」

そう口にした彼が、ふと、異様な緊張感に包まれている場に気付いた。目を向けてすぐ、そこに親友の姿を見付けて「わぁっ」と感激した様子で涙目になった。

「アーサーだ！　来てくれて本当ありがとうッ、もう会えないかと思っていたよ～。僕一人でジョアンナちゃんを逃がしてあげる事も出来なくて——あれ？　でもどうしてここだって分かったの？　隣にいる彼とも、いつの間にか仲良くなったみたいだね」

クライシスが、今の状況を忘れたかのようにそう言った。緊張感のない場違いな声を聞いた男達が、この緊迫した空気の中で嘘《うそ》だろこいつ、という目を向ける。

「そういえば、一緒にいるわね。仲良くなったのかしら？」

先日の事を思い出したジョアンナは、並んで立っている姿に和解を感じて「良かったわ」と胸を撫《な》で下ろした。自分のせいで出会いが険悪になってしまっていたのを、気にしていたのだ。

その呟く声にエドワードが反応した。馬車の荷台に目を向けたところで、きょとんとした少し赤くなった額を見たアーサーの方からも、ブチリ、と何かが切れた音が上がった。

ジョアンナの涙目に気付いた瞬間、周囲一帯を凍えさせる殺気を発した。同じくクライシスの少し赤くなった額を見たアーサーの方からも、ブチリ、と何かが切れた音が上がった。

「——泣き顔が可愛《かわい》い女の子を、後ろ手に縛るとはいい趣味をしているじゃないか」

「——テメエら、よくも俺の『親友』を傷つけやがったな」

そう殺気立った二人の口から、ほぼ同時に「ぶっ殺す」と物騒な言葉がこぼれた。完全にスイッチが入ったのを見た男達が、咄嗟に武器を構えて騒ぎ出すと同時に、

エドワードとアーサーが、地面をえぐるほどの瞬発力で急発進した。その直後、破壊音と男

達の奮闘の叫びと悲鳴が始まって、場は一気に乱闘騒ぎと化した。

土埃が舞い上がり、人間も武器も機械も廃材も関係なく宙を飛んだ。肉弾戦　つで暴れる二人は、もはや無差別の破壊行為のような凶暴さがあった。

ジョアンナは、目を丸くしてその様子を見ていた。幼馴染みの彼が、容赦なく本格的に喧嘩している姿を見るのは初めてだった。

「相変わらずアーサーはすごいなぁ」

倒れ込んだ姿勢で見守るクライシスが、感心しきったキラキラした目でそう言った。彼がよく知っている『親友のアーサー』は、若さゆえの荒々しさが前面に出ていた。

怒りを爆発させて地面を足で砕き、その地盤の一部を両手で引き剥《は》がして魔術陣もろとも破壊する。腰にある剣に触れないまま砲弾のように突っ込んでいくと、相手の男が振り降ろした剣の刃も口で受け止めて噛み砕き、止まらず野獣のように暴れ続ける。

対するエドワードは、スピードのある見事な戦闘体術で男達を負かしていた。軽く見積もってもライフルの三倍の威力を持った手が、機器の鉄もあっさりと握り潰《つぶ》し、近くにいた男達を次々に鷲掴《わしづか》みにして放り投げていく。

仕草にはどこか品もあったが、『上品な美青年』『ただの事業経営者』という印象は、既に男達の中から吹き飛んでしまっていた。リミッターが外れた恐ろしい怪力は、剣の刃だけでなく拳《こぶし》一つで地盤を割り砕いた。

「俺のジョアンナに手を出したら、どうなるのか教えてやろう」

そう言って、エドワードがバキリと右手を鳴らす。

見下ろすその地面の穴には、科学者と数人の用心棒達がいた。彼らは、自分達を狩るようにここへ追い込んだ『自称事業経営者』の、ブチ切れたドSな笑みを見て震え上がった。

「ドSはお帰りくださいいいいいいい！」

互いの身を抱き締め合った彼らは、泣きながら怯《おび》えきった悲鳴をこぼした。

その時、王都警備部隊が慌てて突入してきた。荒れ果てた現場と、圧倒的な強さで男達を叩《たた》き伏せて暴れている『軍部総帥』と『社長』の姿を確認して目を剥《む》く。しかし、先頭に立っていた男が、すぐにその凛々しい獣目に使命感を浮かべてこう叫んだ。

「ここにいる犯人グループに告ぐ！　頼むから、死にたくなかったら今すぐ地面に伏せてくれ。死んだふりでも構わんッ、即座に降伏を姿勢で示せ！」

そう咆哮《ほうこう》を響かせたのは、三十代の王都警備部隊長だった。先陣を切って走り出すと、後ろから続く部下達に一喝するような声で「『親友様』と『仮婚約者様』を保護しろ！」と指示を出す。彼らは降伏の言葉を繰り返しながら、躊躇《ちゅうちょ》せず騒々しさの中へ突っ込んだ。

土埃がひどくて、現場の風景がハッキリとは見えないでいる。

ジョアンナは、ただただ呆気に取られていた。腹黒いドSな幼馴染みの被害を受けたような悲鳴が聞こえ出してから、物騒な現場の混乱っぷりにもいちいち驚かなくなってきた。

「エドワード、なんだかいつも通りみたい……？」

来てくれた安心感のせいだろうか。この騒ぎようも、いつもの迷惑なドSを発揮しているだけのようにも思えてくる。土埃の向こうで「ドSが来たぁぁあああ！」という悲鳴が聞こえると、やけに運動能力が高い彼が追い迫っている構図を想像した。

そう少し同情してしまっていると、三人の王都警備部隊員が駆け寄ってくるのが見えた。

「帰りの馬車を用意してあります。どうぞ、先にお乗りください」

一つ跳びで荷台に上がって無事を確認すると、手を縛っている縄を解きにかかりながらそう言った。先に腕の自由が戻ったクライシスが、立ち上がって背伸びをする。

「僕はアーサーと一緒に帰るよ」

手首をさすりつつ、彼がそう答えて親友の活躍ぶりに目を戻す。

犯人側が降伏を始めたのか、それとも大半が沈められてしまったのか、先程よりも騒ぎの音は小さくなっていた。ようやく縛られていた縄から解放されたジョアンナも、彼に続いて立ち上がろうとした。しかしお尻を浮かせた直後、ぺたりと床に戻ってしまっていた。

どうしてか力が入らないと。そう気付いて、「へ？」と間の抜けた声が出た。振り返ったクライシスも少し目を丸くする。

案内を申し出て待っていた部隊員が、察したように気遣う眼差しをした。

「気付くのが遅れてしまい、申し訳ありません。……こんな状況にあったら、普通なら腰が抜けてもおかしくありませんよね」

歩み寄ってそう口にした彼は、スカートの上に置かれた左手の甲の求婚痣を見た。それから、迷うような様子で、荷台から下りた二人の王都警備部隊員と視線を交わす。

察したクライシスが、肩を竦《すく》めて口を開いた。

「こんな状況だもの。『匂い』が付くのも、仕方ないんじゃないかな」

「そう、ですよね……」

王都警備部隊員の男は、獣人族としては思うところがあるようだった。それでも、使命を全うするように目を戻す。

「『仮婚約者様』、立てないようであれば、ご許可頂ければ馬車までお運び致します」

「えっ。あの、えぇと」

「それとも、手をお貸ししましょうか？」

戸惑いと小さな怯えを察知し、彼が腰を屈《かが》めて別の方法を提案する。

ジョアンナは、どうしようと思って、その優しげな獣目を見つめ返した。彼らの誰かに近づかれる事を考えた途端、持ち前の人見知りが戻ったような苦手意識を覚えた。

昔から幼馴染みに子供扱いされ、両親の親友であるディーイーグル伯爵にも抱っこされていた。それなのに、ここにいる誰かに移動を手伝われるのを想像したら、ただの気遣いだと分かっていても緊張で身体が強張るのを感じた。

どうしてだろう。怖い。触られたくない。不安感で涙腺《るいせん》が緩んでくる。心配したように差し出してくれている大きな手を、取る事も出来ないままスカートをぎゅっと握り締めた。

「――その必要はないから、触らないで。彼女は俺が連れていく」

不意に、馴染《なじ》んだ声が耳に入ってきてハッとした。エドワードがそう言いながら荷台に上がってきて、普段のような冗談も言わず冷静な表情でこちらに向かってくる。

迷惑を掛けてしまったのだ。きっと怒っているのだろう。

子供みたいに世話を焼かせるなと、ますます失望させてしまったに違いない。そう思ったら落ち着かなくなって、反省で胸も痛んでじわりと涙まで込み上げてきた。

「あの……っ、エドワード、私、ごめんなさ――」

「帰るよ、ジョアンナ」

謝罪の台詞を遮られて、戸惑う間にも抱き上げられてしまった。それを目で追っていたクライシスが、なるほどと察した様子でにっこりと笑いかけてきた。

「ジョアンナちゃん、良かったね。気を付けて帰ってね」

そう言って手を振る彼に見送られて、ジョアンナはエドワードに抱えられて荷台を降りた。

土埃が収まってもいない現場には、まだ多くの警備部隊員が走り回っている姿があった。エドワードはその中を無言でツカツカと突き進み、出入り口まで一直線に向かった。

建物の外には、王都警備部隊の立派な馬車が何台も停まっていた。黒い装甲が、眩《まぶ》しい日差しに照らし出されていて、騒ぎの音で興奮している軍馬の姿もあって物々しさが漂う。

そのうちの一台に声を掛けて、エドワードが馬車の中に乗り込んだ。

後ろから抱えられた状態で膝《ひざ》の上に座らされて、ジョアンナはびっくりした。思わず逃げようとしたら、大きな腕が後ろからぎゅっと引き寄せてくる。

そのまま馬車が走り出してしまい、振動で身体が彼の方へ押し戻された。

「――無事で良かった」

後ろからますます抱き締められて、ぽつりとそう言われた。

こらえていた緊張を吐き出すみたいな吐息を感じて、抵抗の力も弱まった。抱きすくめられたジョアンナは、迷惑と心配をかけた実感が込み上げて涙目になる。

「………ごめんなさい……」

されるがまま強く抱き寄せられて、素直にそう謝った。

密着されても腕の中で大人《おとな》しくしていると、彼が首の辺りを鼻先で探ってきた。ピクリとしてしまったものの、ここにいる事を確認しているようにも思えてじっとする。

まるで匂いを嗅いでいるようだったので、獣人族特有の心配の反動なのかもしれない。でも匂いを確認しているだけなのに、鼻先が何度も掠《かす》ってきてくすぐったくなる。

首にかかる吐息が、熱い。すぅっと鼻先が耳の後ろをくすぐってきて、呼吸を吹きかけられてぞわぞわする。暑いくらいの高い体温に包まれているせいか、車内にはいつもと違う空気が流れているようにも感じて、彼の腕に手を添えて震えそうになるのを我慢した。

そうしたら、その手を包み込むように手を重ねられた。

「ジョアンナ」

ふと名前を呼ばれて、熱い吐息が頬《ほお》にかかるのを感じた。互いの髪が、サラリと交わる音が聞こえる。

「そんな風にされたら、たまらなくなるよ」

「へ……?」

その直後、重ねられた手が顎を支えてきて、頬にキスをされていた。

それは、父や母がしてくれる『親愛のキス』と同じものだった。唇の熱にハッとしたジョアンナは、唐突の事で混乱した。

「えっ、ちょっと待ってエドワード、一体何⁉」

慌てて身をよじろうとするものの、抱き締められていて動けない。離してくれないまま、エドワードがドSらしかぬ優しい力加減で、目尻《めじり》と耳の近くにも口付けを落としてきた。

「まずは話そうと思っていたんだけど、その前に、好奇心だけは人一倍の君には少しお仕置きが必要かな」

「ぴぎゃっ、お仕置き……!?」

「Ｓが苦手だというのなら、俺なりに配慮した『優しいお仕置き』をしてあげよう」

お仕置きと聞いて、過去にされた絞め技やホラー話が脳裏を過《よ》ぎった。しかし、そう続けてきた吐息が耳朶《じだ》に触れたかと思ったら、その直後に耳をパクリと甘噛みされていた。

「なんで耳を食べるの――――っ!?」

ジョアンナは、小さなパニックを起こして叫んだ。しかし、耳の先が彼の口の中でコリコリとされる熱にビクリとし、ぞわぞわとした感覚に戸惑って「ぁっ」と言葉を切った。

その反応を見ながら、エドワードは耳の内側へと舌を這わせた。ビクビクと震える華奢《きゃしゃ》な身体を押さえ付け、俯《うつむ》きそうになるその顔を指で支えて、ちゅくりと音を立てて舐《な》める。

「大人しくなったね、ジョアンナ。こうして耳にキスをされるのは、好き？」

「待ってやだ、なんで頬っぺたじゃなくて耳にするのッ」

涙腺が緩んでしまい、震える声でどうにかそう言い返した。すると、彼がふっと笑う吐息をこぼした。

「今、自分がどんな表情をしているのか、分かってないんだろうね。――俺がどれだけ、噛みたいのを我慢していると思っているの」

こぼれ落ちた涙を舐め取られて、そう耳元で囁《ささや》かれた。

「前にも言ったけれど、そんな声で『やだ』なんて言うものじゃないよ」

大人びた柔らかな声が聞こえた直後、目尻にそっと唇を寄せられていた。

もうしまいにするからと伝えるような優しいキスだった。また両親のそれを思い出して困惑してしまった時、ぎゅっと抱き締め直された。

「……………俺がどれだけ心配したか、分かる……？」

エドワードが、小さな声でそう問い掛けてくる。

その囁きを耳にして、ジョアンナの口から「あ」としおらしい声がこぼれた。彼の腕が少し震えている。本当に心配させてしまったんだと気付いて、深い反省が込み上げた。

「前にも言っただろう。俺はね、家族になって共に生きたいくらい君の事が好きなんだよ。危険な事になるだろうからと思って、だからこの件から君を遠ざけようとしたのに」

「……本当に、ごめんなさい……………」

「泣かないでよ。まるで、俺がいじめているみたいじゃないか」

涙で言葉も詰まった様子を見て、エドワードは頬を伝う涙を再び舐め取った。

ジョアンナは、気持ちがいっぱいいっぱいになっていて、どうにか話せるようにしなくちゃと必死だった。抱かれている彼の腕をぎゅっと掴んで、涙を引っ込めようと頑張っていた。

「協力したいと考えた時、俺に相談する事は浮かばなかったの？」

「…………………」

「手助けしてくれと言われたら、絶対に断らなかったよ。もし、『一緒にやってくれ』と言ってもらえていたのなら、……いつだって、どこにいたって、俺はすぐに飛んできて君のためになんだってしてやれるのに」

　だから一人で無茶をしないでよ、と彼が肩に顔を埋めてそう呟いた。

　一人で頑張らなくてもいいの？　そう気付かされて胸が詰まり、ジョアンナの最後の涙腺も決壊してしまった。いつだって彼は、必要なら協力すると考えてくれているのだ。

「………年下の幼馴染みだから、面倒を見ているところもあるのかなって思ったの……。だってエドワードは、綺麗な人と待ち合わせしていたんでしょう？　頼っているのは、私だけじゃないんだって思ったら、どんどん胸が苦しくなったの」

　今朝《けさ》の事を思い出して、溢《あふ》れた涙がぽろぽろとこぼれ落ちた。

「私、てっきり、迷惑に思って怒ったところもあるのかなって考えて。きっと相談しても、その人のところに行っちゃうんだって想像したら、とても悲しい気持ちがして……」

　一番に話を聞いて共感して欲しいのは、ずっと一緒にいる幼馴染みの彼だと気付かされた。でも、それがどうしてなのか分からないでいる。

　ただ込み上げる想《おも》いのまま、ぐるぐるとしている胸の内を白状した。そうしたらエドワードが、はぁっと深い溜息をもらした。

「ああ、なんだ。そうか」

　彼が、そんな呟きを吐息交じりに落とした。何やら思い返すような、疲れた口調だった。それでも、そこには強い安堵と嬉しさも混じっているような気がした。

　目を向けようとしたジョアンナは、噛み締めるように強く抱き締められてびっくりした。つい、涙も半分引っ込んでしまう。

「つまり君は、俺が他の女性と会うと知って、胸が痛くなったわけだね？」

「え？　あ、うん、そうだけど……えっと、どうして笑っているの、エドワード？」

「ふふっ、誤解だよジョアンナ。俺は呼び出されはしたけれど、君が想像しているような事じゃなくて、ただの『木刀戦』だ。獣人族の女性は、人族の令嬢より血の気が多くてね」

　なんだか、エドワードがとても嬉しそうにしている気がする。

　ジョアンナは不思議に思いながら、よく分からなくて「木刀戦？」と不思議そうに尋ね返した。近くから見つめ返す彼が、優しげな声色で「木刀戦だよ」と教えてきた。

「そもそもね、君を放って別の誰かのところに行くはずがないだろう。俺はいつだって、君で手いっぱいなんだ。――だから、もし次に何かある時は、必ず相談してくれないか？」

　まるで『優しいお兄さん』のような温かい眼差しだった。

　そう優しく問われたジョアンナは、琥珀色の獣目で穏やかに見守られて、素直に聞き入れてコックリと頷き返した。

「うん、もうエドワードを心配させない。悩んでいる事があれば、ちゃんと話すって約束するわ。……今日は心配をかけてごめんなさい。それから、助けにきてくれてありがとう」

「なら、この話はもう終わりだ。感謝された途端に泣かれたら、俺だって悪い事をしている気分にさせられるよ。だから、ほら、もう泣きやんでジョアンナ」

少し前までは、自分から先に折れるなんて、ほとんどしない人だった。

そう思い返して不思議になる。こちらの涙を指先で拭《ぬぐ》っているエドワードは、どこか柔らかい苦笑を浮かべていた。その手付きだって、先程の荒々しい喧嘩《けんか》とは大違いで――。

ふと、ジョアンナは「あ」と気付かされた。

ああ彼はもう大人になったのか。不意に、七年という差を感じて寂しくなる。

「どうしたの、ジョアンナ。泣き疲れてしまった？　それなら少し眠るといいよ。到着したら、俺が起こしてあげるから」

抱き締められている温もりのせいか、そう言って引き寄せる腕にも安心した。

促されるまま、大きくてしっかりとした胸に身を預けてみる。高い体温がぽかぽかと伝わってきて、全ての緊張が解けたみたいに眠くなった。

「………なんだか、いつものエドワードじゃないみたいだわ……」

うとうとしながら口にした。すぐに瞼《まぶた》が重くなって、目を閉じたら髪を優しく後ろへと梳《す》かれて「おやすみ」と、彼の満足げな声が聞こえてきた。

こんなに安心出来る誰かのそばで、相談所が出来たらどうだろうか、となんとなく想像した。

◆

事件から三日が経《た》っても、新聞各社は大きな犯罪グループの話題一色だった。魔力球石の贋物や、それに関わる連続誘拐事件。他にも複数の犯罪組織が協力していた事もあって、日々発覚していく過去の事件も面白おかしく暴きたてていた。

今回の事件に、学院の生徒が巻き込まれた事は一切報じられていない。噂《うわさ》好きの生徒達は、まるで探偵小説のような大きなニュースを楽しんでいた。

本日もその話題で持ちきりの中、ジョアンナは学院で大人しく過ごしていた。アーサーやクライシスだけでなく、エドワードにも迷惑をかけてしまった事を反省していた。

彼の大人の対応を思うと、自分がどれほど子供であるのか痛感させられる。

もう十六歳なのだ。誰かが心配するとも思わないで行動するのは、直していこう。

またしても、そんな事をぼんやりと考えしまった。気付いたら、受けていた最後の授業が終わってしまっていて、ラックベイ教授が「それじゃ、良い週末を」と言って教室を出ていくのが見えた。

「………次の登校日は、また週明け、か……」

その時には、今回の件の事を、ジョンとレベッカに打ち明けて謝ろうと思っている。彼らが自分を止めたのは、心配してくれていたからだ。もう心配させてしまうような事はしないから、と約束して、一番の友達に『ありがとう』と『ごめん』を伝えよう。

考えながらそう呟いたところで、ジョアンナはハタと気付いた。

「…………あれ？　そういえば、ジョンは一体どうしたのかしら？」

思えば、ここ数日彼の顔を見ていない。結婚準備にも忙しい双子の妹レベッカと違い、ジョンが何も知らせがないまま続けて休むというのも珍しい。

すると、こちらの声が聞こえたのか、前の席で帰り支度を進めていた学友が振り返った。先日に『神隠しの噂』について教えてくれた、人族の男子生徒の一人である。

「あいつ、先週末に仮婚約したらしいぞ。二日くらいは『求婚痣の療養』で休んで、その後からは相手側からのアタックがすごくて、通学出来る暇もないみたいだ」

「あら。それはめでたいわね」

つい最近まで、ジョンは婚姻活動をどうしたものかと頭を抱えていた。少し心配に思っていたのだが、どうやらこちらが忙しくしている間に色々と進展があったようだ。

ジョアンナは、一番の友達の朗報を嬉しく思った。すっかり安心してしまって、彼を悩ませていた手紙があった事や、仮婚約をしたいい獣人貴族の性別を確認する事も浮かばないでいた。今度会った時に話を聞こう、そう明るくなった気持ちでテキパキと帰り支度を始める。

前の席の方にいた男子生徒が、その様子を見て首を捻《ひね》った。先程まで雑談していた学友達の方に目を戻すと、お喋りを再開するように切り出す。

「ジョンまで休んでいるから寂しいのかと思ったけど、まぁジョアンナが元気で良かったよ」

「というかさ、最上級院生のライアン・オースティンと仮婚約って……あいつ、何やってんだ？」

「確かジョンって、『可愛い女の子とお見合いしたいけど緊張で爆発して死ぬ』とか、わけが分からん事を言ってたばかりだよな。相手ガッツリ肉食系だけど……色々と大丈夫か？」

既に歩き出していたジョアンナには、彼らのそんなやりとりの声は聞こえていなかった。

※※※

ジョンの朗報を聞いた後、元気な足取りで帰宅した。家には早い時間だというのに母がいて、にこにことしてこちらを待っていた。

「は……？　今、なんて言ったの？」

帰宅早々に知らされて、ジョアンナは思わずそう尋ね返した。

事件の後、家まで送り届けたエドワードが、両親にきちんと事情を説明して人人の対応で頭まで下げてから、まだ三日しか経っていない。まさか今日にも彼の名前を聞く事になろうとは思っていなくて、言われた事を頭の中で整理するのに少し時間がかかった。

「えぇと……、お母様がエドワードからもらった伝言だけれど…………あの、社交の用事でもないのに、これから私とエドワードの二人でプライベートで出掛けるなんて、変じゃない？」

　先日の事件で迷惑を掛けたばかりだ。しばらくは何もないと想定していたから、それはあまりにも急な『外出の誘い』だった。

　すると、いまだにこにこしている母が「変じゃないわよ？」と答えてきた。何やらいい事でもあったみたいに、先程からずっと笑顔を浮かべたままだ。帰宅早々に言われた内容を思い返してみたものの、やっぱりよく分からなくて困惑が深まる。

「ねぇお母様。仮婚約は、互いを知るために時間を取るらしいとは聞いたわよ……？　でも茶会でもなくて、一緒に外出でする『仮婚約の交流会』って、一体どういう事なの？」

「うふふふ、つまりデートよ」

　良かったわねぇ、と母が嬉しそうに言った。

　その返答を受けたジョアンナは、数秒かけてようやく言葉の意味を理解した。強い戸惑いで一気に目を潤せる。

「デート――――ッ!?」

　思わずそう悲鳴を上げた。あの腹黒い幼馴染みとデートだなんて、想像がつかない。

「なんで前触れもなく『デート』になるのよ!?」

「あら、どうして涙目になっているの？　落ち着きなさいな、仮婚約者としての交流会よ。普段の茶会の場が、少し変わるだけみたいなものだからリラックスして」

母が察した様子でそう言って、柔らかな苦笑を浮かべた。日差しの下で映えるジョアンナの綺麗な赤い栗毛色の髪を、宥《なだ》めるように優しく撫でる。

「エドワード君も、しっかり考えてくれているのねぇ。正式な交流会の案内を紙で出してしまったら、ジョアンナちゃんが戸惑って動けないのを、分かってくれているのね」

「お母様、それどういう意味？」

「ふふっ、なんでもないのよ。今度の王宮の舞踏会は、仮婚約者として初めての正式な出席になるから、ますます楽しみねぇ」

それを聞いて、またしても驚いた。そんな予定を立てた覚えは微塵《みじん》もない。

「待って、それ聞いてないんだけど……。というか今度の舞踏会って、確か明日《あす》じゃ――」

その時、中年執事が到着の知らせを告げにきた。聞き届けた母が「さっ、行くわよ」と言って動き出したせいで、ジョアンナは台詞を途中で遮られてしまった。

ぐいぐいと背中を押されて、先程帰宅した際にくぐったばかりの玄関へと逆戻りさせられてしまう。扉を出た先には、見慣れた馬車が一台停まっていた。

そこには、いつもより少しだけお洒落《しゃれ》をしたエドワードの姿もあった。質のいいジャケットは、先の色が違う茶金色の髪によく合っている。

「ああ、ジョアンナ」

こちらに気付いた彼が、琥珀色の獣目をふっと細めて呼んできた。まるで、『顔が見られて嬉しい』というような表情にも感じて、ジョアンナはらしくもなくドキリとした。

「まずは美味《おい》しいケーキを食べに行こう」

そう言いながら、向かってきた彼が少し背を屈めて、エスコートするように手を差し出してくる。

なんだか上機嫌な様子だった。美麗な顔には、普段あまり見ない楽しげな笑みが浮かんでいた。どうして急に外出しようだなんて誘ったの、とも言い返せなくなる。

ふと、好きだと言われた事が脳裏を過ぎった。

でも未来で、その隣に立っているのは自分じゃないのだ。

十年前の未来視を思い出して、どうしてかドキドキが静まっていった。もうこの距離感で、こうして笑い合えないのかもしれない。そんな想像が頭に浮かんで、今は、ただ差し出された大きなその手に触れたくなった。

そう感じている自分が、よく分からない。将来彼と結婚するのは私じゃないのにな、と思いながら、ジョアンナはエドワードの掌《てのひら》に自分の小さな手を重ねた。


少しもしないうちに辿り着いたのは、一軒のお洒落なカフェだった。

それは建物の一階部分にあって、上品な外観をしていた。ガラス窓に大きく『恋人限定カフェ』と書かれていて、ジョアンナのしんみりとしていた妙な感覚も吹き飛んだ。

　恋人限定、という堂々とした表記を見て足が止まった。どうしてか、以前あったルーガー伯爵の大騒ぎな祭りが思い出されて、隣に立つエドワードの方をチラリと見てしまう。

「……………あの、エドワード？　なんでここを選んだのか、訊《き》いてもいい……？」

「恋人限定だ。面白そうだろう」

　もしかしたら誰かにオススメされたのかも、と思って尋ねてみると、まさかの理由を即答されて困惑した。やりとりの流れが、なんだか先日のイベント時を彷彿とさせる。思わず「え」と固まってしまうと、「さて、行くか」と声を掛けられて手を引かれた。

　店内は、清潔感があってお洒落だった。他の客の姿は一人もなくて、時間帯によるのだろうかと不思議に思いながら、女性店員に案内されて中央のテーブル席に腰かけた。

　店内には、至るところに恋人へのサービスが書かれてあった。メニュー案内の張り紙には、これを注文したらこうしてみよう、と冗談か本気か分からないテンションの一文が加えられている。

　差し出された『本日のオススメケーキセット』のメニュー一覧にも、恋人同士のやりとりがレパートリー豊富に綴《つづ》られてあった。こんなに多種多様のネタを、一体どこから持って来たんだろう。思わずじっと見つめてしまうと、女性店員が笑顔でこう教えてきた。

「恋の伝道師に書いて頂いたのです。しかも、すべて直筆ですよ」

「…………、ん？」

ジョアンナは、なんと返せばいいのか分からないでいた。恋の伝道師ってなんだろう。これって、そもそも面白半分で書かれた個人の妄想の産物なのではないだろうか？

「参考にしたいとする殿方様も、多くいらっしゃいますよ。昨年も、とある公爵様がご熱心に紙に書き写しておりました。ご本人様は『鬱陶《うっとう》しい馬の特訓メニュー表だ』と不思議なご回答をされておりましたが、きっと大切な女性がいるのでしょう」

髪を撫でるだとか、近くから見つめ合うだとか……はたして、コレを本気で参考にして特訓しようとする大人はいるのだろうか？

話を聞きながら、疑問と困惑ばかりが頭に浮かんだ。

ひとまず、オススメだというケーキセットを二人分注文した。先に紅茶が運ばれてきたので、両手でティーカップを持って少し口にする。

チラリとエドワードの様子を窺ってみると、向かいの席で足を組んで座っていた。どこか思案気に床を見やっている。持ち前の美貌もあって、慣れたように紅茶を飲む姿も品があった。

「エドワード……？」

いい紅茶の香りを感じながら、ジョアンナはそう切り出した。

「そういえば、この唐突なお誘いにも驚いたんだけど、舞踏会の出席の件もさっき初めて聞いたのよ」

「俺が急きょ入れたわけじゃないよ。招待状は前もって来ていた。こそこそと君が事件を追っていた間だったから、俺と同じように君の両親も言うタイミングを逃したんだろう」

彼が視線も寄越さないまま、ぴしゃりと言ってきた。前もって用意していた台詞のように口を挟む隙《すき》もなかった。そうやって言葉多く説明してくるのも、珍しい気がする。

その時、ケーキセットが運ばれてきた。大人が目でも楽しめる上品な盛り付けで、クリームがたっぷり載った三種類のケーキが並べられていた。

なんて美味しそうなんだろう。目の前に置かれたケーキを目に留めて、ジョアンナは濃い藍色の瞳をキラキラとさせた。あまり興味がなさそうに一口つまむエドワードの向かいで、一つ目の白いケーキの方を味見すべくパクリと口に運ぶ。

ケーキは驚くほど柔らかかった。口の中に入れると、ふわふわのクリームと一緒になって舌の上で甘く蕩《とろ》けていく。食べるたびに甘い幸せに包まれて、思わず頬が緩んだ。

二つ目はチョコケーキだ。そう思って口に運ぼうとしたところで、ふと向けられている視線に気付いた。エドワードが、こちらが食べている様子をじっと見ていた。

「どうしたの？　食べないの？」

ジョアンナは、彼が動かしもせず持っているフォークを指してそう言った。皿にあるケーキも、まだ一つ目が少しだけしか食べ進められていない。

すると、エドワードが秀麗な眉を、少しだけ弱ったように寄せた。

「その……俺が、君に──」

珍しく言葉を詰まらせて、そのまま彼が視線をそらしていった。

普段から、甘えるような態度を取らない偉そうな幼馴染みだ。ジョアンナは、本日オススメのメニュー表に『恋人に「あーん」してあげよう！』と、小さく書かれている事には気付かなかった。まさかそこに苦悩しているとも思わず、大丈夫かしらと少し心配になる。

「…………くッ、せっかく貸し切りで店を押さえたというのに、食べさせるだけの事がスマートに切り出せないとは……！」

実際にやろうとしたら、これまでの自分のプライドが邪魔をする──エドワードの震える呟きは、俯いたその口の中に消えていた。

女性の扱いが上手い紳士の皮も、特別な女の子の前では役に立たなくなる。しかし、そんな事情よりも、目の前のふわふわのケーキの方が彼女の興味を引いた。

じっとしていられなかったジョアンナは、二つ目のケーキを口に入れていた。舌の上で蕩ける甘さを数口分堪能してから、向かいの席にいる幼馴染みへ目を戻す。

こんな風に、彼と外でケーキを食べているのが不思議だった。エドワードがこうして自分と過ごしている風景が、どうしてかいつもよりワントーン明るく見えて、顰め面を床の方に向けている彼の長い睫毛《まつげ》まで目に留めてしまう。どの角度から見ても、綺麗な人だと思った。

先日、彼に、家族になりたいくらい好きだと言われた。

もし未来が決まっていなかったとしたら、とぼんやり想像して――そう言われた言葉が、本当だったら良かったのに、と思った。

その直後、ジョアンナはハタと我に返った。なんだか乙女《おとめ》的な事を考えていたようなと気付いて、じわじわと身体が熱くなる。自分と結婚する人ではないと分かっているのに、どうして夫婦になるような未来なんて想像してしまったのか。

その時、エドワードの目がこちらを向いてドキリとした。手が伸びてきたかと思ったら、流れるような仕草で唇の横を指先で拭われた。

「君がクリームを付けてじっとしているなんて、珍しいね」

椅子《いす》から少し腰を上げた彼が、不思議そうに言った。

触れられた場所が、熱を残しているみたいにじんっとして、何故かふつふつと体温が上がるのを感じた。やけに綺麗な顔が近いとか、普段ではあり得ないところまで意識してしまう。

「ジョアンナ？　手も止まってしまっているみたいだけど、一体どうし――」

「あああああああのッ！　とても美味しいと思って感激していただけで、なんでもないのよ！　だからエドワードにもあげるッ」

頭の中で想像していた事がバレるんじゃないかと、恥ずかしさがピークに達して混乱した。気をそらさなくちゃと気持ちが焦り、その問い掛けを遮って彼の口にケーキを押し込んでいた。

琥珀を思わせる美しい獣目が、小さく見開かれるのが見えた。

ふっと冷静さが戻って、ジョアンナはさぁっと血の気が引いた。先日の茶会で『食べさせてあげようか？』と子供扱いされた事を、自分が今、七歳も年上の彼にやってしまっている。昔から『俺の方が年上だ』と言っていた幼馴染みだ、きっとドSな報復をされてしまう。そう思い至って、怯えからぶわりと瞳を潤ませた。

「ぴぎゃあああああ!?　悪気はなかったのよ咄嗟に手が動いちゃったと言うか……っ、子供扱いして食べさせて本当にごめんなさい！」

こちらを見ているエドワードが、瞬きすらしてくれないのが怖くなって謝罪した。なんと言って弁明すればいいのか分からなくなり、ますます涙目になる。

すると、不意に彼の方から、ブチリ、と何かが切れる音がした。

「――なら、責任を持って最後まで食べさせてもらおうかな、ジョアンナ？」

唇に残っていたクリームを舐め取った彼が、ギラギラとした目でそう言った。威圧感たっぷりの美麗な笑みを、にっこりと浮かべている。

普段の調子が戻ったかのような表情を見て、どうしてか強い警戒心を覚えた。思わず「ぴぎゃ」と声をこぼして怯えると、彼の獣目の奥の熱が増してテーブル越しに顔を近付けられた。

「動けないと言うのなら、君はその手にケーキを載せるだけでもいいよ」

「え……？　あの、形も崩れちゃうし、クリームでべたべたになるだけで、私の手はお皿代わりにはならないと思うのだけれど…………、そもそもどうやって食べるの？」

ジョアンナは、今にも涙がこぼれそうな目で見つめ返していた。変な要求だと思って問い返したら、彼が手を伸ばして顔に触れてきた。

フッと、その美しい微笑が深まって、ギラギラとした怖い感じが一層増した。

「君の手を傷つけてしまわないように、俺が口だけで綺麗に食べてあげるよ。丹念に舐めて、クリームも残らず全部、美味しく頂こう。――断然そっちの方が、俺には魅力的だ」

そう言いながら、あやしく目尻をなぞった彼がにっこりと笑う。

その笑顔を見た瞬間、背中を悪寒が走り抜けた。よく分からないけど、怖い感じがする。恐らくは子供扱いされたのが、それほどまでに嫌だったに違いない。

「ぴぎゃあああああッ子供扱いして本当にごめんなさい！」

ジョアンナは、本気の泣き顔で謝った。椅子ごと思いっきり後ろに引いて、片頬を包んできた手からも逃れる。

すると、エドワードが我に返ったかのように停止した。視線を逃がすと、ゆっくりと姿勢を戻して組んだ手に額を押し付けた。

「…………距離感を縮めようと思っていたのに、ここで理性に押し負かされてどうする……三日前の嬉しい誤算のせいで抑えがきかないとか、どんだけ好きなんだ…………」

彼が、何やらぶつぶつと口の中で呟いている。よくは聞き取れないでいたものの、視線が外れてくれたジョアンナは、ほっとして椅子を元の位置に戻した。

どうやら意地悪はやめる事にしたらしい。それにしても不思議な嫌がらせを考えるものだと思い返して、フォークを取り直した自分の手と皿に残っているケーキに目を往復させる。

「――いや、次の場所がある。そこで挽回する」

「エドワード？　さっきから珍しく独り言？」

怒りは去ってくれたみたいだけれど、と思いながらケーキをパクリとした。

こちらを見たエドワードが、小さく安堵するみたいに息を吐いた。涙も引っ込んだ目をきょとんと向けると、「ケーキカフェにして良かった」とまたしてもよく分からない独り言をされた。

「ジョアンナ。このケーキを食べたら、少し散歩しよう」

元の自信溢れる笑顔に戻った彼が、そう誘ってきた。

※※※

店を出ると、「行こう」と軽く手を取られた。

率先して手を引いているところからしても、やっぱりエドワードはどこか楽しげだった。いつも仕事で忙しくしている彼と、こうして外をのんびりと歩くのも滅多にない。

「お仕事は大丈夫なの？」

「時間は取ってあるよ。近くだから、このまま少し歩こう」

どうやら、前もって予定していた場所でもあるらしい。握られた手からは、どこかわくわくしている様子が伝わってきて、ジョアンナは不思議に思いながらついていった。

連れて来られたのは、国立劇場館の近くにある多目的広場だった。人の行き交いも多い場所にあり、敷地は円形上のカラフルなレンガで区切られている。日々、路上パフォーマンスや憩う人で賑《にぎ》わい、絵描きや詩人が個人販売の活動を行ったりしていた。

広場の中央には、各企業の支援によって設置された仮設舞台があった。申請をすれば、誰でも自由に使用出来るものだった。歌や演劇や演奏、また市民グループや民間企業のイベントでもよく活用されている。

エドワードは、迷わずそちらに向かっていった。手を引かれているジョアンナは、近付いてきた仮設舞台の前を見て目を丸くした。そこには憩いの場に不似合いな、厳格なオーケストラ衣装でバッチリ決めた演奏家達が、椅子や譜面も設置してズラリと並んでいた。

奏者達の前に立っていた細身の指揮者が、チラリとこちらを見た。細いカール状の口髭《くちひげ》をはやしていて、誇りを持っていると言わんばかりに背筋は伸びている。

「それではいきますよ、皆さん」

前に向き直った彼が、そう言うと「ふっほん」と甲高い咳払《せきばら》いをしてから指揮棒を構えた。小さくリズムを踏んだかと思うと、その指揮棒が大きく振られた。

その直後、周囲を圧倒する大きな音が奏でられ、ジョアンナは仮設舞台の前で「ぴぎゃっ」と小さく跳び上がった。しかし、両手で耳を塞ごうとした直前、流れ出したメロディーを聴いて涙も引っ込んだ。

「……これって、お祭りで流れたりする大衆音楽……？」

小楽団が、路上や店で行っている事が多いものだった。それをオーケストラ団体がやるのは珍しく、広場内にまばらにいた人達も、その選曲は意外だったという目を向ける。

めかし込んだ演奏家達は、ビシリと決めた格好からは想像もつかないノリノリな曲を奏でていた。仮設舞台からそんなに遠くない位置で、地べたに座っていた絵売りの中年男達が「こりゃあいい」と笑って立ち上がると、陽気にステップを踏み始めた。

広場内にいた人族の芸術家達が、よれよれの服装で見事な宙返りまで決める。仮設舞台に向かって走っていた獣耳の男の子達が、「すげ――――っ！」と歓声を上げた。近くにいた詩人グループも参加して、息ぴったりの集団演舞が開始され通行人の一部がざわついた。

演奏音が、更にハイテンションな曲調に変わる。

仮設舞台を見ていたジョアンナは、思わず「えっ」と声を上げた。派手な衣装に身を包んだ男達が、重い足取りで舞台上に登場してくるのを見て、他の見物客達も目を丸くする。

「一体なんで、というか……えええええええッ、あれってフィップさん達じゃないのッ！」

それが見知った男達だと気付いて、驚愕《きょうがく》と混乱でそう叫んだ。

舞台上に現れた男達は、好感度上げ作戦という、くっだらない社長命令に巻き込まれたエドワードの部下——フィップ達だった。彼らは今、女性用ドレスを超える驚異的な明るい配色の、襟元までたっぷり着飾られた個性的な格好をしていた。

だいぶ凝った衣装は、どこで買えるのか気になるレベルの逸品だった。裾《すそ》部分にはキラキラとしたレース、足元は光沢を持った色違いのズボンだ。腰には、ボリュームのある鳥の羽がゴージャス感を漂わせて広がっている。

とにかく派手だ。かなり目を引く格好である。

ジョアンナだけでなく、直前まで騒いでいた男達も釘付《くぎづ》けになっていた。多目的広場の外側からも、気付いた通行人達が「え、何アレ」と小さなざわめきを上げ始める。

衣装が衝撃的なのは、着ている本人達もよく分かっていた。舞台に出てきた彼ら自身、今にも死にそうな顔をしていた。

「なんで俺達、例の鳥野郎上司の時みたく、踊り部隊させられてんの……？」

全員が配置場所に立ったところで、中央にいる一番大きなピーターがボソリと言う。

「悪夢再来だな。まさか、またこの衣装を着る事になろうとは」

「うちの社長って『鷲』だよな？　そのはずだよな⁉」

リックがそう口にしながら、頭の上の七色の羽飾りを振って隣の同僚を掴んで揺らした。肩にキラキラとした長い飾り付けまでされているその同僚が、何もかも諦《あきら》めきった笑みを浮かべて口を開く。

「多分さ、あの鳥上司が『ここは俺の出番か！』と、社長にアドバイスした可能性大」

「あの人、ほんと余計な事しかしないよな。俺、切実に今の部署から変わりたい」

「社長命令だ、諦めよう。……あの時より飾りが増したとか、今そんなの考えたら心が折れる」

フィップがぶるぶる震えながら、自分に言い聞かせるようにそう言った。

目の前の舞台でかわされている会話から、彼らを今の状況にしたのが誰であるのか察せた。

嘘でしょ何やってんの、と目を向けたジョアンナは、苛立ちマックスのドス黒いオーラを背負っている幼馴染みが目に留まり「ぴぎゃっ」と叫びかけた口を咄嗟に塞いだ。

エドワードは、舞台上で立ち尽くしている彼らに極寒の眼差しを向けていた。気付いた部下達が視線を返すと、親指を首の前で横に滑らせて『今すぐやれ』と指示を出す。

それを見たフィップ達が、命の危機と言わんばかりに一斉にポーズを取った。ジョアンナや見物人達が「は」と呆気に取られて見つめた数秒後、彼らは明るく激しい曲に合わせて一糸乱れぬ動きで踊り始めた。

それは、プロも驚くようなキレッキレのダンスだった。多目的広場の外にいた全通行人が、思わずといった様子で足を止めて――誰もが深刻そうに固唾を呑んで見守っていた。

踊っている彼らはかなり真剣そうで、全く楽しそうではなかった。無の境地だと自分に言い聞かせるように、唇を引き結んだ無表情を貼《は》りつかせている。それはハイテンションな音楽と雰囲気の落差がありすぎて、異様な光景と化してしまっていた。

多目的広場の内外から、戸惑うようなざわめきが広がり始めた。少ししないうちに周囲一帯が騒然となって、少し離れた所に停まっている黒塗りの馬車の前で、胸板の厚いダンディーな獣人貴族――ディーイーグル伯爵が、大笑いする声もかき消された。

「あーっはははははは！　ぶぷぅッ、俺の息子の恋愛期がクソ面白すぎる！」

腹を抱えて爆笑するその隣には、『社交界のドSトリオ』の姿があった。若き蛇公爵が「確かに、来た甲斐《かい》があったな」とニヤリとすると、長髪の一角馬騎士《ユニコーン》も「あははは、面白い展開だ」と言って笑う。

唯一楽しんでいる三人の存在にも気付かず、引き続き観覧しているジョアンナと観客達は、もはや『公開ドSショーなのだろうか』という表情を浮かべていた。踊っている当人達も、まさにそう感じているような目をしてリズムを踏んでいる。

「でも哀《かな》しいかな」

動きを揃えて踊るピーターが、真剣な表情で言う。

「楽しい曲が流れていると、種族的に身体がノリノリで踊っちまうところ、マジでどうにかしたい。俺、こう見えて真面目キャラなんだぞ」

「俺も種族的に楽しく感じ始めているんだけど、これ多分、終わった途端に死にたくなるアレだろうなって思ってる」

「ピーター達と違って、僕は『歌い鳥』なんだけどおおおおおお!?」

「泣くなよフィップ、なんだかんだ言ってターンもバッチリ決まってるぜ。どんまい」

そんな彼らのダンスは、最後に派手なポーズを決めて終了した。

演奏音が止《や》んだ場に、戸惑いと同情と困惑のざわめきが上がった。真面目な表情でポーズを決めたままでいた彼らが、そっと両手で顔を押さえたかと思うと「……ドSな上司が嫌だ」「うぅ、ド鬼畜すぎる」「死にたい」と手の内側にこぼして震える。

それを見たジョアンナは、ゴクリと息を呑んだ。やっぱりドSなところは、あの頃《ころ》とちっとも変わっていないらしい。

そう思って問題の幼馴染みへ視線を戻してみると、深く溜息をこぼしながらしゃがむ姿が目に留まった。エドワードは視線も返してこなくて、くしゃりと前髪をかき上げる。

「なんか、すごく珍しい感じがするわねぇ……。どうしたの？」

「その間延びした感じの言い方、君の母親にそっくりだ」

どこかやけになったような口調で、彼が視線を合わせないままそう言った。

すねている子供みたいだ。そう感じるような態度をしているのも珍しくて、ジョアンナは同じようにしゃがむと、そらされた彼の横顔を覗き込んだ。

「一体どうしたの？　話を聞いてあげるから、どういう事なのか教えてくれない？」

「…………俺の方が年上なのに、そんな風に言われるなんて変な感じだ」

「それ、昔も聞いたわね」

確か、成長変化が終わった時だった気がする。そう思い返していると、エドワードがややあってから、当時と同じようにぽつりと口を開いた。

「…………こうすれば、君が楽しんでくれると思ったんだ。この前も、その前も泣かれてしまったから、俺なりに頑張って考えたつもりだった」

ざわついていた周囲の人々が、それを聞いてハッとしたように口を閉じた。彼らと演奏家達が見守る中、舞台上にいたフィップが涙ぐんだ。

「知らなかった。社長って、恋に対してはめっちゃ不器用なんですねぇ……」

彼が理解を深めるように、もう一度「そうだったんですねぇ」と呟いた。そのそばでピーター達も、なら仕方ないなと思うような表情を浮かべる。

ジョアンナは、やや弱った様子のエドワードを見つめていた。しんみりとした場の空気の中で、唐突ににっこりと笑う。

「なぁんだ、やっぱりそうなのね」

そうあっけらかんと言う声を聞いて、周りの人々が「は……？」と呆気に取られた声を上げた。そんな中、彼女はあの頃と変わらない青空を見上げる。

「もう、十年以上隣にいるんだもの。そういう優しいところがあるのも知ってるわ。まぁ最近になって、エドワードも大人になったんだなぁって気付かされたというか」

いつの間にか自分は、この腹黒い幼馴染みを『大の苦手』と感じなくなっていた。仮婚約者として交流しながら過ごす中で、それに改めて気付かされたというべきだろうか。馬車の中で一緒にいた時、とても安心して眠れたのも、彼がそばにいてくれたからだろう。

ああ、好きだな、と思った。

結婚するのなら、貴方《あなた》がいい。ずっとそばにいてくれればいいのに。

そんな言葉が浮かんで、ストンと胸に落ちてくる。それをハッキリ実感したジョアンナは、ああ、なんだ、と思って苦笑してしまった。

夫婦として一緒に暮らしても全然構わないくらい、私は彼のそばが心地いいと感じているらしい。でもこの幼馴染みは、知らない誰かと結婚してしまうのだ。

「──……私を楽しませようとしてくれて、ありがとうエドワード」

これまで、ずっとそばにいてくれてありがとう。

そんな想いを込めて口にした。気恥ずかしくて、面と向かって『ありがとう』とは言えなかった。好きだと分かったせいか、笑顔もふにゃりと柔らかくなってしまいそうだ。

「意外なサプライズには、少しびっくりしちゃったけど。普段は会社に行った時にチラリと見掛けるだけだったから、こうして賑やかな部下さん達を少しでも知れたのも嬉しかった」

この先、本当の運命の人が現れて、彼にとって自分が一番じゃなくなったとしても、勝手に悲しんだり怒ったりしない。大切な幼馴染みとして、その幸せを願い続けよう。

そう決めたら、不思議といつものような涙は出てこなかった。

それもこれも、十年も前にショックを受けていたからだと、今更になって気付く。初めて出会った時、本当は『なんて綺麗な男性《ひと》なんだろう』と思って父の後ろから見ていた。だから、背中にある翼に気付くのにも少し遅れてしまった。

「みんな、ずっとエドワードについてきてくれているのねぇ。踊りも、とても上手だったわ」

そんな事を思いながら、ジョアンナは話を終えた。

舞台上にいるフィップ達に、お疲れ様と労《ねぎら》いを込めてにっこりと笑いかけた。どうも、と言うようにはにかんだ彼らが同じ方向を指してきて、自分だけが話し続けてしまっていたと気付いた。

ようやく隣に目を向けてみると、そこにはしゃがみ込んだまま沈黙しているエドワードがいた。地面を向くように顔を伏せていて、珍しくじっとしている。

「どうしたの?」

気になって声を掛けてみた。彼が何も言わないまま、ゆっくりと口許を手で隠す。そむけられたその顔が薄らと赤くなっている事に気付いて、ジョアンナは大きな目を丸くした。

「……………それ、反則だ。なんで君、そんなに可愛いの」

目元まで赤くした彼が、照れ隠しのような顰め面で手の内側に言葉を落とした。

こんな表情を見るのは初めてだった。一体何をどう『可愛い』と指しているのか分からないけれど、本気でこちらを可愛いと感じて、あの彼が白状して恥ずかしがっているのだ。

そう察した瞬間、ジョアンナもぶわりと赤面してしまった。耳まで恥じらいに染めて、潤った濃い藍色の瞳が年頃《としごろ》の愛らしい少女さを強くする。

二人の恥ずかしがる空気を前にして、フィップ達や傍観者達は微妙な沈黙をたもっていた。立派な演奏家達が、プロ意識を起こして帰り支度に取り掛かった事に気付くと、自分達もひとまず解散しようかと目配せして、そろりそろりと足を動かし始める。

そんな周囲の事も目に入らない様子で、エドワードが照れ隠しの顰め面をチラリと向けた。

「ジョアンナ、どうして俺以上に恥ずかしがってるの。そんな顔をされたら、こっちの熱も余計に引かなくなるんだけど？」

「だってあの、その、エドワードが『可愛い』だなんて言うから」

ジョアンナは、彼の顔も見られなくなって、目を落としてそう答えた。

体温が上がって、体中がほかほかとして熱い。自分は可愛くないのに、どうしてそんな風に感じてくれるのか分からない。そのうえ、滅多にない弱った表情と態度をした今の彼が、とてもキラキラとして素敵に見えてますます混乱した。

やっぱり好きだと自覚したせいなのだろうか。そう思ってドキドキして俯いていると、エドワードがしゃがみ込んだまま横顔を覗き込んできた。

「何、俺を意識してるの？」

「そっ、そそそそんなんじゃな――ッ」

思わず、視線を落としたまま叫びかけた時、不意に「ジョアンナ」と名を呼ばれた。

落ち着いた声色で続く台詞を遮られて、今にも逃げ出したい混乱がピタリと止まった。目を上げてみると、まだ少し照れ臭そうなエドワードが、少年みたいな笑みをこぼすのが見えた。

「緊張して、いつもみたいに話せなくなる方がもどかしいよ。君は？」

「うん……、私も普段みたいに話したいわ」

「よし。それなら、まだもう少し時間はあるから散歩を続行しよう。今は翼はないけど、それでも君を笑わせるくらいなら出来る」

そう言いながら、立ち上がった彼が手を差し出してきた。

「俺が君をおんぶしてもいいかな」

続けてそう提案してきた。近くの公園の花も満開なので、そこを見てくるのも面白そうだと誘ってくる。

こちらを気遣って、緊張を解《ほぐ》してくれようとしているのだと察して、ジョアンナは嬉しさと切なさで胸がぎゅっとするのを感じた。いつか自分が彼の一番でなくなる前に、まだもう少しだけ、彼にとって大切な幼馴染みの女の子でいたくて、その手を取った。

しゃがんだ彼の背に乗ってすぐ、そのまま軽々と背負われた。

大きな背中から見える風景は、普段見ているよりも随分高くて新鮮だった。促されるがまま

腕を回して、しっかりしがみつく。高い体温が熱いくらい伝わってきて、安心感に包まれた。

「ふふっ、落っことしたりしないでね」

「昔もそう言われっけ。俺が落とすはずがないだろう」

当時と同じ台詞を返してきたエドワードが、少年みたいに笑って軽い足取りで走り出した。いつになく上機嫌で楽しそうだった。当時は抱えられて空を飛んでいたのに、立派な翼があったその背中に、今、こうして自分が背負われているのを少し不思議に感じた。

エドワードが、当たり前みたいに地面の上を走っている。でもその背中で受ける風は、一緒に空を飛んでいたあの頃を思い出させて、なんだか楽しくなってきて――。

いつの間にかジョアンナも、彼と同じように難しい事を考えず笑っていた。

終章　巡り合えたそれが、運命だったとしたのなら

仮婚約の『交流デート』というものをした翌日、ジョアンナは朝からそわそわしていた。

今日《きょう》の夜、王宮で舞踏会が開催される。それに出席するにあたって、生まれて初めて他《ほか》の令嬢達と同じく着飾る事を決めたのだ。昨夜から使用人達のテンションも高く、「ようやく全力でお嬢様を綺麗《きれい》に出来るんですね！」と活発的だった。

それを一番に喜んでくれたのは、勿論《もちろん》両親だった。それを伝えてからずっと、顔を合わせるたびに舞踏会の話題をされた。

「ジョアンナちゃんが、前向きで良かったわ。今回も嫌がられたら、どうしようかと思っていたのよ。うふふ、着飾らせてくれるなんて嬉《うれ》しいわ」

「僕も、お見送りのために急きょ休みを入れたくらいだからね。アレックス君も楽しみにしていると言っていたよ。彼も出席するようだから、王宮に行ったら会えると思う」

父と母は、リビングでもそんな会話をしていた。

屋敷中が賑《にぎ》わっているおかげで、ジョアンナは緊張を忘れられなくて落ち着かなかった。使用人達が準備に動いている姿を見ると、いつもはない慌ただしさを実感して胃がキリキリする。読書なんて出来るはずもなく、意味もなく屋敷の中を歩き回ったりした。

自分に自信がなくて、昔から髪型は変えた事がなかった。年頃《としごろ》になっても、かなり量のある錆《さび》色の髪をゆったり三つ編みにして顔の横を隠し、前髪はしっかり額に下ろしている。

それでも今回、髪を結い上げて化粧もきちんとする事にした。

きっかけは、昨日《きのう》のエドワードだった。こんな自分を可愛《かわい》いと感じてくれている彼を思って、挑戦してみようと決意したのだ。だって、これが最初で最後の舞踏会かもしれない。

「……………うぅっ、でも決心が揺らぎそう」

夕刻を過ぎた頃《ころ》、ジョアンナは階段脇《わき》にしゃがみ込んで涙目になった。

もう緊張はピークに達してしまっている。それなのに部屋に上がろうとした直前、衣装らしき生地が覗《のぞ》く箱やら装飾品が私室に運び込まれる様子を見てしまったのだ。

こんな自分に似合うわけがないのに、どうしようと不安になる。きらびやかな王宮の夜の舞踏会で、笑われてしまうのではないかと想像して気分は沈んだ。

すると、メイドの一人が階段の中腹で足を止めた。いつの間にか階段を上り、自分の部屋の方を窺《うかが》っている華奢《きゃしゃ》なジョアンナの後ろ姿を見つめる。

「お嬢様、こんなところで何をなさっているのです？　またかなり目立っておりますけど、いつもの探偵ごっこですか？」

「………………ん？　また目立ってるって、何が……？」

唐突に掛けられた言葉の意味が分からなくて、数秒ほど考えてしまった。メイドがにっこりと笑って、「こちらへどうぞ」と案内の言葉を述べてから続ける。

「気付いていないのなら、それでいいんですよ。旦那《だんな》様もエドワード様も、好きにさせておいていいとおっしゃっておりますし。私達も、元気いっぱいだなって感じで好きです」

そのまま私室に連れられてしまい、尋ね返す暇もなかった。入室した途端、用意を整えながら待っていた母が、他のメイド達と揃《そろ》ってこちらを振り返ってきた。

室内は、沢山の支度道具で溢《あふ》れていた。化粧台にあるイヤリングやネックレスといった装飾品が目に留まって、ジョアンナはくらりとしてしまう。

「あら、ジョアンナちゃんどうしたの？　緊張で死にそうな顔をしているわねぇ」

まさにその通りなんですよ、お母様……。

すぐに声が出なくて、思わず表情だけでそう訴えた。不安すぎてまたしても涙目になっているのを見た母が、「あらあら、まぁまぁ」と口許《くちもと》に手をあててから微笑《ほほえ》む。

「大丈夫よ。こちらへいらっしゃい、まずはお着替えをしましょうね」

量が多すぎて、風呂上がりもリボンで三つ編みにしている髪をメイド達に解《ほど》かれながら、ジョアンナはスカートを握り締めた。視線をそらした先に、多くの化粧道具があるのが目に留まる。

笑われたりしないかしら、と猛烈に不安になる。どうにか緊張をそらそうと思って身じろぎした時、ふと、ドレスがかけられている場所にカーテンが引かれている事に気付いた。

不思議に思って見ていると、どのイヤリングがいいか選んでいる母がこう言ってきた。

「舞踏会が楽しみねぇ。仮婚約者としては初めての出席だもの。エドワード君からは、急で時間が合わなくて現地合流になってしまったのは申し訳ない、って伝言をもらっているわ」

やはり今回の舞踏会参加は、急な決定であったらしい。

仕事が多忙なのに、そこまでして今日の舞踏会に出たかったのだろうか。そうジョアンナが小首を傾《かし》げる様子を見て、母はメイド達と一緒になってこっそり楽しげに笑う。

「実はね、今日届いたドレス一式は、エドワード君が贈ってくれたものなのよ」

娘へと目を戻して、彼女はそう告げる。

ジョアンナは、びっくりして「えっ!?」と声を上げてしまった。メイド達が衣服を外す作業にとりかかる中、思わずカーテンが引かれている衣装掛けへ、素早く目を向けてしまう。

「………これって、エドワードが私のために用意してくれた物なの……？」

「うふふ、そうよ？　デザインも生地も、一から全部彼が考えた物なの。あなたと仮婚約をした後、どうか自分の方で準備させてもらえませんかと、そう頼みに来ていたのよ。いつか舞踏会に出席する事になったら、あなたに着せたいからって」

自分のために用意されたドレス、と聞いてドキドキした。

こんな風にサプライズするなんて、いつもの意地悪なエドワードじゃないみたいだ。自分はヒロインになんてなれない女の子なのに、その嬉しいプレゼントを、とてもロマンチックに感じてしまう。

探偵小説を読むのも好きだけれど、恋愛小説だって読む。まるでそれは、どこかで読んだ素敵なお話のワンシーンみたいに、ジョアンナの心に熱を灯《とも》してトクトクと脈打たせた。

「ジョアンナちゃん。用意されたドレスを見る楽しみは、最後に取っておきましょう」

だから終わるまでは目を閉じていて、と母に言われた。

カーテンで隠しているのは、そのためであったらしい。初めての髪型や化粧の事もあって、止まらないドキドキを感じながら、ぎゅっと目を閉じた。

支度を整えられている間、エドワードの事ばかり瞼《まぶた》の裏に浮かんだ。こんな特別な女の子みたいに優しくされたら、諦《あきら》めきれなくなるじゃないのと、ドレスを着せられた時に胸が苦しくなった。結婚して一緒に暮らしたいという彼の言葉を、素直に受け止めたくなってしまう。

もう少しだけ、好きなままでいてもいいの？

こんな私でも選んでくれるかもしれないと、そうほんの少しでも期待していいの……？

「あらあら、ジョアンナちゃん、どうしたの？　涙がこぼれているわよ」

目を閉じていると、そう言う母の声が聞こえて目元を拭《ぬぐ》われた。

「大丈夫だから緊張しないで。前髪を半分上げて、邪魔にならないように少しセットしただけよ。結い上げたから首周りに違和感はあるかもしれないけれど、大丈夫。とっても可愛いわ」

「お嬢様、お化粧をお直ししますので、そのまま目を開けないでいてくださいませ」

涙が出たのは、緊張のせいだと思われたようだ。

後ろから、母に宥《なだ》めるように肩を撫《な》でられて、ジョアンナは自分を落ち着けた。エドワードからもらえたドレスが、とても嬉しくて、スカート部分を握り締めるなんて出来なかった。

「さっ、目を開けていいわよ、ジョアンナちゃん」

そう声を掛けられてようやく、そっと目を開けてみた。

目の前にある全身鏡を見た。そこに映し出された姿に「あ」と声が出た時、扉の開閉音があがった。「もう支度は整ったのかい？」と言って、父が入室してきた。

「ああ、とても素敵だね、僕の可愛いジョアンナ。とっても綺麗だよ。やっぱり顔立ちはジュリーにそっくりだなぁ」

「あら、目元はハンサムなあなたにそっくりよ。女の子だから、愛嬌《あいきょう》があってとても可愛いの」

「おや。僕に愛嬌はないのかい？」

「あなた、若い頃は尖《とが》っていたところもあったじゃない」

そんな両親のやりとりを聞きながら、ジョアンナは鏡から目をそらせないでいた。

きちんと化粧がされた顔は、幼さの垢《あか》が抜けかけていて、小綺麗な両親と顔立ちが似ている。睫《まつ》毛《げ》もパッチリとなった濃い藍《あい》色の大きな瞳《ひとみ》と、色を添えられた蕾《つぼみ》のような小さな唇。少し前髪が下ろされただけで、ハッキリと見えるようになった形のいい額――。

鏡の中から、不思議そうにジョアンナを見つめ返しているその少女は、上品な琥珀《こはく》色を基調とした美しいドレスに身に包んでいた。

白く華奢な肩が覗いていて、小振りな胸元からウエストまでしっかりと締められ、ほっそりとした腰のラインをうまく描いている。スカート部分には数種類の生地がふんだんに使用されており、装飾品によっても引き立てられて、室内の明かりだけでもキラキラとして見えた。

「嘘《うそ》でしょう……？」

ジョアンナは、思わずそう呟いてしまった。

鏡に映し出されていたその少女の姿は、十年前、両親から婚約を勧められた際【未来視】で見た、あの『着飾った綺麗な令嬢』だった。

※※※

馬車で送り届けられる間も、ジョアンナはドキドキが止まらないでいた。待ち合わせている夜の王宮に到着しても、緊張で落ち着かないままだった。

会場の入り口が見える、第二門扉の停車場広間で下車した。知らされていた開催時間に間に合わせて来たはずなのに、既に馬車の乗り降りをしている者の姿はなかった。

広々とした階段の向こうの建物を見てみると、閉められた大扉の隙間《すきま》から賑《にぎ》やかな声と灯《あか》りがこぼれていた。他の参加者は、既に全員会場入りしてしまった後みたいだった。まさかと思って係りの男に尋ねてみると、そうだという返答があって驚いた。

慌てて辺りを見回した。彼の他に係りの人間の姿もなく、珍しく衛兵や騎士も立っていなかった。しかも、なんだかいつもより辺りの照明の数が少なくて薄暗い。

緊張していたところだったジョアンナは、いよいよ不安まで煽《あお》られて涙目になった。

「嘘っ、私、もしかしてそんな大遅刻を……!?」

「落ち着いてください、ジョアンナ・アンダーソン様。遅刻などではございませんから、ご安心を。仮婚約者様がお待ちですので、どうぞ、このままお進みください」

名乗っていない状況で正確に指摘された。けれど、もしかして遅刻してエドワードを待たせてしまっているのでは、という焦りもあって気付かなかった。

係りの彼に礼を告げて、いつもより道しるべの照明が頼りない通路を進んだ。

会場入り口へと続く階段まで、あともう少しの距離にきたところで、ジョアンナは「あ」と声を上げて立ち止まった。

月明かりも小さな夜なのに、捜していた人の姿がパッと目に飛び込んできた。階段を上がった先の廊下の柱から、エドワードが出てきて真っ直《す》ぐこちらに向かってくる。

端整な顔立ち、どんな仕草をしていても品がある引き締まった細身の身体《からだ》。少し整えられた茶金色の髪は、やや長い髪先の部分の色が羽のように違っている。濃い藍色の上品な服に身を包んでおり、胸元のさりげない飾りやネクタイピンもよく似合っていた。

目の前に立った彼が、こちらを見下ろして微笑んできた。凛々《りり》しさのある切れ長の美しい琥珀色の獣目は、今日に限っては気性の強さよりも、優しさが漂っているように感じた。

その笑みは優しげで、男性なのに綺麗だという感想が浮かんだ。色気をまとっているようにも思える大人《おとな》の彼が、とても素敵に思えてジョアンナはドキドキした。

つい、見惚《みと》れてしまっていると、エドワードが紳士らしく胸に手をあてて挨拶《あいさつ》してきた。

「ジョアンナ、とても綺麗だ。よく似合ってる」

「あのっ、……えっと、ドレスをありがとう、エドワード。あなたもとても素敵よ」

恥ずかしくなって目をそらしたら、そっと左手を取られて、手の甲の求婚痣《きゅうこんあざ》に口付けられた。

意識してしまっているせいか、その熱を強く感じて指先がぴくっとはねた。ただの『社交の挨拶』なのに、それさえ嬉しいと感じてしまって、顔まで火照りそうになる。

エドワードが、こちらを見てふっと笑った。そのまま指先を握り込むと、誘うように引き寄せて舞踏会ではない脇道へとそれる。

「へ？　エドワード、どこへ行くの？　だって入り口はあっちなのに――」

「少しだけ二人で抜け出そう」

彼がそう言って、形のいい唇の前で指を立てた。そのちょっとした仕草を色っぽく感じてしまい、ジョアンナは顔に熱が集まって何も言えなくなった。

連れてこられたのは、舞踏会場に沿って広がる美しい大庭園だった。王族主催の日中の茶会会場としても人気を集めている場所で、色取り取りの花々が植えられている。夜はいつも控えめにライトアップされている程度なのに、今夜は眩《まぶ》しいくらいの光に溢れていて驚いた。

「まるで昼間みたいに明るいわ……。一体どうしたのかしら」

夜の観賞会の時期でもないはずだ。そう考えて首を捻《ひね》っていると、エドワードが「こっちだよ」と言って、手を引いて更に奥へと進んでいった。

辿《たど》り着いたのは、大庭園の中央の開けた場所だった。そこには大きな噴水があって、水面で波を立てる様子を観賞する用に、水に沈まない大きな花弁が浮かべられてあった。透き通った水の中には、様々な色をしたガラス玉が少しだけ入れられている。

噴水の前まで来たところで、エドワードがようやく立ち止まってくれた。どうしてここに来たのと尋ねようとした時、唐突に全《すべ》ての灯りが消えてギョッとした。

辺り一面が、フッと真っ暗闇《くらやみ》に包まれた。会場側からの賑やかな音もピタリとやんでいて、ひんやりとした夜の静寂が広がる。

ジョアンナは「ぴぎゃっ」と小さな悲鳴を上げた。握られている手の温もりだけが、エドワードの存在を伝えてくる。思わずぎゅっと握り返した直後、静けさの中でソレは起こった。

突如、一斉に青と白の細やかな無数の光が灯った。あっと思った時には、その美しい光景に目を奪われていた。

一つずつが小さくて弱々しい光の粒が、膨大な数となって、柔らかで優しげに大庭園を浮かび上がらせた。通路も花も噴水も、植えられた木の葉も、全て幻想的に飾り付けられている。

その光景は、まだエドワードに翼があった頃、夜空を飛んで見せてくれた風景を思い起こさせた。夜の美しい町明かりや星々の光が、美しい庭園にそのまま浮かび上がっているように見えた。

なんて綺麗なんだろう。

その幻想的な光景に見惚れた。先に消灯されていた舞踏会の会場から、多くの人々が見守っている事にも気付かなかった。音を立てないように、声を出さないようにと廊下側や二階の窓に出た彼らもまた、王宮で初めてされたその美しいライトアップに見入っていた。

その時、隣にいたエドワードが、唐突に片膝《かたひざ》をついた。「え？」と思って振り返ったジョアンナは、真剣そうな美しい琥珀色の獣目に射抜かれて、一瞬呼吸を忘れた。

「ジョアンナ、君が好きだ。この先の人生を、ずっと一緒に歩んでくれないか？」

穏やかな声で、彼がそう言った。

プライドが高い幼馴染《おさなじ》みが、こうして膝をつく姿なんて想像していなかった。突然の事にびっくりして目を見開いていると、エドワードが初めて見る柔らかな微笑を浮かべて、こちらの左手を取った。

「結婚しよう、ジョアンナ。俺は、ずっと君のそばにいたい」

それは、唐突なプロポーズだった。すっかり大人になった彼に美しい微笑みを向けられて、ジョアンナは想《おも》いが溢れて涙が込み上げそうになった。彼が浮かべているその表情は、心から好きで幸せなんだという、未来視で見た『大人のエドワード』そのものだったからだ。

出会ってから今日まで、過ごした日々が頭の中を駆けていった。

獣人族が言うように、自分だけの運命の恋や相手が本当にあるのだとしたら、この未来視の力はそれを見せてくれていたのだろうか？　そうであったのなら――いや、そうでなかったとしても、他の誰《だれ》でもないこの人の妻になりたいと思った。

言葉にならない想いは、溢れるばかりだった。つい数時間前まで、諦めなければと思っていたその人を見つめて、ジョアンナは涙目をくしゃりとした。

「本当に、私でいいの……？」

「俺は君しか欲しくないよ」

「……なら、私もエドワードを選んでいいの？　好きで、ずっとドキドキしているの。あなたが私を選んでくれたらいいのにって、自覚してからずっと、そんな事ばかり考えているのよ」

胸の内側から溢れるままそう伝えた。

それを聞いたエドワードが、思い返すような優しげな微笑を浮かべて、ほんの少しだけ目を落とした。

「――……昔から思っていたけど、君は馬鹿《ばか》正直だよね」

そう穏やかな口調で呟き、熱を持った頬《ほお》をもう少しだけ夜風にあてる。けれど、想いをこらえ切れない様子で、半ば少年のようになってしまった素の笑顔を向けて「君には、かなわないな」と白状した。

「ねぇジョアンナ。君が俺を選んでくれたのなら、それ以上幸せな事なんてないよ」

気取れてもいないその笑顔を、ジョアンナはとても素敵だと思った。そんな彼の笑みを正面から見て迷いも消えていた。涙目で「大袈裟《おおげさ》ね」と笑い返す。

「私も、エドワードが好きよ。どうかずっとそばにいて」

手をきゅっと握り返して、そうプロポーズの返事をした。

その時、建物側から大きな歓声が上がった。わっと聞こえてきた声にびっくりして、立ち上がるエドワードに手を取られたままビクッと振り返る。

会場の二階テラスだけでなく、廊下にも多くの人が詰めかけてこちらを見ていた。ふと、廊下から大きく手を振っているクライシスに気付いた。その隣を見てみると、軍服に身を包んだアーサーの姿もあって、目が合うとやれやれという表情で笑って、小さく手を振ってくる。

「うおおおおおバッチリ目に焼き付けたわあああああ！　ちょっとの協力でここに入れてもらえるとか最高すぎるッ、この先も追い駆け続けます！」

塀の柱にしがみついていた新聞記者トーマスが、そう雄叫《おたけ》びのような興奮の声を上げて叫んだ。彼の近くにはルーガー伯爵もいて、見事な黄金色の髪をした軍服姿の美しい男の前に、嬉し泣きで両手を振っている従兄弟《いとこ》のアレックスの姿もあった。

お揃いの白銀の髪をした美しい二人の騎士もいた。それぞれが、微笑ましげに見守る女性の肩を抱いている。その近くに、一番の友達である双子のジョンとレベッカがいて、ジョアンナは「あッ」と叫んで思わず手を振り返した。

兄のジョンは、感動した様子で涙目になっていた。妹のレベッカは、相変わらず元気いっぱいの表情だった。二人は廊下から身を乗り出す勢いで手を振っていて、その後ろにはライアン・オースティンともう一人の獣人貴族がいた。

「おめでとうジョアンナ！　そのドレスも、とっても素敵ね！」

「ジョアンナおめでとう――――っ！　うわあああ幸せそうで良かったよおおおッ」

嬉し泣きの号泣をしたジョンを見て、つられて涙がこぼれそうになった。二人が心から祝ってくれているのが分かって泣いてしまいそうになると、手をぎゅっと握られた。

祝う人々に手を上げて応《こた》えているエドワードが、そっと引き寄せて耳打ちしてきた。

「思い浮かんだ全員に連絡を取って、今回の件でご協力頂いたんだ。取引先の企業や関連会社の人達にも、色々と手助けをしてもらった。フィップ達も一緒になって走り回ってくれてね。あの新聞記者のフットワークと顔見知りの広さには、驚かされもしたよ」

かなり癪《しゃく》だったが、父親にも協力を仰いで友人達にも働きかけてもらったらしい。

あの幼馴染みが一人や二人ではなく、多くの誰かに頭を下げて協力を求めたのだ。自分のためにそうしてくれたのだと思うと、こんなに幸せでいいのかしら、とも思う。

巡り合えたそれが、運命だったとしたら、全ては出会った時から始まっていたのかもしれない。ジョアンナは、そっと手を握り返しながら考えて「うん」と頷《うなず》いた。今更のように恥ずかしさが込み上げてきて、彼の方を見る事が出来なかった。

「ありがとう、エドワード。とても素敵な舞踏会になったわ」

「本番はこれからだよ。会場内を見たら、きっと君は死ぬほど恥ずかしがるだろうから、しっかり目に焼き付けさせてもらおうかな」

寄り添って歩き出しながら、頭上からそんな言葉が聞こえた。

ロマンチックなドキドキが止まって、警戒を覚えて目を向ける。いつもの調子が戻ったようなイイ笑顔が目に留まって、ジョアンナは「え」と引き攣《つ》った声が出てしまった。

「………あの、エドワード？　まさか人様の主催会場を、自分が主役みたいに使っているなんて事はないわよね？　ここ、王宮よ？」

なんだか嫌な予感がした。何故《なぜ》かにっこりと美麗な笑顔だけが返されて、ますます不安になると、エドワードがこちらに顔を寄せてきた。

「ねぇジョアンナ」

内緒話でもするみたいにそっと、どこか甘い声でそう言う。

吐息がかかる耳元のくすぐったさが、今はどうしてか少し恥ずかしくもあってドキドキした。

「少し踊ったら、早速噛《か》ませてもらおうか」

「へ？　噛むって…………、あ。本婚約の大きな求婚痣を付けるって事……？　でも今すぐじゃなくてもいいんじゃ――」

「ずっと我慢していたんだ。これ以上は待てないよ」

会場の廊下を奥に進むと、多くの休憩用の部屋が用意されているという。

ぴたりと身体を寄せてエスコートする彼が、そう説明するのを聞きながら、ジョアンナは獣人族の婚姻習慣について思い返した。

噛んで求愛を示す彼らは、正式な求婚痣を刻む場所がそれぞれ違っている。それを考えたところで、またしても嫌な予感がした。

「……エドワード、一つ訊《き》いてもいい？　本婚約に必要な求婚痣についてなんだけど……」

「いいよ。なんでもどうぞ？」

「えっとね、あの、それってわざわざ、休憩用の部屋を使わないと駄目な場所なの……？」

余裕綽々《しゃくしゃく》の様子で、自信たっぷりの不敵な笑みを近付けてくるのが気になる。しどろもどろになってそう尋ねたら、エドワードがキラキラと輝く素敵な笑顔を向けてきた。

「俺は必ずしも個室じゃなくて構わないよ。外に声も聞こえてしまう馬車の中で、太腿の際どいところまで俺にスカートをめくられて時間をかけて噛まれている姿を、窓から誰かに見られてしまうかもしれない状況下でも、君がいいというのなら、止めないけれど」

気になる部分を強調してそう言った彼が、「ああ、それはそれで燃えるな」と悪い案ではない様子で呟く。

その光景を想像して、ジョアンナはぶわりと赤面した。そんな格好でされるのかと、初心《うぶ》な妄想がかき立てられて恥ずかしさで死にそうになった。

「ぴぎゃあああああッこの腹黒いドＳ！」

思わず涙目で怒ると、エドワードが「あははは っ」と子供みたいに笑って正面から抱き上げてきた。驚いて「いきなりなんで抱き上げるのッ」と叱《しか》りつけても、下ろしてくれない。

そのまま歩き出されて、誰もいないライトアップされた庭園の来た道を戻り始めた。しかし、会場側から見えない通路に入ってすぐ、彼がふっと足を止めてこちらを見た。

「俺は君を噛むまで、もう少しだけ我慢しないといけない。でもさっきも言った通り、これ以上待てないくらい余裕がなくてね。だから先に、ココでキスをもらってもいいかな」

「えっ、キス⁉」

「ほら。ルーガー伯爵のイベントでもらい損ねた『君からのキス』だよ」

唐突すぎて動揺した。以前参加したそのイベントで、彼にキスを贈れなかったのは覚えている。

「えぇと、それなら頬へのキスでいいのかしら――」

「そんなわけがないだろう。恋人たちのイベントなんだ、本来だったら唇へのキスだよ」

にっこりと美麗に笑って、そう返されてしまった。気のせいか、彼のキラキラとした大人の笑顔が『逃がさないよ』と言っているように感じる。

人の目を気にするような幼馴染みではないし、やると言ったら絶対に実行する人だ。

こうして迷っている間にも、まだ会場入りしていない自分達を誰かが捜しにきてしまうかもしれない。今なら周りには誰もいないから、恥ずかしさもきっと半分以下で済む。

ジョアンナは覚悟を決めると、エドワードの頭を引き寄せた。

ちゅっと素早く唇を押し付けた。触れ合ったのは一瞬だけなのに、想像していたよりも柔らかい感触で、抱き上げている大きな手や体温も意識してしまい猛烈に恥ずかしくなった。

「うぅっ、もうやだ。とりあえず下ろして」

ぷるぷると羞恥《しゅうち》に震えてそう言った。

すると、こちらをじっくり見ていた彼が、フッと笑った。

「――ジョアンナ。キスは、そんなものじゃないよ」

そう言うと、抱き直してきて後頭部へ手を回された。そのまま引き寄せられたかと思った直後、ピタリと互いの唇が重なっていた。

戸惑っていると、柔らかな温もりが優しくついばんできた。二度、三度、角度を変えて吐息を奪われる。呼吸が苦しくなってぶるりと震えると、耳の後ろを指先でくすぐられた。思わず「あっ」と口を開けてしまうと、彼がもっと深く口付けてきた。

人の気配がない庭園通路に、しばらく「ん、んぅっ」と鼻にかかったような吐息が上がっていた。

最後にちゅくりと吸い上げて、エドワードがようやく唇を離す。

「ふふっ、顔が真《ま》っ赤《か》だよ、ジョアンナ」

半ばくったりとしたこちらを見下ろして、彼がニヤリとした。

酸素もまだ回らないし、ドキドキしすぎてくらくらする。

これから明るい会場内に行くのだ。わざとこのタイミングでやったのだと気付いたジョアンナは、赤面と涙目を増した。

「もうッ、なんで好きって言った後なのに意地悪するのよぉぉおおお!?」

「前にも言ったけど、君にちょっかいを出すのはやめられないよ。――俺のせいで恥ずかしがって泣きそうになっている顔も、たまらなくそそる」

これから覚悟しておいて？

そう耳元で囁《ささや》きかけられ、思考が沸騰しそうになった。まだ唇もその中も、彼の温もりを残してじんっと痺《しび》れている。直前にあったキスが思い出されて、もうただただ無性に恥ずかしい。

「さぁ、行こうか。俺《おれ》の仮婚約者殿？」

「待って待って、まだぜんっぜん顔の熱が引かないのッ」

再びお姫様抱っこされ、ますます考える余裕もなくなって慌てる。そんなジョアンナを抱えて歩き出しながら、エドワードは子供みたいに笑った。

あとがき

百門一新と申します。

このたびは、多くの作品の中から本作をお手に取って頂きまして、誠にありがとうございます。

毎回、違うカップリングでお届けしております獣人シリーズも、皆様のおかげで第四弾となりましたッ。本当にありがとうございます！

狼、ユニコーン、兎、と続きまして今回は鷲（鳥）です。

いつかやりたいと思っていた翼持ちヒーローでしたので、こうして執筆出来た事とても嬉しく思います。愉快な鳥メンバー達も、書いていてとても楽しかったです！

今回、また違うタイプのヒーロー父親も登場しております。書きながら「クソ面白い！」と言って笑う声が、頭の中に聞こえるようで、きっと普段から面白がって社交界やら王宮ではしゃいでいるんだろうなぁ……と想像が止まりませんでした。

（彼が発端な迷惑騒動からの恋愛、もう一本丸々書けてしまいそうだなぁと思いました。なんかこう、手に馴染むキャラというか、彼すごく書きやすかった）

獣人シリーズも第四弾となりましたが、まさかの「狼隊長」に登場したヒーロー＆ヒロインの父親達がレギュラー出演です。新しく、またまた個性豊かな「伯爵」や「新聞記者」も登場しておりますので、本作を是非お楽しみ頂けましたら幸いです！

ページ数が余っておりますので、ここでプロフ写真の「新入り猫」について少し書こうと思います。

知人が初めて拾い、愛情たっぷりに育てていた一歳のオス猫でして、引き取ったのは、ちょうど避妊手術を終えて一週間以上が過ぎた頃あたりでしょうか。若いのでかなりのはしゃぎっぷり、そしてよく食べ、よく寝て、よく甘え……。

猫らしからぬ感じでドジ、運動神経がややない事が判明致しました。

たとえば高いところに上りたがり、ガシッと両手でぶらさがります。しかし、フッと諦めた様子でそのまま落下し、受け身もとらず背中からべしゃっといくのを見て、

「え……、嘘だろ」

ちょっと自分にとって衝撃的でした。その後も結構な数、そういった「諦めて身を任せる」感じで転倒し、落下し、コケて、廊下をスライディングして……を目撃致しました。この前も、目の前で、書斎机の上のものと一緒に落下しておりました。

三日もすればウチの猫達とも慣れまして、日々元気に走り回っております。少々痩

せ気味で、まだまだ食べざかりですので、気に掛けてマメにキャッツ缶（袋に入っているタイプ）とチュールなどをあげ、だんだん毛艶もよくなっております。

家族猫が三名になったので、毎日のブラッシングも三倍です。今年に買った手袋タイプのやつが大好評で、性格・肌への負担などからウチでは一日に一～数回、短い時間行っております。苦労は全然なく、ふふっ、交友を深めているようで癒されます。

さて、私の方の近況はと言いますと、すっかり豆から頂く珈琲が相棒です。これがまた大変美味しいのです。地元の焙煎珈琲豆店で買ったり、注文してから焙煎してくれるお店で購入したりと、豆や焙煎技術の違いの味も日々楽しんでおります。

春が野様、前作に引き続きイラストをご担当くださいまして、数々の素晴らしい挿絵も本当にありがとうございました！　愛らしいジョアンナ、そしてドストライクで素敵な美青年エドワード、表紙からガッツリ心を掴まれうっとりしました。

担当編集者様、今作でもご指導頂きまして本当にありがとうございました！　今回も素敵な素晴らしいデザインにして頂いたりと、本作にたずさわってくださいました出版社様や全ての関係者様、また応援頂いている読者の皆様にもお礼申し上げます。

本作を読んで楽しんで頂けましたら幸いです。

２０１９年8月　百門一新

獣人《じゅうじん》貴族《きぞく》の不器用《ぶきよう》な求愛《きゅうあい》
ドS《エス》な鷲獣人《わしじゅうじん》に婚約《こんやく》を迫《せま》られました

2019年10月1日　初版発行

著　者■百門一新

発行者■野内雅宏

発行所■株式会社一迅社
〒160-0022
東京都新宿区新宿3-1-13
京王新宿追分ビル5F
電話03-5312-7432（編集）
電話03-5312-6150（販売）

発売元：株式会社講談社
（講談社・一迅社）

印刷所・製本■大日本印刷株式会社

DTP■株式会社三協美術

装　幀■小沼早苗（Gibbon）

ISBN978-4-7580-9207-4

●この作品はフィクションです。実際の人物・団体・事件などには関係ありません。

この本を読んでのご意見
ご感想などをお寄せください。

おたよりの宛て先

〒160-0022
東京都新宿区新宿3-1-13
京王新宿追分ビル5F
株式会社一迅社　ノベル編集部
百門一新《ももかどいっしん》 先生・春《はる》が野《の》かおる 先生

IRIS 一迅社文庫アイリス

竜達の接待と恋人役、お引き受けいたします！

『竜騎士のお気に入り 侍女はただいま兼務中』

著者・織川あさぎ
イラスト：伊藤明十

「私を、助けてくれないか？」
16歳の誕生日を機に、城外で働くことを決めた王城の侍女見習いメリッサ。それは後々、正式な王城の侍女になって、憧れの竜騎士隊長ヒューバードと大好きな竜達の傍で働くためだった。ところが突然、隊長が退役すると知ってしまって⁉　目標を失ったメリッサは困惑していたけれど、ある日、隊長から意外なお願いをされて――。堅物騎士と竜好き侍女のラブファンタジー。

悪役令嬢だけど、破滅エンドは回避したい――

『乙女ゲームの破滅フラグしかない悪役令嬢に転生してしまった…1』

著者・山口 悟
イラスト：ひだかなみ

頭をぶつけて前世の記憶を取り戻したら、公爵令嬢に生まれ変わっていた私。え、待って！　ここって前世でプレイした乙女ゲームの世界じゃない？　しかも、私、ヒロインの邪魔をする悪役令嬢カタリナなんですけど⁉　結末は国外追放か死亡の二択のみ⁉　破滅エンドを回避しようと、まずは王子様との円満婚約解消をめざすことにしたけれど……。悪役令嬢、美形だらけの逆ハーレムルートに突入する⁉　破滅回避ラブコメディ第１弾★